LA NEIGE BRÛLE

DU MÊME AUTEUR

Un jeune homme à la page (Le Seuil).
Révolution dans la révolution? (Maspero).
Essais sur l'Amérique Latine (Maspero).
Conversation avec Salvador Allende (Maspero).
La Critique des armes (t. 1, Le Seuil).
Les Epreuves du feu (t. 2, Le Seuil).
La Guérilla du Che (Le Seuil).
L'Indésirable (Le Seuil).
Les Rendez-vous manqués (Le Seuil).
Journal d'un petit-bourgeois (Le Seuil).

RÉGIS DEBRAY

LA NEIGE BRÛLE

BERNARD GRASSET
PARIS

IL A ÉTÉ TIRÉ DE CET OUVRAGE
TRENTE-NEUF EXEMPLAIRES SUR VERGÉ
DE LANA DONT VINGT-CINQ EXEMPLAIRES
DE VENTE NUMÉROTÉS VERGÉ DE LANA
1 A 25 ET QUATORZE HORS COMMERCE
NUMÉROTÉS H.C. I A H.C. XIV,
CONSTITUANT L'ÉDITION ORIGINALE

S'il meurt un soir
le matin voit sa renaissance.

GUILLAUME APOLLINAIRE.

CHAPITRE PREMIER

C'était à Miramar, faubourg de La Havane, dans les jardins d'un grand hôtel. Quant au jour et à l'heure, je laisse aux astrologues le soin de les retrouver. Ils auront du mal : les signes du zodiaque nous boudèrent dès le début. J'ai beau chercher dans ma mémoire, je ne vois qu'une mer étale léchant sans conviction les contreforts d'une terrasse de lauriers-roses et de palmiers. J'entends encore ses gargouillis entre les rochers qui s'amoncellent en contrebas de la digue, à l'extrémité de la baie, face aux vieilles pierres blondes d'un fortin espagnol. Ce ressac nonchalant fait un bruit de fond sans âge. Le froufrou des palmes n'est pas non plus un bon repère. La vie était là — simple et tranquille. Elle doit y être encore. Elle y sera toujours. Indifférente comme les cocotiers, ces plumeaux géants fichés par le manche en plein gazon.

La canicule antillaise nous faisait mariner dans cette morosité brumeuse où les semaines et les mois fondent tout seuls, par inertie. L'année? Incertaine elle aussi, à l'image de cette période où la boule si souvent sembla hésiter entre le rouge et le noir. Balancement de l'espoir et du deuil qui en quelques années a dévoilé et recouvert ce continent d'où je viens et où je n'irai plus. Disons, si vous voulez, entre l'assassinat du Che Guevara et celui de Salvador Allende. Je prends pour balises les plus hautes stèles mais de grâce : ces noms qui ont traîné un peu partout, dernièrement, n'étaient pas pour nous des têtes d'affiches ou de chapitres. De toutes les morts qui jalonnent mon chemin, petites pierres noires fondues dans les saccages du temps, imperceptibles à l'œil nu pour qui ne fait que passer ou survoler, celles-là pourront peut-être retenir un instant les regards les plus las.

Il n'est pas facile d'avoir une histoire à soi quand on flotte sur son temps comme un bouchon sur l'eau, au gré des rencontres. Un destin, c'est encore plus difficile, surtout quand on est un peu myope et qu'on n'a pas la mémoire des dates, ni celle des propos échangés au hasard des jours. Il faut une oreille fine et un œil de lynx pour obéir à ce souffleur qui chuchote dans les cintres. Bouché à l'émeri, je ne l'ai pas vue venir. Ou plutôt si : elle vient vers moi à pas de loup, mais c'est mon ami Raúl à mes côtés qu'elle salue avant de passer son chemin sans me voir. Elle fend le soleil, droit devant elle, une serviette-éponge sur l'épaule, les cheveux serrés dans une marmotte noire, vêtue d'une chemise d'homme à raies bleues aux pans noués sur la taille. Ai-je eu le temps de penser : « En voilà une au moins qui sait où elle va »?

J'ai l'habitude. On remarque si peu ma présence que je ne m'en fais même plus la remarque. Je ne suis pas fait pour les premiers rôles, j'avance dans ma vie au petit malheur la chance. Deuxième couteau, sombre second, utilité plus ou moins inutile, mon rôle consiste à écoper les éclats des histoires qui arrivent aux autres. Quand quelque chose d'un peu singulier est sur le point de prendre tournure, l'événement fait une embardée, oblique sur le voisin et me laisse indemne. A force de le frôler et de lui faire la cour, je pourrais bien avoir droit, me semble-t-il, à un peu de destin. J'ai beau l'aimer, il ne m'aime pas. La foudre qui souvent m'a ébloui tombe chaque fois à côté.

Je n'ai jamais fait la cour à Imilla. Je n'ai pas même prêté beaucoup attention à ses allées et venues. Cette grande fille discrète et blonde, charpentée à l'allemande, ne portait pas d'étoile au front. Pas d'éclair fracassant les nuages — comme en font en entrant sur scène ces personnages de roman qui ne savent pas cacher leur jeu. Pas d'étincelle jaillissant des regards qui s'entrechoquent. J'ai beau fouiller ma nuit, scruter cette longue vie blanche qui ne m'a pas porté conseil : loin de crever l'ombre, c'est une ombre qui lentement émerge d'un fond de lumière lisse, à petites touches, en négatif. Je vois sa silhouette se profiler peu à peu contre un halo beurré : notre premier soleil. Nous avons connu beaucoup de soleils, elle et moi, d'un hémisphère à l'autre. Toutes les variétés de midi : le midi lourd et gras des Tropiques; le midi sirupeux et pétillant des vallées chiliennes, au début du printemps; celui, affilé comme du quartz, des hauts plateaux andins; ou bien acide et mousseux, comme dans les forêts de Haute-Bavière. Quel toboggan! Plus on monte, plus le soleil s'aiguise et s'allège. Au niveau de la mer, à la latitude des paradis touristiques, on y baigne comme dans l'huile.

Avait-elle Jupiter à l'ascendant? Malgré sa découpe de Diane chasseresse et ses longues foulées, Imilla n'avait pas partie liée avec la lune qui tient les comptes domestiques, ceux des menstrues et des fins de mois. Elle relevait directement d'Inti, le soleil en quechua, la plus haute divinité inca. Ainsi s'appelait son chef, celui qui le premier l'initia aux simples et rigoureux mystères de la conspiration, avant de tomber lui-même soufflé par une grenade, un petit matin glacé de septembre, à La Paz. Un serment d'allégeance la liait à l'éternel masculin, qui l'avait dépouillée en retour des voiles et vapeurs nocturnes dont la tradition recouvre son contraire féminin.

Une beauté nette, comme on l'a dit du cœur, ne suscite pas ces remous parfumés, ces écumes troublantes qui sont le sillage des ondines. Voilà pourquoi nous nous sommes croisés tant de fois sans nous voir : elle, parce que je suis incolore; moi, parce qu'elle n'avait pas d'odeur. D'autant moins qu'on ne la voyait jamais flotter entre deux portes, s'attarder à table, musarder comme tout un chacun dans le hall de l'hôtel. Elle vous filait sous le nez, catapultée par on ne sait quelle fronde, enveloppée dans la concentration des distraits, cet air absorbé et absent à la fois qui force le respect puisqu'il n'appartient qu'aux amoureux et aux chargés de mission. Non qu'elle eût recours à ces mesures de refoulement que prend aussitôt un visage occidental à l'approche d'un inconnu, mais il y a une façon d'être pressé qui protège des sourires mieux que toutes les marques de froideur. Elle glissait dans les couloirs avec un visage de bois et une indifférence élastique, trop furtive pour vous rappeler à temps qu'elle était aussi jolie. Ou qu'il s'en fallait de peu qu'elle le fût : de ce rien d'indéfinissable, d'irisé ou de tremblé qui définit ce qu'on appelle une jolie femme. On voit que j'ai des excuses. D'autant que nous ne lui connaissions pas d'amant, ni d'attache ministérielle. Quand on tire une pellicule de Polaroïd, il faut attendre plusieurs minutes pour que la plaque se colore au contact de l'air. Moi, il m'a fallu quelques semaines pour pouvoir décoder mon futur sur ses traits. Elle ne sortait pas beaucoup de sa chambre, il est vrai.

A cet hôtel je me rendais régulièrement, surtout à l'étage réservé par la Sécurité aux camarades en transit, clandestins ou irréguliers. Une vraie ruche. De jour, un dortoir aux alvéoles cloisonnés mais qui se mettait à bourdonner, la nuit, de conciliabules et de plans de bataille. Je venais rendre visite aux camarades de mon organisation. Je dis « mon » pour simplifier. En fait, c'était déjà plus compliqué. Carlos, l'un des fondateurs du Mouvement, le seul encore en vie du côté bolivien, avait du retard. Il devait arriver d'Europe, moi je venais du Chili, nous nous étions donné rendez-vous là, à mi-chemin. Avait-on enfin de ses nouvelles?

Ce jour-là, Raúl, responsable aux communications, ne se contenta pas de me répondre d'un ton embarrassé qu'il n'avait encore rien reçu. Il essaya une diversion :

— Tu connais Mimi?

— Je connais une Mimi Pinson mais c'est un cliché de mon pays, intraduisible et qui n'a plus cours.

— Idiot! Je te parle d'Imilla... celle qui s'occupe de l'information.

— Une Indienne quechua, j'imagine, avec un melon sur la tête et sept jupes de coton.

— Mais non, voyons : la blonde qu'on a croisée l'autre jour ensemble, près de la piscine.

Le seul souvenir qui me traversa alors fut une silhouette de championne de natation; peut-être d'infirmière diplômée; à la rigueur d'A.F.A.T., comme on appelle en France le personnel militaire féminin, encore que trois initiales sur quatre, en l'occurrence, ne fussent guère justifiées. Elle n'avait pas l'air avenant de l'Auxiliaire, nous n'étions pas encore une Armée et nous n'avions déjà plus beaucoup les pieds sur Terre. Qu'importe : qu'elle fût des nôtres me réjouissait. Mais le découvrir si tard me dépita.

— Vraiment? J'aurais pas dit. Elle n'a pas précisément le type indien, fis-je observer à Raúl.

— Ne va pas croire! Il n'y a pas que des *cholitas* de carte postale dans mon pays. Il y a même des aryennes aux yeux bleus. N'oublie pas que la colonie allemande a fait souche depuis longtemps, et qu'elle ne se mélange pas...

— Elle est d'où? Sa famille? Qui s'occupe d'elle, dans l'organisation? Depuis quand? Périphérie ou militante?

Devant les cinquante questions que j'allais lui poser, Raúl leva les bras au ciel :

— Tu m'en demandes trop, et même si je le savais, je ne pourrais pas te le dire. Tout ce que je sais, c'est que Carlos l'a versée dans l'« information » et qu'elle fait du bon travail.

Travail d'appareil. Chez nous, la section « information » comportait deux volets : « information ouverte », c'est-à-dire presse et radio, pour le dépouillement et l'analyse; et « intelligence » — écoutes et antennes chez l'adversaire — pour détecter les coups à venir. Le contraire du « front de masse » : un job de dentellière, astuce et ciseaux.

— Tu sais que c'est devenu une structure centralisée, ajouta mon ami. Elle dépend directement de la Commission centrale.

— J'en apprendrai tous les jours. Jusqu'à mon dernier.

— En attendant, tu pourrais lui donner un coup de main. Tu as dû glaner des choses intéressantes au Chili. Elle est justement en train de préparer une analyse de conjoncture, pour servir de base de discussion aux copains. Comme cela, ils seront un peu moins coupés du pays.

— Pourquoi pas? répondis-je en me levant...

J'aurais eu tort de me gêner. C'était au même étage, la porte à côté.

★

Elle me tend le fauteuil et s'assied de trois quarts devant sa table. Un vrai bureau de secrétaire : machine à écrire, corbeille à courrier, classeurs métalliques, bloc-notes, crayons taillés. Toute la chambre est impeccablement rangée. Aux murs, un portrait d'Hô Chi Minh, en style pop, et deux photos : le Che et Inti. Beaucoup de cartes : Bolivie, Chili, Argentine. Des plans à grande échelle, dessinés à la main avec des feutres de couleur. Par les portes-fenêtres de la terrasse, la baie, la mer, le ciel s'engouffrent dans ce bureau trop officiel et la réverbération me fait mettre la main en visière, comme pour regarder loin. Elle me sourit dans le soleil, toute proche, cheftaine en uniforme : espadrilles, blue-jean et par-dessus, en saharienne, la chemise à épaulettes des milices, gonflée aux poches. Un de ces sourires de confection, « franc et loyal », qui n'inspirent que de l'inquiétude.

— Raúl m'a dit que tu venais d'arriver et que tu avais peut-être des tuyaux intéressants...

Je découvre le pourquoi de ma gêne : ce je-ne-sais-quoi de *voulu* qui grippe son naturel. Au coin des yeux, quand elle sourit, des pattes d'oie : la trentaine déjà.

— En fait, tu vois, je reviens seulement du Chili.

— Et ça va comment, là-bas?

— Couci-couça. Ils préparent les élections. Ça ne se présente pas trop mal pour Allende et les amis.

— Ouais. Le bonheur par les urnes... Je leur souhaite bien du plaisir. Enfin, ce n'est pas notre problème, non?

— Un peu, tout de même. Si le Chili tombe, je ne vois pas ce que vous allez devenir. Et puis, c'est le même combat...?

— Le combat? Ah oui, vraiment...?

Sur le ton de : mais qu'est-ce qu'ils se croient, ces petits gominés de Chiliens? On ne pèche pas par excès de modestie dans les milieux d'avant-garde. Mais, dans sa bouche, cette arrogance sonnait un peu faux.

— Ils font ce qu'ils peuvent, et s'ils peuvent peu, à qui la faute?

— Dis-moi, tu as dit « vous » à l'instant,

non? Tu ne fais plus partie de l'organisation?

— Lapsus. Excuse-moi : j'ai un pied ailleurs. Trois fois rien.

Elle me montre une liasse de coupures un peu défraîchies, agrafées sur des feuilles blanches dont chacune porte en haut la date et le sujet en capitales violettes, des câbles d'agence en quantité, des tracts :

— Je reçois de temps en temps les journaux de La Paz, avec quinze jours de retard en moyenne. Les radios sont difficiles à capter. Mais il y a les télex d'agence, chaque matin : pas grand-chose en somme.

— Vraiment parfait comme boulot... dis-je le plus poliment du monde en feuilletant l'épaisse chemise.

— Où étais-tu au Chili?

— Un peu partout... dans le nord, notamment.

— Longtemps?

— Deux mois à peu près.

— Tu as vu les copains?

— Non. Pas eu le temps.

On ne peut pas dire la vérité à quelqu'un qui vous interroge.

— Mais alors, qu'est-ce que tu as fait? demande-t-elle, rembrunie.

— Plage, pêche, bains de mer. Mais je préfère ici : l'eau est moins froide.

Elle fait un effort pour sourire : les yeux se plissent, mais le cœur n'y est pas.

— Tu ne vas jamais à la plage, toi?

— Je ne suis pas d'humeur à plaisanter. Avant la fin de la semaine, je dois remettre une synthèse aux camarades. Si tu ne veux pas m'aider, dis-le moi. Je me débrouillerai seule. Ce ne sera pas la première fois.

— Ne te fâche pas. On peut même y travailler ensemble, à ton devoir de vacances. Si tu le crois utile.

Je jugeai astucieux de couper court à de possibles divergences d'appréciation en l'invitant à descendre au restaurant — notre réfectoire de première classe. Nous y avions des salons réservés.

— Un sandwich suffira, non? Verre d'eau ou jus de fruits?

Elle avait déjà le téléphone en main pour appeler le « room-service ».

— Ce que tu préfères.

C'est ainsi que nous restâmes à mastiquer notre pain quotidien assaisonné d'eau minérale tout en nous découvrant quelques amis communs à Cochabamba, Sucre, La Paz...

— Alors? reprit-elle en fronçant les sourcils, sitôt avalée la dernière bouchée. Le régime est en pleine décomposition, n'est-ce pas? On n'a jamais vu conjoncture aussi excellente, tu es bien d'accord?

— Pour ceux qui ont les moyens de la retourner, oui. En Bolivie, la droite militaire n'en manque pas.

— Et nous, tu crois qu'on va se croiser les

bras? Tu vas voir, si la dictature revient comme avant...

— Commençons par voir les choses en face, Mimi.

Je sautai à pieds joints dans un long rapport circonstancié sur l'air du temps, tel que j'avais pu le humer aux frontières. Passons sur les détails. La Bolivie n'a jamais intéressé personne de par le monde et les gens sérieux n'ont pas de temps à perdre avec des détails. Qu'un général interchangeable fauche chaque année quelques centaines de mineurs ou de paysans à la mitrailleuse, sur ce quartier de lune sis entre ciel et terre, ne saurait constituer qu'un détail de plus. De toute façon, dans les mines d'étain, la moyenne de vie n'atteint pas les quarante ans. Que faire si les mineurs silicosés préfèrent gaspiller leurs cent cinquante francs de salaire mensuel à la cantine plutôt que dans les pharmacies — du reste inexistantes? Je ne m'attarderai donc pas ici sur ces futilités, qui ne regardent pas les gens sérieux. Imilla n'en manquait pas, de sérieux. Elle avait installé sa patrie sur cette comète râpeuse et glaciale. Elle avait même choisi de s'occuper très attentivement des mitrailleurs et de se retrancher dans le camp des mitraillés. Mais elle aussi répugnait aux détails.

— Camarade, me coupa-t-elle sur un ton légèrement excédé, tandis que je l'entretenais des contacts que j'avais pris avec divers milieux de l'opposition en exil, les contradictions inter-bourgeoises permettent une plus grande marge de manœuvre mais ne résolvent pas les problèmes des masses. La contradiction fondamentale, tu devrais le savoir, est entre...

Je la regardai bouche bée. Elle aussi : à cause de mon ignorance crasse, peut-être.

— J'entends bien. Mais on ne fait pas de politique avec des proverbes. On fait des martyrs ou des bêtises. Ou les deux.

— Tu ne crois plus dans la lutte armée? Ou c'est l'organisation qui n'est plus à la hauteur, selon toi?

— Au contraire. Mieux vaudrait qu'elle descende un peu. Pour voir ce qui se passe dans ce bas monde.

— La question est de savoir si on croit ou non à ce qu'on fait.

— Et qu'est-ce qu'on fait en ce moment?

— Souviens-toi d'une chose, Boris : il n'y a pas d'horizon pour ceux qui restent à ras de terre...

Décidément, c'est moi qui n'étais pas à la hauteur. La Révolution qu'elle profilait au loin, dérivant quelque part entre le cap Horn et l'Antarctique, d'autant plus fascinante qu'ignorée des géographes, me surclassait de toute sa verticalité d'iceberg.

Un dernier regard à la ronde pour prendre congé : sur la chambre nue, lumineuse. Sur les classeurs et sur les cartes au mur. Sur cette fille si décente, lumineuse et nue elle aussi. Ses tempes droites, son nez droit, son regard droit. Tant de droiture me désarçonnait. Le féminin, dit-on, préfère l'oblique. Imilla emboutissait de plein fouet, à visage découvert, sans crainte d'être jugée, agressée ou défaite. Comme si c'était moi le tricheur. Cette franchise inexpliquablement gracieuse me tenait sous le charme. Son monde clos, aux avenues rectilignes et aux partages sans appel, j'avais beau me dire qu'il n'était pas de ce monde, j'avais du mal à le quitter.

Gênée, elle pianotait les touches chromées d'un magnétophone. Une mélodie gutturale s'éleva soudain dans l'air tremblant et toute la pièce devint un clair-obscur où le triomphe se mêlait aux sanglots, le céleste au souterrain. Une voix pourpre et noire montait et descendait d'un au-delà de violoncelles et de séparations — rappel ou mise en garde?

— Villa-Lobos, les *Bachianas brasileiras.*

— Tu aimes cette musique?

— Elle m'effraie un peu, et elle me fait du bien. Quand tout devient trop facile... et que je m'envole... Je mets cela... et je reviens sur terre...

— Sur ou dessous, peu importe, ajoutai-je à mi-voix sans y penser.

Quelqu'un d'autre me regardait et cette inconnue me donna le frisson. Derrière ses yeux bleu-vert, si diaphanes, il y avait une petite angoisse rétractile et noire — une pupille secrète en arrière de l'autre. Je n'avais eu accès qu'à ses yeux publics, ses yeux de jour. Les autres ne s'ouvraient-ils qu'à la nuit? En tout cas, c'était propriété privée, défense d'entrer.

Pris en flagrant délit de bris de clôture, je m'enfuis sans demander mon reste.

★

Comment avons-nous rompu la glace? Sans éclats ni coups de hache. Elle s'est fendillée toute seule, au mot à mot, au fil des jours. Ces jours qui tournaient en rond entre le morne soleil des matinées et les nuits illuminées où l'on buvait du rhum en se laissant glisser mille ans en arrière, dans cette mélancolie indienne où nos cassettes nous transportaient. Un peu de *quena* — la flûte indienne souvent taillée dans un tibia de lama —, de syrinx, et cette mandoline aux cordes pincées sur une carapace de tatou, le *charango,* suffisent à ces randonnées sur le toit des Andes d'où l'on revient le cœur gros, les jambes lourdes. Imilla buvait peu mais partait la dernière — revivifiée par ces retrouvailles avec la musique d'un pays qui n'était pas son pays mais beaucoup plus : son réservoir à rêves, son château de glace là-haut, étoile fixe au-dessus des turpitudes. Nous étions une quinzaine et ces sombres fêtes ranimaient entre nous le feu commun. Ce n'était pas un feu de camp, mais, assis sur le carrelage autour d'une bouteille vide, les solitudes fondaient à l'unisson, comme dans ces campements de montagne où, la nuit, les maquisards grelottants s'accroupissent dans l'ombre autour de la marmite remplie d'une mauvaise purée de riz et de bananes, et peu importe alors la nourriture et la fatigue pourvu que chacun puisse se réchauffer au *nous* tribal de la compagnie. Je me rendis compte qu'après ce qu'elle avait vécu dans son pays, Imilla avait un besoin physique de ces succédanés de vie en commun. Elle venait de la solitude et du froid, c'est-à-dire de la guérilla urbaine, guerre sans uniforme qui — sécurité oblige — sépare les combattants les uns des autres et les met plus souvent en face d'eux-mêmes que de l'ennemi. Le pseudonyme à perpétuité, la dissolution éclair des effectifs après la moindre opération, le cloisonnement des unités, l'incessante rotation des véhicules, des maisons et des individus, la rupture imposée à chacun avec les siens, avec son quartier, ses amis, déboussolent et dessèchent. De sa vie militante encore brève, Imilla n'avait connu que l'aridité des villes où l'on erre, guetté par tous les yeux, cerné par la foule clapotante et sans visage des trottoirs. Ce que quelques camarades m'avaient soufflé de son passé la rendait moins hautaine à mes yeux. Lointaine, je me rapprochais d'elle. Le combattant urbain est un ermite dans le siècle, il fait de sa ville un désert, il s'y claquemure d'autant plus farouchement qu'il doit voir dans chaque mur un judas. Ce séquestré volontaire n'exerce pas son sacerdoce dans un coude à coude quotidien, comme le maquisard, ce moine régulier, et sa foi ne peut être qu'une ascèse délibérée, une mortification de chaque instant, sans témoins ni confrères. Dans notre couloir, la porte d'Imilla était la plus silencieuse de toutes.

— Pas très polissonne, ton amie, disais-je à Raúl quand nous étions seuls. — Pas sa faute, mon vieux, c'est le boulot qui veut ça. — Et en dehors du boulot? — C'est son affaire. Chacun court sa chance. — Elle n'est avec personne? — Je ne sais pas, vois toi-même! Idée saugrenue : elle était hors d'atteinte, abrupte sous ses sourires, trop lisse pour donner prise. Pas un battement de cils, pas un blush sur les pommettes ou un noir aux paupières. Toujours en retrait, transparente, un ton en dessous. Parmi les mâles du groupe — torses bombés et voix enflées — cette retenue détonnait comme une insolence, mais tenait les dragueurs à distance et décourageait les manœuvres les plus subtiles. Elle répondait du tac au tac à nos verdeurs et son naturel coupait court au graveleux. Elle pouvait parler obscène en cas de besoin et il lui suffisait, me semble-t-il, d'un simple sourire de compassion pour débrancher la moindre trace d'électricité dans un tête-à-tête. Femme moins fatale, nature moins bouillante on ne pouvait rêver. Le destin mijote ses coups dans l'eau froide.

Mon amour-propre, en tout état de cause, n'eut pas trop à se plaindre du sien. Quand un exemplaire ronéotypé de son travail me tomba entre les mains, je vis que la plupart de mes observations, sur le moment dédaignées, y figuraient en bonne place. Cette petite satisfaction mit de côté l'orgueil masculin et je revins presque chaque jour dans sa chambre. Du bavardage nous passâmes à la confidence — à notre insu.

Les hommes parlent, les femmes écoutent. Nous renversâmes aussitôt ces rôles. Avait-elle besoin d'épanchements et moi de silence? Evoquer le présent n'était pas permis. Tant mieux : il était poisseux. Restait le principal : l'étau des origines, et nos envols futurs. Son passé lui revint tout en parlant et elle s'y arrêtait d'autant plus qu'il était loin. Elle en parlait sans plaisir mais sans rougir : voilà ce qu'on a fait de moi, avant que je puisse me faire moi-même. Je découvris avec joie qu'elle n'était pas vraiment allemande, mais de Carinthie, près de Friesach, dans les Alpes du Sud — au centre de l'Europe. « Ce n'est pas malin d'être né en Autriche, lui dis-je un jour pour marquer le coup. — Bah, il n'y a rien d'irrémédiable, me répliqua-t-elle, tu es bien né en France. » L'Autrichien était son père, pas elle. Sa mère? Morte elle ne savait où, peu après sa naissance. Lui, bien planté sur ses deux jambes, dans une ferme perdue en pleine savane, non loin de la frontière brésilienne. Il était arrivé en Bolivie après la guerre, avec de brillants états de service. « Ach so... petits ennuis, un peu de gêne à dissiper peut-être?... » Elle se fâchait, rectifiait aussitôt : « Mais non, comprends-moi bien : il a fait la guerre comme tout le monde et nous ne sommes pas venus tout de suite après la *défaite* »;

et elle devait rectifier à nouveau : « Que veux-tu, c'est comme ça qu'on disait dans la famille. » Enfin, l'autre, c'est-à-dire la sienne : la famille qu'elle n'avait pas choisie. Mais son casse-cou de père, elle l'adorait. Il avait fait tous les métiers : guide de montagne, champion de ski, explorateur, cinéaste, officier, avant de s'arrêter à celui de pionnier. Elle avait seize ans quand il l'emmena avec lui dans une mission d'exploration aux confins de la Bolivie et du Brésil. Jusqu'au jour où, lassés des pirogues et des moustiquaires trouées, ils construisirent une maison en dur dans une région perdue du Béni, entre le Guaporé et le Mamoré, dite de colonisation agricole, où aucun colon ne se risquait. Et voilà comment un risque-tout se met à élever des cochons, avec sa fille. D'une forêt l'autre, en somme. L'enfance dans les sapins, une longue adolescence entre les lianes et les kapoks.

A rebrousser les années, elle redevenait gamine, mutine, et pour un peu je lui aurais tiré les nattes. Comme si elle découvrait en même temps que moi le goût de cette enfance où tout m'était étranger. Le goût du *reidling,* le gâteau à la cannelle; des cœurs de pain d'épice constellés de fleurs en sucre rose et bleu ciel; des choux du potager qu'on met dans le tonneau à l'automne, avec du cumin, du gros sel et du fenouil, et qu'on laisse dégorger tout l'hiver sous une grosse pierre, pour faire la choucroute de l'année; le goût un peu fade des *knódel,* ces sempiternelles boulettes de froment et de lard saupoudrées de chapelure. Et cette odeur de résine et de cerise aigre qui est l'odeur des chalets autrichiens. La grande demeure familiale, le *Schloss,* disait-elle — en Autriche, même les rendez-vous de chasse sont élevés au mystère du « château » —, avec son grand toit de tuiles noires aux angles rabattus, son clocheton pointu où sonnait la cloche du déjeuner, le perron de bois ajouré, les poutres et les balcons peints de motifs noir et rouge. De là, nous prenions la clé des champs et elle m'emmenait en traîneau poser des pièges aux marmottes et aux renards (l'un avait encore égorgé et emporté dans la neige, la nuit, le faon qu'elle élevait elle-même au biberon). Elle m'emmenait au Carnaval, elle allait dans la neige, déguisée en colombine, de maison en maison, avec tous les enfants de la vallée, recueillir dans son corbillon beignets aux abricots et schillings jaunes, toutes les fois qu'elle n'était pas reconnue sous son masque. Ou à ces funérailles de montagne, cette bombance de trois jours autour du corps, dans la maison du défunt, à boire du schnaps et à manger du lard, avant la lente procession des carrioles jusqu'au cimetière derrière l'église, où les femmes s'assoient d'un côté et les hommes de l'autre. Et la chorale mixte qui se retrouve devant l'église, se défie et s'égaye autour du mât de cocagne, le plus haut fût du pays, qu'on plante le premier dimanche de mai et qu'on met aux enchères après les moissons, le premier dimanche de septembre, non pour sa couronne de cochonnailles mais pour le débiter en tronçons. Les années passent, elle casse sa maison de poupée et la voilà qui sort au point du jour, la carabine sur l'épaule, aux côtés du père, culotte de peau et cape de loden. « *Waidmannsheil! — Waidmannsdank!* » Elle se glisse en fraude, malgré son âge et son sexe, dans la confrérie des chasseurs. Avec le même respect pour les bêtes que pour les pointilleuses cérémonies de l'affût. Elle apprend à marcher en silence dans la forêt, à retrouver son chemin dans le dédale des laies et layons, sur ces pentes que tapisse, six mois sur douze, cette agneline bicolore, cette mousse laineuse où se mêle le vert tendre du mélèze au foncé des sapins. A surprendre le coq de bruyère noir et roux, aux premières lueurs de l'aube, au début du printemps, juché sur son mélèze, roucoulant à la mort. A distinguer entre les chevreuils et les cerfs, dont chacun, dans la propriété, a son nom propre, son histoire, ses défauts, et ses bois de mue annuels retrouvés dans la neige, étiquetés, évalués en nombre de points et suspendus aux murs. A reconnaître l'âge et la valeur du cerf au nombre d'andouillers, à la couleur plus ou moins rousse des veinures, à la blancheur d'ivoire des pointes, au nombre de perles sur la couronne. A les nourrir au foin et au sel, à les tirer à la jointure de l'épaule, quand l'âge le permet, pour ne pas les blesser ni les faire souffrir, à les vider aussitôt au coutelas pour éviter la putréfaction. Jusqu'au matin où son père lui offrit solennellement les molaires d'un patriarche, un vieux cerf de quinze ans : dès lors, elle n'avait plus rien à redouter de Saint-Hubert, elle pouvait partir seule, sans tuteur ni garde-chasse.

Son chemin d'enfance et de jeunesse, elle le refaisait avec moi, mais plus surprise encore que moi par la fraîcheur de ce qu'elle revivait en racontant. « C'est la première fois, me disait-elle, sur un ton de reproche : d'ordinaire, je déteste les souvenirs. Je n'ai pas de passé, je n'en veux pas. J'ai rompu avec mon père, et c'est peut-être aussi bien. » Sur leur départ en Amérique, je n'obtins que des bribes. Elle me laissa seulement deviner un mariage manqué avec un ingénieur des mines allemand qu'elle avait connu en vacances à La Paz. Il travaillait pour la *Konnecot Company*, et le jeune couple partit s'installer au Chili, dans une mine de cuivre, ou plutôt dans les quartiers réservés aux cadres américains et allemands : golf, tennis, piscine, écoles spéciales pour les enfants. La sauvageonne de vingt-quatre ans découvre d'un seul coup la vie civilisée : la ségrégation de la peau, le mur de l'argent, la lutte des patrons, la résignation des autres, les clivages de la naissance; et qu'il lui était plus facile d'affronter le regard d'une bête aux abois que les yeux baissés des hommes qu'on humiliait devant elle. Déjà, dans les marchés boliviens, son jeune cadre de mari aimait à jeter des pièces de monnaie en l'air, au milieu de la foule, pour le plaisir de voir les Indiens se précipiter par terre en se battant à qui les retrouverait le premier dans la poussière. Lui riait et prenait des photos, eux se cognaient pour de bon, dents serrées, visage en sueur. Elle, détournait les yeux, mettant ces mauvais moments sur le compte du tourisme et de ses ridicules. A la mine d'El Teniente, elle voulut, pour passer le temps, donner des cours aux enfants de mineurs. Son mari eut un haut-le-cœur et le lui interdit. Il la voulait exclusivement en golfeuse déhanchée, club sur l'épaule, mocassins blancs, jupe écossaise, gilet et casquette de tweed, évoluant avec sveltesse sur le gazon des Blancs. L'image, il est vrai, lui allait assez bien. Quelque temps plus tard, elle passait le voir à son bureau, après un lock-out de « crise », lorsqu'il mit à la porte, en le giflant de toutes ses forces, un vieux mineur chilien, un Indien boiteux qui venait lui demander de l'embauche pour la cinquième fois. Par habitude, pour faire le beau devant elle ou pour lui montrer comment il fallait s'y prendre avec « ces gens-là »? Elle ne se posa pas la question. Elle eut honte, refusa de baisser la tête et le plaqua deux jours après. Ensuite, mutisme absolu. Nos chemins bifurquaient au moment même où ils étaient censés se rejoindre.

Que lui restait-il de tout cela?

— Tu veux vraiment savoir? Alors, attends et ferme les yeux.

Un tiroir qui glisse, une clef qui tourne, je les rouvre. Imilla sort d'un petit coffret de bois peint tapissé de suède une merveilleuse châtelaine aux chaînons d'argent avec, suspendus çà et là, des bijoux d'ivoire sertis...

— L'Autriche, c'est oublié. Mais regarde : ici, la paire de dents de cerf dont mon père m'a fait cadeau, le jour de mes quinze ans; là, des griffes de marmotte; à côté, une défense de sanglier... Je ne porte pas de bijou, mais celui-là, c'est mon talisman. Jusqu'ici, il ne m'a pas quittée.

Et que me restait-il à moi, de ces souvenirs en forme de confessions? Sa confiance, peut-être. Quelque chose comme une complicité nouvelle. Européens tous deux, transplantés sur le tard, mes villes de jeunesse valaient bien, pour le saugrenu, ses forêts carinthiennes. Nous nous ressemblions trop, en un sens, pour souffrir l'un de l'autre, pour nous attirer d'emblée d'une façon irrémédiable, je veux dire : physique. Mais trop aussi pour pouvoir désormais nous tourner le dos sans crier gare. Avais-je trouvé mon double? J'aurais pu dire mon envers aussi bien : le monde de l'enfance m'est fermé, celui de la nature opaque, et du passé jamais je ne soufflais mot. J'avais devant moi l'original dont je n'étais que la contre-façon; l'essence incarnée de tout ce qui me manquait : cette faculté de s'assumer soi-même, de s'imposer au hasard et de ne pas céder à ses propres avatars. D'évidence, ma nouvelle amie, si elle ne l'avait pas voulu, avait mérité ce qui lui arrivait. D'où sans doute cette façon qu'elle avait de promener à travers les pays et les lumières une inaltérable identité, alors que chaque langue nouvelle, chaque nouveau parfum, chaque sorte de soleil mettaient mon cœur à mal et ma cervelle sens dessus dessous.

★

Par un quiproquo que je fis tout pour dissiper, Imilla dès l'abord m'avait pris pour un chef. C'est-à-dire pour un autre. Elle me rangeait au nombre des élus, de ceux qui portent en eux quelque chose de trop grand auquel ils ne réchapperont pas, tandis qu'elle-même se voyait faite pour rester à l'office et servir à table les invités du destin. Démontrer qu'elle voyait tout à l'envers lui parut de ma part une mauvaise plaisanterie de plus et la marque — mon Dieu! — d'une surhumaine modestie. Elle était naturellement modeste mais supportait mal la plaisanterie. Il y avait à ses yeux les prédestinés et les autres. On n'y pouvait rien, et vouloir prouver le contraire était sacrilège. Ou était-elle trop pudique pour accepter sa vérité? Tout ce qui pouvait la mettre en lumière, elle en prenait ombrage.

Je me souviens qu'un soir, sur la terrasse de sa chambre, je lui lus à voix haute la phrase du Che, si connue : « Au risque de paraître ridicule, permettez-moi de vous dire que le vrai révolutionnaire est guidé par de grands sentiments d'amour. » Dans notre situation, cette évidence était aussi difficile à expliquer qu'à mettre en œuvre.

— Vois-tu, poursuivis-je en haussant le ton (un peu de grandiloquence ne messied pas dans le soleil couchant), la révolution, ce n'est pas de la dynamite, c'est de l'architecture. Ce n'est pas la tragédie, c'est la fête. Il est là, l'enseignement du Che. Malheureusement, quand on a des sadiques en face de soi, il faut bien les éliminer — pour survivre.

— Oui, reprit-elle, avec un rien de mélancolie. Le chef des renseignements militaires... Il serait temps d'avoir sa peau, à celui-là.

— Eh bien, vois-tu Mimi, il faudrait liquider Anaya par amour. Qui peut comprendre cela? Tu pourrais le faire comprendre, toi? Tu te vois en train d'expliquer cela à des juges, ou à des flics? Suppose que tu puisses un jour lui tirer dessus. On te prend...

— On ne me prendra pas.

— Mais enfin, suppose, Mimi. C'est pour jouer. On a bien le droit de s'amuser un peu. Tu imagines la scène : le bureau, l'interrogatoire, les flics en face...

— Si on me prend vivante, il n'y aura pas d'interrogatoire de ce genre. Tu connais la musique : à poil, la cagoule sur la tête, et tout de suite à la « parrilla » (le sommier métallique auquel on attache le prisonnier, jambes écartées, pour faire passer le courant électrique, jusqu'à 200 volts, parce que le 220, c'est l'électrocution immédiate et les gens comme Anaya sont des délicats qui savent vivre et tuer en prenant leur temps). Après on me violera. Ou bien avant. Et puis, les médecins me feront leur piqûre de curare dans la gorge — de celles qui vous asphyxient lentement. Enfin, on me fera ce qu'ils font à tout le monde. Et un peu plus. Parce qu'Anaya, c'est leur totem ambulant. Ils nous le feront payer cher, celui-là.

— Suppose que ce soit en Europe, n'importe où. En Europe, il y a des polices civilisées, avec des avocats, des tribunaux, des juges d'instruction. Il y a même un statut spécial pour les prisonniers politiques.

— C'est trop beau, tu te moques de moi. Même si tu disais vrai, Anaya n'est pas le genre de types à se balader en Europe.

— Mais enfin, suppose! Regarde, j'imite les voix, je mime. Juge d'instruction : « Pourquoi avez-vous tué ce monsieur? Vous avez l'air si convenable, mademoiselle, c'est vraiment incompréhensible! » Toi : « Je l'ai tué par amour, monsieur le juge. » Lui : « Et vous ne trouvez pas qu'on peut aimer à moindres frais, mademoiselle? » Toi : « On fait ce qu'on peut, monsieur le juge. Quand j'essaye de faire comme tout le monde, je ne suis jamais payée de retour. » Et là, crac, la citation du Che. Excellent, l'effet.

Ratage complet. Imilla, qui avait tout écouté en silence, ne rit même pas jaune : elle devint toute rouge. Honteuse qu'on pût tourner en dérision quelque chose d'aussi grave que l'exécution d'un sbire ou l'étreinte amoureuse.

— Mimi, tu sais pourquoi tu n'aimes pas mes plaisanteries?

— Parce qu'on ne plaisante pas avec les choses sérieuses.

— C'est là où tu te trompes, justement. C'est parce qu'elles sont sérieuses qu'il faut plaisanter avec. Sinon, y aurait pas de mérite.

— Tu es encore plus con que je ne le pensais.

Elle pensait juste. Mais je préférais une pirouette à lui dire la vérité, tout à trac : que c'est avec des plaisanteries qu'on fait, après coup, les choses sérieuses. Elle avait la religion des proportions et me prenait pour un mécréant quand je lui contais par le menu notre guérilla passée, où elle ne voulait voir, avec la générosité des vues plongeantes, qu'une geste compacte de géants. A ras d'homme, il fallait bien faire le détail. Imilla voyait en petit les petites choses de la vie et continuait de voir les grandes en grand, par ingénuité ou respect des conventions. C'était donc à moi de la ramener à la réalité en lui rappelant, par exemple, les gags et quiproquos auxquels elle devait d'être restée en vie, et que ses propres camarades m'avaient racontés en se tapant sur les cuisses.

— Mais enfin, souviens-toi de la première attaque de banque des copains, quand tu avais encore cette belle maison à La Paz et qu'ils t'avaient demandé de planquer le butin chez toi. Ce n'est pas farce, cela? Tu viens à peine de rentrer chez toi, tu as encore à la main droite la valise bourrée de coupures et à la gauche ton sac de golf avec les mitraillettes dedans. Et le voisin qui sonne à la porte, blanc comme un linge: « Excusez-moi, mademoiselle, mais je viens d'entendre à la radio qu'il y a eu des attaques à main armée dans le centre, qu'ils vont rétablir l'état de siège et perquisitionner un peu partout, cette nuit. Vous me pourriez pas me prendre ces journaux et ces brochures... Juste pour cette nuit... Vous, vous n'avez rien à craindre... Mais vous comprenez, s'ils débarquent chez moi et qu'ils trouvent une collection de journaux d'opposition... » Et toi, calmant le bonhomme qui claque des dents, le raccompagnant jusque chez lui : « Mais bien sûr... vous pouvez compter sur moi... ici, c'est la maison du bon Dieu... Vous êtes en lieu sûr... »

Sur mon compte, j'en avais encore de plus belles à lui raconter, ou de plus saumâtres. Je ne m'en privais pas toujours. Nos miracles farfelus de jadis la déridaient un peu, jusqu'au remords final :

— Oui, mais nous, ça n'était pas vraiment sérieux. Nous n'étions que des hommes et des femmes... n'importe qui... tandis que vous...

— ... avec nos cartouchières, nos sombreros et nos longues moustaches huileuses... on n'était pas mal du tout, c'est vrai. En centaures mexicains, comme on les voit d'Hollywood...

Mon impertinence et mes éclats de rire la meurtrissaient. Révérencieuse et myope (l'un parce que l'autre), elle écarquillait les yeux devant ces enfilades de colosses plus ou moins mythiques que les humains dressent le long de leur route pour se donner meilleure idée d'eux-mêmes. Les vivants, toujours trop bas sur pattes à leur gré, ont besoin de s'agrandir à l'ombre des grands morts. Pris à ce contre-jour, mes gesticulations de gamin pouvaient à la rigueur passer pour d'intéressants soubresauts. Imilla me prenait pour autre chose qu'un voltigeur excentrique parce que j'avais fréquenté un demi-dieu et quelques vrais héros. Je lui jurais que je ne l'avais pas fait exprès. Qu'importe : je revenais de l'ombre, mêlé à tant d'ombres glorieuses qu'un soleil noir me coiffait à ses yeux d'une auréole imméritée. Mes supérieurs, en vrais professionnels du hasard, étaient conscients que je n'y avais pas été pour grand-chose. Ils savaient par expérience que la politique comme la guerre consistent à organiser l'imprévu et à tirer parti des accidents. Pour elle le fortuit n'existait pas, en sorte que la grâce de celui qui avait été notre chef rejaillissait jusque sur le dernier sous-fifre. Comme elle ne parvenait pas à jeter un pont entre les petites histoires vraies que je lui racontais pour la détendre et le fabuleux destin de Guevara, « commandant de l'Amérique », elle choisissait de considérer les premières comme des fantaisies de saltimbanque. Comment lui faire comprendre qu'il arrive aux gens, par chance, des choses beaucoup plus grandes qu'eux? Et que nul n'est responsable des grands hommes qu'il rencontre en chemin? Tout ce qui pouvait s'apprendre, Imilla l'avait appris ou allait le faire bientôt : le démontage des pistolets mitrailleurs, le décodage des groupes chiffrés, la contre-surveillance en ville, les cinq lois de la Dialectique et à prendre la parole en dernier au cours des réunions militantes. Il lui restait à découvrir la misère des légendes, cet entrelacs d'impondérables et d'improvisations, miteux tissu de banalités où la Fortune découpe ses plus beaux patrons. L'Histoire se taille ses habits de gala dans la même laine que ses costumes de ville. Voilà un secret intransmissible, qu'on ne laisse pas traîner dans les manuels, ni sur les camps d'entraînement. On le déniche sur le tas et on l'emporte dans le trou. Les survivants — quand il y en a — sont bien trop malins pour vendre la mèche. Mais tout compte fait, c'était peut-être de la méchanceté de ma part que d'imaginer qu'elle aurait pu garder son idéal en perdant ses illusions.

★

Septembre arrivait déjà, et toujours pas de Carlos. Un câble nous parvint enfin : invitation surprise en Corée du Nord. Il ne serait pas là avant un mois au moins. Quinze jours, annonçait-il, mais on pouvait compter large, en incluant un ou deux crochets par la société de consommation. « Pourquoi pas Paris, tant qu'il y est! » soupira Imilla, résignée au pire. « Il aurait tort de se priver, lui répondis-je. Ce qu'on a dansé et bu un jour, personne ne vous l'enlèvera. » Les escapades en Europe de l'Ouest n'étaient-elles pas couvertes par la même maxime que les gueuletons de rencontre en montagne, entre guérilleros : avaler autant qu'on peut, en acompte sur ce qu'on ne pourra manger après? L'ennui, c'est qu'on nous avait préparé, juste pour ce mois-là, un petit stage de techniques urbaines. Si les réservistes suisses ont leur période de rappel, on pouvait bien s'en offrir aussi, Carlos et moi. Les autorités avaient libéré pour nous deux toute une section du camp d'entraînement le plus proche, et retenu à cette date des instructeurs triés sur le volet. Toujours bon à prendre, même si on n'était plus des néophytes. A la dernière minute, je suggérai aux amis de remplacer Carlos par Imilla : n'avait-elle pas, de son côté, un entraînement du même genre à son programme — en moins spécialisé? Autant faire d'une pierre deux coups.

Jumelage sans arrière-pensée. Ma proposition était désintéressée, j'en jurerais. Simplement, ces recyclages permettent de garder la forme. Sans oublier qu'il y a des formes vides et que les bons réflexes ne font pas les bons combattants. Cette discipline, je me l'imposais pour retendre mes ressorts, brimer mes réticences. Quiconque a des tentations intellectuelles se doit de suer de temps à autre la mauvaise graisse des lectures, des tours et retours de l'esprit, spirales s'enroulant sans fin autour de la fin du socialisme et du sens de la vie en société qui vous tourneboulent la tête, vous désorientent en vain. Quand les camarades informèrent Imilla qu'elle aurait bientôt à changer de mode de vie, elle laissa éclater sa joie, me harcelant aussitôt sur le programme et le contenu des cours. La pauvre dut en rabattre lorsqu'elle vit le peu d'entrain avec lequel j'abordais ma cure de désintoxication.

La sotte passion des armes m'était passée depuis longtemps. Je ne répugnais pas à les manier : je m'y résignais. Disons que j'en connaissais l'usage, et elle pas — ou seulement pour dissuader. Je m'étais servi un jour d'une carabine et la carabine — une M2 américaine — s'était servie de moi pour faire ce que font les carabines quand elles tiennent en joue à vingt-cinq mètres un inconnu qui ne vous voit pas. C'était cinq ans auparavant, à l'orée de cet interminable « état de guerre interne », comme disent les juristes galonnés qui dans ces pays-là rédigent les décrets, quand nous voyions la victoire à une portée de fusil. Il n'y a pas de meurtre à la guerre, mais rien ne ressemble plus à un assassinat qu'une première embuscade. Alors que l'ennemi n'est encore qu'un uniforme abstrait, une silhouette verdâtre qui remonte le courant, les pieds dans l'eau, au milieu d'un canyon. Oui, stupéfait d'entendre d'aussi près la détonation, l'index hésitant encore sur la gâchette, j'avais vu un jour entre les arbres s'affaler un étranger dans ma ligne de mire. Un gosse sans visage, que je n'avais aucune raison d'exécrer. Ou plutôt : que je ne pouvais haïr qu'en me raisonnant, mais le cœur n'y était pas. Pas encore. Et le pire, à la fin des fins : s'en aller ramasser, devant les survivants les bras en l'air, le corps secoué de sanglots, ou bien impavide, tétanisé par la surprise, non seulement le fusil et les chargeurs, mais les bottes, la musette, le ceinturon. Pas facile d'enlever ses bottes à un cadavre. Les détrousseurs, dans ces moments-là, ont les gestes aussi raides que les détroussés.

En somme, j'avais mangé ma haine en herbe. Elle n'avait pas bon goût. Imilla laissait mûrir. C'est plus sage. Le grain est trop précieux pour moissonner à la légère. La haine tient chaud au cœur des solitaires et fait de leur sacrifice une offrande, palpitante comme un acte d'amour. A défaut, le combat devient calcul, la ferveur un échauffement de tête. Les coups de feu des terroristes sont à ceux des révolutionnaires ce que l'onanisme est à l'accouplement. Sous la peau froide des passionnés, Imilla, bouche cousue, attendait l'été et le moment d'aimer pour de bon.

D'où tirait-elle cette énergie concentrée, cette passion à charge creuse? Quel sang ancestral avait-elle à laver? De quel Atahualpa trahi par l'Espagnol barbu, écartelé entre quatre chevaux devant son peuple réuni, de quels millions d'aïeux avalés par les boyaux des mines du Potosi, de quel Tupac-Amaru à la langue arrachée était-elle comptable? La dureté ne s'improvise pas du soir au matin. C'est quand la poudre vient du fond des âges que les fusils partent tout seuls, à n'importe quel prix. On embrasse une cause, une espérance. On peut accompagner un moment un peuple qui s'insurge... Mais cette race de bronze aux ombres immémoriales, comment Imilla la blanche l'aurait-elle épousée? Sinon dans des noces plus mystiques que charnelles? Il y a loin de la Vierge naïve qu'on aperçoit le long des petites routes d'Autriche, peinte sur le bois blanc des oratoires, sous leur toiture en accent circonflexe, à l'idole emphatique qui dans les processions indiennes écrase les épaules des hommes à ponchos, monolithe attifé en Madone...

Ses haines comme ses amours ne pouvaient prospérer qu'à la force du poignet. Pour autant que la volonté supplée à la mémoire des corps... Le mystère que je m'expliquais mal n'était pas tant son engagement que sa ténacité. Tout le monde s'engage à vingt ans dans quelque cause qui le dépasse, et prend, au moins une fois dans sa vie, un risque majeur. Vieillir en assumant, courir le risque suprême mais sur la longue distance — voilà une tout autre affaire. Imilla n'avait plus vingt ans. Alors quoi? Fanatique? Non : elle n'était pas possédée par une idée. Elle était moins et mieux : fiable parce que fidèle. Trop intelligente pour se fier aux idées : les théories n'ont pas de regard. On ne peut être fidèle qu'à un visage — et à une idée, à la rigueur — qu'à travers un être de chair et de sang. C'est par hasard — et par Raúl — que j'appris le nom de guerre de sa fidélité. Elle s'appelait Inti, qui avait été lui-même le second du Che et dont Carlos était le second depuis toujours. Irrésistible dynastie des sacrifiés... C'est elle qui avait hébergé Inti à La Paz, jusqu'à la veille de son assassinat. Que s'était-il passé entre eux deux? je ne sais. Mais il s'en était allé un soir dans une planque inconnue — « pour la libérer de sa présence », lui avait-il dit en partant. Deux jours après, on retrouvait son corps dans un faubourg, seul dans une chambre sans eau aux murs de plâtre nu. Le thorax enfoncé. Et un petit trou rouge à la tempe. Elle ne m'avait jamais rien dit de cet épisode, et moi-même je n'y repensais plus guère. Elle non plus, sans doute.

On avait mieux à faire que penser. On avait, de huit à dix, « documentation » : faux papiers, timbres, tampons. De dix à douze, communications et transmissions : radio, groupes chiffrés, morse. A midi, l'ordinaire du soldat, sur un plateau de zinc. Sieste jusqu'à deux heures. L'après-midi, travaux pratiques. De deux à quatre : explosifs et mines; de quatre à six : grenades, bazooka et tir à volonté. De six à sept : démontage et nettoyage des armes utilisées. Sept heures : vestiaire, douche et retour en ville. On avait bonheur du matin au soir.

Je veux dire : une certaine qualité d'atmosphère sur la peau, cette légèreté de l'air propre à la féerie des matins, quand rien ne pèse ni ne résiste et qu'on joue au cerceau avec sa vie parce que le fond de l'air est rose et qu'on n'a pas assez dormi. L'avenir roule tout droit, en roue libre, les trottoirs sont déserts, les ennemis dorment au fond de leur lit. Cette heure trompeuse nous dura plus d'un mois. Durement, à coup de crosse, de marches forcées, de sacs à dos remplis de pierres, jusqu'à frôler l'évanouissement, nous nous sommes enfoncé l'insouciance dans le corps. Le bonheur au bout du canon, l'éternel mirage des bleus. Imilla dressait-elle ses plans au cordeau, comme on apprend à viser? Les lignes de mire sont toutes droites, c'est pourquoi il y a tant de balles perdues. Ne mettent dans le mille que ceux qui savent faire des détours. *Con sangre la letra entra.*

Mais on a de ces amnésies, parfois. Celle-là fut du type militant, prosélyte. Chacun de nos gestes était un cri de boy-scout : « Ohé les amis, la route est libre et droite, à perte de vue! Elançons-nous! » A la ronde, le désert. Pas d'amis pour nous entendre. Notre réclusion était sévère, nos sorties, limitées : raison de plus pour crier à la rescousse. Je ne regrette pas ce retour de jeunesse, que nous savourâmes ensemble comme un fond de bouteille inespéré. Nous n'étions pourtant plus des godelureaux. Nous savions bien qu'un geste a des conséquences, chaque mot son poids et que l'entrée dans l'âge adulte n'est pas une épreuve d'examen mais une épreuve physique. Nous l'avions passée, elle et moi — à des dates différentes. Les jeunes gens transforment leurs désirs en fantasmes parce qu'ils n'ont pas de revanche à prendre : ils peuvent faire la grasse matinée. Nous, nous avions des comptes à régler, de toute urgence. La pensée des duels à venir donne du vague à l'âme; leurs préparatifs rendent stricts et précis. On ne peut plus bayer aux corneilles quand on a l'ennemi en face. Nous étions debout à l'aube, conscients que le pain et les roses ne nous seraient pas servis le soir sur un plateau, gratis; et qu'on ne dresse pas impunément son corps au flegme et à la feinte. La colère et l'apprentissage des techniques exactes impriment aux songes une vitesse implacable. Nous rêvions à bride abattue, sur un cheval emballé.

Horaire militaire. A six heures tapantes du matin, une jeep franchissait la grille du parc et je ne quittais pas sans soulagement cette ancienne résidence de magnat fou où l'on m'avait logé : castel victorien, gothique troubadour, fruit du croisement d'une imagination malade et d'un boom sucrier au début du siècle, sans doute ramené tel quel d'Ecosse par bateau. Le tout au milieu d'un jardin grand comme la moitié de Saint-James, planté d'un gazon ras plus dru qu'à Wimbledon, mais où éclatait à foison la revanche multicolore des hibiscus, des flamboyants, des bougainvillées. Je squatterisais à mon corps défendant ce palais vide, bien sonore pour un petit homme seul, mais qui mettait à l'abri des questionneurs et des importuns. Ensuite, le chauffeur passait la prendre à son hôtel. Elle nous apparaissait de loin, droite comme un i ponctuel, toujours au même endroit, au coin de la rue déserte. Je faisais chaque fois semblant de m'incliner par la portière pour lui laisser la place de devant, elle déclinait d'un petit geste de la main et s'installait sur le tape-cul arrière, laissant aux mâles les deux sièges rembourrés. Avec le sourire en coin de qui-n'en-pense-pas-moins.

L'air flottait au-dessus de la ville ouverte comme une étoffe de fantaisie. Lilas, irresponsable, volubile. Nous ne parlions guère, ayant trop de questions interdites à nous poser l'un à l'autre, et la soirée de la veille, et les rêves de la nuit. Sur la route qui longe la mer, le vent du large nous défripait le visage. Dans le moutonnement paisible des collines à palmiers, deux présomptueux, qui n'étaient pourtant plus des petits cons, promenaient un orgueil de capitaines insomniaques — l'orgueil de ceux qui font la ronde sur les remparts pendant que les bourgeois ronflent. Peut-être l'ennemi, notre beau souci, nous obsédait-il moins que cette ivresse extralucide que donne le sentiment d'être investi d'une veille sacrée, à l'insu des voisins. J'avoue avoir longtemps cédé à la vanité du petit matin. Un homme qui prend deux heures d'avance sur la journée de ses contemporains se croit plus facilement qu'un autre chargé d'une mission extraordinaire. Je ne crois plus aux messies, et un peu moins aux grandes missions, mais je ne cesserai jamais de croire au matin.

Il y avait aussi le bonheur du soir, quand on ramenait chez les civils un corps secret, glorieux, qu'épanouissaient au fil des jours les courbatures, les bleus à l'épaule, le pied d'athlète. Nous étions comblés par cette vie rangée, pleine d'ordres et de contraintes, au rythme fixe et fixé par d'autres. Sans temps morts, hormis quand la fournaise de midi nous posait sur les tempes les ventouses de la sieste. Chefs délicieusement soumis, volontaires remontés comme des réveils. Je lézardais en douce, et jouais les affairés en faisant le vide à l'intérieur. Il y a dans cette sorte d'ascèse un bercement, dans l'épuisement méthodique de ses forces un opium aristocratique qui vaut bien les autres. Rien de plus tonique pour l'esprit que ces lieux où l'on n'a pas à penser ce qu'on fait ni à réfléchir à ce qu'on dit, mais à apprendre à faire la guerre, à dire la messe ou à sauter en hauteur. Alors, dans cette léthargie aux ongles nets, au cheveu court, prompte à la douche, au gant de crin, à la réflexion par onomatopées, il a enfin tout le loisir de tendre à l'essentiel.

Ignorant de quoi serait fait notre avenir, l'essentiel, c'était cette tension même, cette sujétion à un but inconnu. Devenir « opérationnels » nous occupait déjà assez pour qu'on n'allât pas par surcroît s'occuper des opérations auxquelles nous nous destinions. J'ai toujours mis mon point d'honneur à sacrifier la métaphysique à la gymnastique, et chez Imilla ce n'était pas un sacrifice, en sorte que n'ayant réponse à rien, rien non plus ne nous faisait question. Dans les kiosques de gare, des commandos sont dressés par des Smersh omnipotents pour aller enlever à l'Ouest des savants atomiques. Au théâtre, des bavards disputent depuis un siècle si la fin justifie les moyens, s'il vaut mieux avoir les mains sales ou pas de mains du tout. Pour nous, les moyens justifiaient n'importe quelle fin — un point c'est tout. Nos moyens s'appelaient : blocage de l'air dans les poumons, contrôle des cuisses, fixité du poignet (pour le pistolet), dorsaux fiables (pour le tir couché), et ils suffisaient à notre félicité. Se donner à une cause, c'est d'abord se rassasier de ses limites, jouir de soi. Notre seul but, alors : se dégraisser du superflu pour mériter, le jour venu, une fin-flash, sans bavures ni cendres. Le fin du fin : se servir de sa vie comme d'une cartouche de guerre... Pouvoir, un jour, éjecter le vieil homme comme une douille usée, perforer sa cible et disparaître...

★

J'aimerais oublier certaines ombres au tableau. Certaines soirées où s'écaillait le vernis de cette vie trop simple. Certaines démangeaisons suspectes qui nous prenaient sur le chemin du retour, les tympans encore tout meurtris par nos longues séances de tir. Cette buée parme qu'exhalait la baie devant nous, ce parfum de braises qui planait sur la ville, la clameur des néons sur les façades du front de mer nous mettaient en humeur de champagne, avec des élancements de fête impossibles à contenir. Je voyais briller les yeux d'Imilla, comme si elle avait repris sa féminité au vestiaire, en cachette. C'eût été trop beau d'hiverner tout l'été, et que la chaleur du jour dévorât jusqu'au soir des corps gelés, aux élans cassés, aux gestes secs. J'aimais cette fadeur d'amidon entre nous. Mais comment résister à une grande ville quand la nuit tombe, que la sève monte le long des membres et que la peau fourmille? Que faire des désirs que le dédain accumule en silence, de toute cette avidité qu'avait nourrie notre réserve? Moi, je m'éclipsais en ville où j'avais mes petites affaires, comme tout le monde, et adieu Mimi, à demain! Devinant la suite, je préférais la quitter en chemin, l'abandonner à son sort de petite princesse éméchée en veine de farandole.

Pour elle, la débauche était plus difficile d'accès. Elle rentrait à l'hôtel et montait dans sa chambre échanger dare-dare ses loques de petit soldat et sa besace de toile kaki contre une tenue adaptée : sandales de cuir, pantalon-jupe, blazer rouge aux larges revers. La chevelure en queue de cheval, ou bien roulée en macaron sur l'oreille, les joues légèrement satinées, une ombre discrète sur les paupières : une élégance sportive, subtilement sophistiquée, sans grand décolleté ni maquillage à proprement parler. Son col échancré, le petit foulard de soie noué à la cow-boy et un regard plus intense ne suffisaient pas à lui donner un air canaille, mais des allures de demoiselle un peu plus floue. Le même ascenseur qui avait monté Ingrid Bergman redescendait avec Audrey Hepburn. Sidérant dédoublement qui augurait bien de ses aptitudes clandestines et pouvait prendre au dépourvu. Car l'adolescente des années cinquante était prête à tout. Bambocheuse un peu collet-monté, sobre dans le dévergondage, Imilla n'en pratiquait pas moins une impudicité sans remords, à ciel ouvert.

Elle n'avait pas à se mettre en chasse. Les candidats ne manquaient pas, qui déposaient à ses pieds tous les insignes du pouvoir et de la virilité, faisaient la roue à qui-mieux-mieux. Mais en milieu latin, le péché empeste l'atmosphère, englue les regards, rampe sous la table. En territoire hispanique, les hommes ne regardent pas les femmes dans les yeux; elle, au contraire, oui. Ce déséquilibre l'exaspérait; il faisait d'elle une garce parce que les armes n'étaient pas égales. Sans parler des camarades de l'organisation, qui avaient honte pour elle et détournaient la tête (à vrai dire, nous étions peut-être contents d'avoir mal : qu'elle se dégradât ainsi de temps à autre nous faisait prendre du grade vis-à-vis d'elle), les politiques et les militaires, qui savaient qui elle était, l'invitaient parfois à dîner mais tournaient autour du pot, avançaient un pied pour reculer une main, épaississant la gêne au lieu de la dissiper. De toute façon, c'était sans espoir pour eux. Princesse, Imilla ne pouvait décemment coucher qu'avec son chauffeur. Surtout dans ces pays où lorsqu'une femme seule dit oui à un homme, la voilà non seulement putain mais en posture de protégée en attente et soumise. Les valeurs castillanes n'étaient pas les siennes, et peu lui importait son « prestige ». Mais elle n'aimait pas attendre, ni faire aveu de faiblesse. Aussi avait-elle pris la saine habitude, frustrante à la longue, de choisir ses partenaires hors de son milieu : volage mais scrupuleuse, elle ne mêlait pas les amis aux amants, sa vie militante avec sa vie privée. « Que veux-tu, me dit-elle un jour que je faisais allusion aux frasques d'une camarade qui faisait scandale elle aussi dans notre petit milieu, moi non plus, je n'ai jamais pu être femme et militante en même temps. Alors j'alterne. » Je connais bien la chanson. Nous étions donc deux à nous dédoubler, à nous comprendre en nous tournant le dos. Elle, quand elle sortait, c'était sans se faire voir, avec des musiciens noirs — joueurs de tumbas ou de saxo —, un jeune chanteur un peu bohème, ou même de simples soldats en civil.

Nous nous retrouvâmes un samedi soir, par hasard, dans une boîte à boléros, guinguette populaire où une chanteuse noire, simplement céleste

— hanches ondoyantes, bouche humeuse, yeux en fer de lance — prenait son monde aux tripes avec une voix diabolique qui lui montait du ventre : animale, rauque, enveloppante. Imilla dansait, déguisée en Carmen, corsage à pois, grand jupon à volants et cheveux relevés sur l'oreille par une barrette. Nous nous assîmes tous quatre à la même table : elle, un malabar un peu rêveur aux yeux de Pierrot dans un visage cachou, moi et une mulâtresse aux silences ravissants, dont je n'avais pas à me plaindre. Chacun avec sa chacune. Sauf pour une danse où c'est elle qui m'invita, et je me souviens encore de la rengaine. « Mon indicatif, me souffla-t-elle à l'oreille, tu l'as reconnu? » Comment ne l'aurais-je pas fait, quand elle le fredonnait sans cesse au camp d'entraînement, au milieu des cours et des explosions?

Te vas porque yo quiero que te vayas
A la hora que yo quiero te detengo
Yo sé que mi cariño te hace falta
Porque quieres o no yo soy tu dueña...

Sans le rythme, les mots sont bêtes mais la musique promet les délices de l'enfer et tient parole, je puis l'assurer :

... *Entonces yo daré la media-vuelta*
Y me iré con el sol cuando muera la tarde...

A la fin, ramolli par la guimauve et tenant à peine debout sur la piste :

— C'est bien avec toi! C'est comme si je dansais avec ma sœur!

— Comment sais-tu, si tu m'as dit que tu n'avais pas de sœur?

— Précisément, je découvre.

— En somme, si tu te trompais, t'aurais aucun moyen de savoir.

Impropre au destin, je n'ai jamais cru l'inceste inévitable. Sans même l'évoquer, nous l'écartâmes résolument, au bénéfice d'une nouvelle tournée de daïquiris, et nous nous quittâmes les meilleurs amis du monde. Je connais les règles de la bienséance. Le lundi matin, je me suis bien gardé de lui poser des questions sur ce qui avait pu se passer après. On n'est pas de bois. Même entre frère et sœur.

J'étais trop content de retrouver la militante de semaine : redressée, pure et propre. Son visage anonyme, sans marques ni masque. J'ai toujours préféré, entre nous, cette complicité un peu roide à celle des samedis soir. L'entraînement touchait à sa fin : nous avions déjà nos habitudes. Celle du mutisme, entre autres. Pas un mot pendant tout le voyage.

Quand nous arrivâmes sur le terrain, elle sortit de sa poche un câble d'agence daté de la veille :

— Tiens, autant que tu l'apprennes tout de suite.

A La Paz, un dépôt d'armes était tombé la veille, au cours d'une grande rafle. Ça n'était pas le premier. Une semaine auparavant, une autre cache avait connu le même sort. Et cela me fit bougonner, je ne sais trop pourquoi :

— Le réseau va devenir une attraction touristique, ma parole! Les flics vont organiser des visites en car chaque dimanche...

Elle me toisait, les mains sur les hanches, sarcastique :

— Alors, on jette le manche après la cognée?

— J'en ai assez des erreurs, comme tu dis. Toujours les mêmes. On n'apprend rien.

— Les erreurs, c'est notre problème à tous. Tu en es responsable autant que tout le monde.

Elle partit à pas lents vers l'armurerie, et se retournant soudain :

— Bien sûr, personne ne te force. Tu fais ce que tu veux... Mais je crois que tu as des obligations, non, avec un passé comme le tien...?

— Vis-à-vis de qui? Des amis?

— Des ennemis aussi. Ils te redoutent. Ne les déçois pas trop.

— Les copains, ça me suffit.

— Eh bien non, justement! Tu ne peux pas dire : les copains et moi. Tu dois seulement dire : « nous ». Il faut s'identifier complètement à l'organisation. Jusqu'à perdre son identité à soi, au besoin. Devenir chaque ouvrier, chaque chômeur, chaque fusillé. Tu peux comprendre ça?

— A ce point, peut-être pas, sœurette. Mais je

n'ai jamais lavé le linge sale ailleurs qu'en famille.

— On ne peut pas avoir plusieurs familles, n'oublie pas. Mais une seule, et sans échappatoires pour planquer ailleurs son âme ou ses sous. C'est ça, la pro-lé-ta-ri-sa-tion des cadres, Boris — elle épelait une à une les syllabes de ce mot d'ordre passe-partout devenu le nôtre depuis quelque temps —, ça et rien d'autre.

— Tu me fais marrer, Mimi. On se couvre les mains de cambouis et de graisse toute la journée, mais le soir on se retrouve dans un palace. On se prolétarise en semaine, mais on va se faire bronzer le week-end sur la plage.

— Rassure-toi, mon vieux, on va bientôt repartir. Pourquoi crois-tu qu'on s'éreinte ici à armer et désarmer cette ferraille? dit-elle en me montrant toute la rangée des armes que nous allions utiliser dans la journée, une vingtaine de fusils, pistolets mitrailleurs et mitrailleuses alignés sur le râtelier.

Ces derniers jours, on les consacrait presque uniquement au tir. Avec tout ce qu'on avait sous la main. Munitions à volonté. On en vidait des caisses entières. Notre prise de bec m'avait piqué au vif et ce jour-là, les exercices tournèrent au combat singulier. Je ne vise pas mal, elle non plus. On comptait les points et on compta serré. Tendus, noirs d'huile et de sueur, sous un ciel blanchi par la fournaise, claquant comme un drap au-dessus de nos têtes. Elle gagna au pistolet mitrailleur, à cinquante mètres. Je l'emportai au pistolet, à vingt-cinq mètres, surtout avec le Colt 45 qui lui sautait dans la main. Je la défiai sur trois cents mètres avec l'AK 47, le fameux fusil automatique à crosse de bois et poignée-pistolet. Pas besoin de jumelles. Si on fait mouche, le gong résonne de l'autre côté de la colline. Au coup par coup, je gagnai de justesse. Par rafales, sans problème. L'honneur était sauf.

Sur le tard, la bonne humeur revint, avec une petite brise fraîche qui montait de la mer. Fidel, qui passait par là, nous rejoignit avec son escorte. Ils se mirent en position, on ouvrit une caisse de cartouches à balles bleutées — les traceuses — et ce fut la fantasia : tous en ligne, tir croisé sur le gong du voisin, toutes armes combinées. Dans le soir violet, les pistes phosphorescentes se tâtaient, se coupaient ou s'écartaient dans un feu d'artifice dont chacun pouvait défaire et refaire les arabesques d'un simple mouvement du poignet. Nous quittâmes notre éden sur ce bouquet final, dans un assourdissant tintouin de sifflements, d'explosions, de carillons et de jurons.

Le commandant en chef félicita Imilla pour sa précision et sa discipline de tir. Elle rougit de fierté, les bras ballants : le recul des crosses lui avait complètement bleui l'épaule. On alla ensuite trinquer sur la terrasse avec des bières en boîte et échanger quelques blagues en se balançant dans les rocking-chairs. Cette petite fête improvisée, fraternelle, me rappela la fin des grandes vacances. Comme une parenthèse qui se refermait doucement, après quoi ne pouvait plus que recommencer la litanie du malheur. Quand je dis « au revoir » à Imilla, au coin de l'hôtel, j'eus l'impression de faire mes adieux à quelqu'un que je n'avais pas même rencontré. Et que nous avions tous deux laissé passer l'heure.

★

Chacun se retrouvait dans son coin sans rendez-vous, désœuvré. Je ne la vis plus de quelques jours. Me boudait-elle? Un après-midi, je me trouvais en train d'errer dans l'hôtel, et comme je passais devant sa chambre et que j'avais pris la coutume tropicale des débarquements à l'improviste, je frappai à la porte. Pour rien, pour dire bonjour et au revoir. Pas de réponse. J'allais partir quand quelque chose me mit la puce à l'oreille, une sorte de gémissement, entre le sanglot et le reniflement. La porte s'ouvrit presque toute seule.

Trop tard. J'avais vu, elle m'avait vu. Assise par terre, le dos contre son lit défait, les cheveux en pluie, elle pleurait. Faisant non de la tête pour m'interdire le passage. Glaïeul flétri où le chagrin avait creusé ses rides et ses cernes.

— Qu'est-ce qui se passe, Mimi?

— Rien. Excuse-moi, murmura-t-elle avec de petits hoquets, en se frottant les yeux.

— Qu'est-ce que tu fais ici?

— Rien...

— Pourquoi pleures-tu?

— Je ne pleure pas... Je regardais seulement de vieilles photos... Et je me demandais où j'en étais maintenant, tu comprends...

Elle me montra en rougissant un jeu de clichés un peu fanés étalé devant elle : « Quand ça me prend, je ferme la porte et je me terre. J'aurais pas dû laisser la porte ouverte, voilà tout. »

Elle balbutiait : à l'envers d'elle-même, et j'aurais voulu la remettre à l'endroit. J'étais encore plus embarrassé qu'elle de voir ainsi ma toute-certitude, ma conquérante, mon chevalier sans son armure, accroupie nue, blessée, à ma merci. Je m'assieds, elle esquisse un sourire, je lui désigne une photo parmi d'autres :

— Qui c'est ce vieux?

— Mon père.

— Il va bien?

— Je crois que oui. Pas de nouvelles.

— Tu ne le vois plus?

— C'est lui qui ne veut plus me voir... Dès qu'il a su que je travaillais pour l'organisation...

— Et ici, c'est un petit ours ou un singe que tu tiens dans les bras?

— Je ne me rappelle plus. C'est quand on explorait le Béni ensemble.

— Et là, tu es devant une école en construction ou quoi?

— Non. Un orphelinat... Avec une amie médecin, à La Paz, on avait essayé de créer une fondation pour les mômes abandonnés. Un Kindergarten dans les faubourgs, quoi...! On levait l'impôt dans les clubs de riches... C'est bête, hein...? Note que ça a servi à l'organisation, après...

— Tu aimes les enfants?

Elle hocha la tête.

— Pourquoi tu n'en as pas?

— Trop tard. Des trucs dans le ventre. Compliqué. Je ne peux pas t'expliquer...

— Ça te rend triste?

Un hochement résigné, imperceptible.

Nous restâmes à parler à voix basse de choses du passé... Peu à peu, elle retrouvait son calme, se redressait.

— Ne va pas croire, me dit-elle à la fin, imperturbable. Je n'ai pas de problèmes personnels. Si j'en avais, ça ne compterait absolument pas. On ne fait pas la révolution avec ses problèmes personnels. Pas vrai, monsieur?

Le téléphone sonna à cet instant précis. C'était Carlos, de Paris! Il arrivait dans deux jours, via Madrid. Sans faute, cette fois. L'œil sec, scintillant, Mimi n'en trouvait plus ses mots.

— Il était temps... ça commençait à faire long, bafouilla-t-elle dans l'appareil. Tu sais qui j'ai à côté de moi? Boris!

Elle me fit un clin d'œil, mit la main sur l'appareil et me répéta la réponse :

— Il a du pain sur la planche, Boris...

— Quoi?

— Une nouvelle traduction de Don Quichotte à mettre au point... en quechua... édition populaire... version abrégée...

— Pour quand? demande-le-lui.

— Plus de temps à perdre, faut se dépêcher, on part tout de suite...

Je ne savais pas si elle gueulait de joie — ou pour se faire entendre. Quand elle eut raccroché :

— Et qui fera Sancho?

— Toi, bien sûr, me répondit-elle en éclatant de rire. Et sans s'attarder sur la répartition des rôles :

— Dès qu'on parle d'avenir, tu vois, ça marche mieux.

De fait : les éboulis de la mémoire l'avaient fait trébucher, l'appel de Carlos déblayait la route en un éclair. Elle était lumineuse.

— Promets-moi une chose, Boris. Tu ne le diras à personne — et surtout pas à Carlos — que tu m'as vue pleurnicher.

— Mais c'est excellent, les larmes. Ça nettoie. Regarde-toi : tu as retrouvé ton teint de jeune fille. Je tombe sur une Mimi d'occasion, toute fêlée. Une heure après, la voilà à l'état neuf.

— Merci. Cela fera un secret de plus entre nous.

Je n'ai pas compris de quoi elle me remerciait, ni pourquoi moi, mais quand je suis sorti de sa chambre, je bombais le torse comme Artaban.

Les yeux dans la poche, comme toujours...

★

L'irruption de Carlos, quarante-huit heures plus tard, nous fit l'effet d'un jet d'essence sur un feu qui s'endort. Lui, c'était d'Artagnan, moustache et gasconnades en moins. A peine avait-il sauté à bas de l'avion qu'il vint s'installer dans ma villa ampoulée qui, du jour au lendemain, se réveilla dans un tohu-bohu de quartier général. Ce furent des retrouvailles entre compères — plus que chaleureuses. Le peu qu'il nous raconta sur le pays d'où il venait nous fit pleurer de rire. Oui, *nous :* à la demande de Carlos, Imilla avait tout de suite abandonné l'hôtel et emménagé avec nous au premier étage, dans la chambre contiguë à la sienne.

Les rires n'eurent qu'un temps. Il fallait « planifier » — et vite. « Pas un instant à perdre », répétait Carlos à tout bout de champ, comme s'il voulait rattraper son retard et ses voyages farfelus. « La Révolution n'attend pas, c'est le moment ou jamais... » Sa haute silhouette qui arpentait les pièces vides en coup de vent nous houspillait mieux qu'une bordée de reproches. Virtuose dans l'analyse, nerveux dans l'action, il se montrait empressé mais sans brusquerie. Il était ainsi fait : ses moteurs tournaient à plein régime. Il dormait cinq heures par nuit, dévalait l'escalier quatre à quatre, brûlait les feux rouges, lorgnait sa montre, bousculait le service à table. Cette fougue nou aspira — littéralement.

Les conseils de prudence ne nous manquèrent pas, et, à maintes reprises, les plus hautes autorités du pays nous rendirent visite, le soir, pour s'enquérir de nos projets. Carlos enjambait toutes les objections, je le suivais à mon corps défendant. Fébriles, nous écoutions sans prendre le temps d'entendre ce qu'on nous disait. La délicatesse de nos hôtes, qui n'étaient pas nés de la dernière pluie et avaient appris à se hâter lentement, les fit s'incliner. Après tout, nous étions seuls responsables, libres d'agir à notre guise. On accéléra les préparatifs du départ.

Durant ces longues entrevues nocturnes, Imilla — simple secrétaire — s'enfermait dans sa chambre, dédaigneuse ou vexée de ne pas en être, et la lumière restait allumée tard sous sa porte. On entendait crépiter sa machine à écrire et on l'apercevait parfois rôdant dans les cuisines, pieds nus, en jean, insomniaque et hautaine. Sûre d'elle-même, embellie par la connivence qui s'était aussitôt établie entre elle et Carlos. J'accélérais le pas pour ne pas me laisser distancer, en vain : notre trio était boiteux. Ils causaient dans le jardin entre quatre yeux, s'entendaient à demi-mot dans le cours des discussions et la nuit les corridors s'animaient de craquements feutrés, de portes refermées en catimini, d'appels étouffés.

Pour prendre notre attente en patience, nous sortions parfois dans la campagne avoisinante jusqu'à un haras de fortune dont je connaissais le directeur. Aucun de nous n'était passé par un manège et on montait sans cérémonie les chevaux à moitié sauvages, jointés comme des mustangs. C'était des galops à perdre haleine le long des plages désertes. On poussait les bêtes à fond de train dans les vagues, l'écume nous éclaboussait jusqu'à la taille. On jurait, cravachait, éperonnait, on jouait un western au botte-à-botte, on s'époumonait en hourras et haros. Et ces courses sans but rétablissaient l'alliance entre nous trois, lurons joyeux mais éreintés, les jambes arquées par les crampes.

Enfin, le jour vint de plier bagage. Destination : Chili. Ultime tremplin avant le saut périlleux. En chacun de nous, les ressorts étaient prêts à jouer.

CHAPITRE II

Je m'élançais à neuf, tout d'une pièce, résolument axé sur le *positif*, avec une application dans l'allant digne d'un missionnaire évangélique. Vers l'Occident compliqué je volai avec des idées simples. Mais c'était un départ encore, alors que j'aurais dû, militant rénové, éprouver le soulagement des retours. Sur le moment, je n'ai pas senti cette petite différence, encore moins pressenti ses grandes conséquences. J'étais bien décidé à ne plus rien sentir, surtout pas les nuances. La nuance, chez l'homme d'action, c'est le commencement de la fin. On débute par la subtilité et on finit en renégat.

En fait, c'est Imilla et elle seule qui m'avait décidé et prévenu. La virilité aidant, ce coup de pouce aussi m'avait échappé. Depuis que les dieux ont déserté nos querelles, tous les combats sont ambigus. Malheureusement, il n'y a pas de combat douteux car on ne meurt pas pour un « oui mais », et quand on doute on ne se bat guère. La foi est du féminin, mais Dieu et la guerre restent, on ne sait pourquoi, du genre opposé. On dit : un fou de Dieu, un foudre de guerre, mais on ne parle pas de femmes de guerre ni de femmes de Dieu. Ces habitudes grammaticales qui ne doivent rien au hasard m'enfonçaient dans mon rôle et m'occultaient le sien. Quand une femme appartient à plus grand qu'elle, c'est une femme de devoir, de goût, de charité ou d'intérieur — toutes bricoles qui rapetissent plutôt leurs victimes. Moi, on m'avait attelé à une femme qui, sans être *du* peuple, nourrissait de plus âpres vocations. Une femme de cuir et d'acier, durcie par les plus hautes certitudes, promise à la simplicité des grandes victoires ou des grandes défaites. Je lui devais tout, à commencer par ce vide que j'avais fait en moi et alentour, à la façon du joueur malchanceux qui balaie l'échiquier d'un revers de main. Ou du vieillard qui dit « pouce » à la vie — « pouce cassé » répond quelque part un enfant, et le jeu reprend de plus belle.

Je me réveillais fringant et vert d'un long hiver dont le souvenir me faisait honte. Le vert n'est pas ma couleur, plutôt la sienne — celle de ses yeux, de ses ancêtres, de ses sapins perdus — sinon de ses frusques uniformément délavées. D'ordinaire, cette couleur que les peintres par chance disent complémentaire du rouge, ne va pas sans niaiserie. Mais son vert à elle n'était pas tendre : un loden plus proche de l'épinard que de l'amande, du vert wagon que du jade. L'espérance en elle avait foncé, tourné en sombre décision.

On régénère bien les vieux rats en leur greffant sur le râble des tissus de souris. Une nouvelle candeur irriguait mes veines, et je ne l'appelais pas « crédulité ». J'avais raison, c'était la foi. Les semaines que nous avions passées ensemble à l'entraînement valaient amplement un séjour à la clinique du docteur Popov, une cure de gérovital ou de thalassothérapie. Imilla m'avait revitalisé. Elle avait opéré à mon insu quelque injection de ferveur, une très subtile transplantation d'espoir. Sous anesthésie, et je n'avais rien senti. Il existe une plastique de l'amour à distance qui n'a rien à voir avec une cosmétique de l'âme mais tient plutôt de la neurochirurgie par émulation spontanée. Je ne croyais pas avoir le béguin, je ne l'ai jamais cru, mais il se passe de ces choses en profondeur... Quand le patient se met à ressembler à sa chirurgienne, c'est plutôt mauvais signe. Imilla et moi dépassions chacun la trentaine mais à nous deux nous avions quinze ans. Elle avait l'âge de sa conversion, celui des premières communiantes. Par une sorte de grâce indirecte ou de nouveau baptême, elle m'avait conféré l'innocence. A ses côtés, j'avais pris son âge, sa force de cariatide aux yeux de jouvencelle.

Quand nous descendîmes tous les deux (Carlos devait nous suivre quinze jours après) sur l'aéroport de Santiago du Chili, près des côtes du Pacifique, six mille kilomètres plus au sud, tous les sentiers des Andes accoururent à nos pieds. En haut de la Cordillère, la neige scintillait au soleil.

Grisante échappée sur des lendemains de glace et de feu. Arrivés en ville, un petit vent tiède et printanier nous défrisa. Avec ses milliers de ravissantes en blue-jean déambulant sous les platanes en fleur, ses pompes à essence fermées, ses autobus arrêtés pour cause de grève, ses grenades lacrymogènes et ses jeunes bourgeois masqués sous leur mouchoir conspuant le gouvernement populaire, Santiago en octobre ressemblait désespérément au Paris du mois de mai.

Le Chili, c'était la France à mi-chemin : trop ou pas assez. Quant à Imilla, elle se retrouvait au pied du mur, celui des Andes : autant relever le défi et commencer l'ascension sans tarder. Une semaine après, elle s'évanouit dans la nature. Elle avait emprunté des skis à un ami inconnu et gagna toute seule, en auto-stop, Farallones, station de sports d'hiver à deux heures de route de la capitale, juste au-dessus de la ville. L'appel des cimes : impossible de résister. Directement aux travaux pratiques. Une course de fond sur les glaciers pour commencer. Ce n'était pas là frivolité, mais ce qu'il y avait de plus grave en elle : l'attirance par le haut. Au bord des à-pics, elle s'entraînait au combat, retrouvait son souffle. La neige et la révolution devaient être sœurs à ses yeux et ses narines jumelaient la poudreuse et l'odeur de la poudre.

Tomber vers le haut. Chez quelques-uns, cette gravité concurrence la loi du même nom. Imilla était douée de cette force vertigineuse : la chute ascensionnelle des corps. Ce dont les premiers chrétiens ont fait une mystique — et cela ne leur a pas mal réussi depuis —, et certaines sectes socialistes une morale, elle le vivait d'abord pour elle-même, nullement comme un sacrifice mais comme une plénitude physique. Son corps blond, durci par l'altitude, entraîné à la sobriété des gestes par la raréfaction de l'air, se redressait, s'épanouissait entre les deux mille et cinq mille mètres au-dessus du niveau de la mer. Soit à l'altitude moyenne des plateaux boliviens.

C'est en montant des plaines chaudes du bassin amazonien vers la *puna,* à quatre mille mètres, qu'elle avait fait ses premières armes dans notre organisation. Elle avait exploré les froides géométries de la conspiration en montant et descendant les rues étroites de La Paz, pavées de cailloux ronds et glissants, raides comme des escaliers sans marches. Par une métaphore trop viscérale pour qu'elle en eût vraiment conscience, le travail clandestin, avec ses hiérarchies, sa discipline, son ordre strict, avait fini par confondre sa rigueur avec celle du climat de haute montagne. De cette apothéose où se fondaient la cure d'air, l'obsession puritaine de la propreté et peut-être même une nostalgie de rédemption individuelle réveillée et en quelque sorte garantie par l'aridité ambiante, Imilla s'était fait une ligne de conduite.

La steppe piquetée de touffes de *yareta* et de *tolar,* l'azur presque insoutenable au-dessus des eaux translucides du Titicaca, la couronne de Fuji-Yama qui ceint la tête du marcheur en pleine jungle et resplendit tout le jour par-dessus les toits en tôle de La Paz, donnaient à cette géographie imaginaire une acuité irréfutable : celle de l'air glacé qui brûle la gorge et les poumons. Cette ivresse sèche désintoxique. Le mariage de l'aspiration au pur et de la vocation révolutionnaire, qui reste chez la plupart un fantasme de la tête, diffuse alors dans tout le corps comme une rasade d'eau-de-vie.

Je comprends mieux maintenant (sur le moment, j'étais bien loin de déceler l'enfilade des causes et des effets) la semi-libération qui détendit ses traits dès qu'elle posa le pied à Santiago et aperçut la Cordillère au-dessus de sa tête. Ce soulagement de laisser derrière soi la moiteur malsaine des Tropiques, l'humidité corruptrice, cet univers d'eaux croupies, suintements et grouillances où la volonté a du mal à se tendre, où le hamac provoque à la sieste et l'air spongieux à l'affaissement des chairs. Au niveau de la mer, en climat équatorial, le corps s'embourgeoise et l'esprit s'embourbe. Dans cette physiologie morale plus commune qu'on ne le croit, les miasmes des marigots, la pollution des métropoles et les mauvais dédales de la politique où l'on perd son âme et son chemin s'enchevêtrent dans un même blason satanique.

En partant à la neige — qui l'eût cru — elle était allée tout droit se vacciner contre les ambiguïtés, les nuances, les compromis qui conféraient alors à la société et à la vie chiliennes la couleur indécise du ciel chilien, ce flou un peu anxieux qui vous fait perdre l'heure : la brune ou potron-minet? Le début ou la fin d'un monde? Elle nous avait laissés en ville, en bas, à nos atermoiements et à nos incertitudes. Imprégnant chaque minute de l'existence, chaque péripétie, l'équivoque paraissait régner partout — mais seulement dans les faits et les têtes, non dans les cœurs. Pour Imilla, l'équivoque était louche par nature : litige moral où, par la faute des protagonistes, le noble et le vil n'étaient pas encore départagés. Mon amie n'aimait pas les gens perplexes, les lueurs dans la brume, les situations insaisissables, tout ce qui ondoie, ondule ou varie. Elle ne respectait que les idées et les hommes à angles droits.

Elle retrouva là-haut ses verticales et son équilibre. La solitude, le soleil en douche froide et le ciel immaculé des Andes la mettaient à l'abri des épidémies du quotidien. Mais ne faut-il pas au bonheur un arrière-goût de fermenté? Après tout, vin, pain et fromage ne conduisent pas à la vie éternelle mais combattent assez bien la détresse des jours. Issus de la corruption des corps et d'une pourriture bien tempérée, ces trois ingrédients de la civilisation — plus délicieux au Chili qu'ailleurs — ne lui mettaient pas l'eau à la bouche. Et je commençais à me demander si cette recherche éperdue de l'impollué ne débouchait pas en fait sur quelque blancheur funèbre, irrespirable.

Elle revint quinze jours plus tard, dégraissée, nettoyée par son hâle. Elle fit la moue, pour l'honneur. Les excursions étaient médiocres, ses compagnons de cordée des fillettes, les pistes trop courtes. Deux mille mètres, c'était la montagne à vaches. On respirait mieux en haut de l'Illimani, qui surplombe La Paz de ses six mille cinq cents mètres. Monter, toujours monter. Je lui objectai qu'à force de vouloir crever le plafond, l'air viendrait à lui manquer. La pureté aussi peut asphyxier. Elle haussa les épaules. Je ne méritais pas créance; trop bas de plafond en somme.

Le grand air de Farallones lui avait fait une tête de paysanne allemande un peu dure, peu encline aux distinguos. Elle était revenue chez son grand-père tyrolien, elle enfournait les javelles de foin dans la grange, jupes retroussées, en attendant le fiancé parti à la guerre. Au fond, ascension et révolution la faisaient remonter à ses sources germaniques. Dans le faux exotisme des hold-up de banque et des traversées andines, peut-être assouvissait-elle une quête atavique. Non seulement la propreté, le ponçage des enfants et l'astiquage des parquets, mais la Révolution comme ordre suprême, machine dure et paternelle où tout n'est qu'économie, calme et autorité. Rien ne ressemblait moins à l'image hirsute et débraillée du subversif que notre Autrichienne fleurant le savon de Marseille et le sapin, notre skieuse au pur ovale de béguine. Le vol plané n'a rien à voir avec la subversion, qui rampe et vient d'en bas : dans cette région de volcans et de tremblements de terre, les révolutionnaires n'ont jamais eu la taupe pour totem, mais le condor, noir et blanc. Pas le poil gris, mais la plume. Imilla apprenait à voler de ses propres ailes.

Cette ascèse déshydratée, je doutais qu'elle pût nous tenir lieu de politique. De surcroît, il pleuvait sur Santiago et les ondées gondolent les perspectives. Nous étions au tout début du printemps. La clémence du temps était grosse de dangers. Avec ses vignes et ses saules, ses voix chantantes, ses horizons fléchis, ses pleines bourriches de belons et son blanc fruité, ses tournantes saisons et ses toitures à tuiles romaines, le Chili du début des années soixante-dix était le pays le plus civilisé d'Amérique. Humeurs et climat trop tempérés pour n'être pas, aux yeux de mes amis, secrètement contaminés. Malgré l'inflation, les queues devant les magasins, les commerçants qui stockaient les denrées, les bombes sous les pylônes et les attentats d'une extrême droite en liberté, le confort et la douceur de vivre régnaient encore — insupportables. La vraie pureté était là-haut et en retrait, derrière la Cordillère : en Bolivie, qui jouxte le nord du Chili, vers l'intérieur du continent.

L'idée de regagner ces hauteurs désolantes m'exaltait moins que prévu. Je crus trouver un compromis honorable entre mon goût pour les bouillons de culture et mes devoirs politiques : je me mis à sillonner le pays du nord au sud, en profitant de la fugue d'Imilla et de l'absence de Carlos. Mes amis du Front populaire local m'avaient demandé quelques menus services; j'acceptai bien volontiers, presque avec soulagement. Après s'être crus au pouvoir, ils découvraient qu'ils n'étaient qu'au gouvernement — cette impuissance faite institution. Quand un gouvernement légitime doit agir en marge des appareils d'Etat pour défendre l'Etat de la subversion, les bonnes volontés ne sont pas de trop, ne serait-ce que pour s'informer de ce qui se passe sur ses quatre mille kilomètres de long. Les déconvenues chiliennes, me semblait-il, nous concernaient tous — et de près.

— Pas du tout. Tu as fort mal fait! me lança Carlos sitôt débarqué, auquel je confiais mes escapades. Pas question de nous griller avec ces abrutis qui ont déjà un pied dans la tombe...

— Si l'autre pied suit, c'est nous qui suivons. Notre sort est lié.

— Nous sommes ici en réserve, en attendant d'être chez nous. Ne va pas te fourrer dans ce guêpier, Boris...

Je lui rétorquai un peu vivement qu'il y a des fouillis où l'on voit clair et des déserts de glace qui vous aveuglent.

— C'est que tu ne pourras jamais nous comprendre, me lança-t-il avec un mauvais rire.

— Comprendre quoi? Que vous avez déposé le brevet de la Révolution... et que vous voulez garder l'exclusivité de la marque? En ce cas, *por favor,* sous-traitez avec les Chiliens. Ils s'épuisent à chercher la bonne formule.

— Non seulement on ne leur dira rien, mais on emporte la formule avec nous. Dans quinze jours, on sera tous partis. Je viens de recevoir un rapport excellent. A La Paz, les conditions sont mûres.

— C'est toi qui décides tout seul?

— Non, on va faire une réunion générale de la Direction, mais tu sais ce que c'est... Les camarades seront d'accord.

De fait, je savais ce qu'il en était des délibérations, une fois qu'il avait pris ses décisions.

— Partir directement d'ici, sans détours, sans transit? Cela va se savoir et on va mettre les Chiliens dans de beaux draps!

— C'est leur affaire.

— C'est aussi la nôtre. Passe encore qu'on se lave les mains de ce qui va advenir ici, mais de là à salir les leurs...

Je le décidai à faire prévenir Allende. La réponse nous parvint rapidement par l'entremise de M., chef de l'escorte présidentielle, un vieil ami commun : Salvador ferait tout pour nous faciliter la sortie, il interviendrait même auprès d'Etats amis pour nous ménager de discrets transits, mais pas question d'« envahir » la Bolivie à partir du territoire chilien. Aucun homme, aucune arme ne devaient sortir clandestinement du pays. En sens inverse, on n'avait pas de ces pudeurs et il le savait bien, mais c'était pour lui une question de principe.

Carlos entra dans une sainte fureur et se lança dans une longue dissertation historique sur la décadence de l'internationalisme et les amers avatars des aventures manquées. Il voyait tout en rouge et noir et les nuances du moment, toute la gamme du rose thé au gris tourterelle, n'entraient pas dans son champ de vision. Je m'échinai à l'élargir ou à l'affadir — inutilement. Je fis même le médiateur entre Allende et lui, qui n'avaient aucune envie de se voir, et pris mon rôle suffisamment à cœur pour indisposer les deux parties. Jusqu'au moment où Carlos, à bout de ressources, décida de m'adjoindre un délégué plus convaincant pour tenter de fléchir le courroux du « camarade-président ».

★

— Qu'avez-vous fait de votre ombrelle rose, très chère?

— Ce n'est pas une garden-party, non? Ou vous me prenez tous pour une grue? répondit sèchement Imilla en débarquant chez moi en tenue de parachutiste : pantalon kaki, chandail à grosses côtes et brodequins façon pataugas. Sans une ombre sur les paupières, sans un bracelet au poignet, la mèche agressive.

— Ce n'est pas non plus un pique-nique en forêt. On ne te demandait pas de sortir tes crinolines, mais un tailleur n'aurait pas fait plus mal...

— Incorrigiblement frivole, Boris, comme toujours...

Une fois de plus, de peur d'être obséquieuse, elle préférait l'impolitesse. Faux négligé, même pas étudié. Réfractaire à la diplomatie, elle s'était simplement rebiffée devant ce rôle d'amadoueuse ou d'ambassadrice de charme où elle s'était jugée rabaissée.

Nous allions à Thomas-Moro, résidence privée du président. M., le responsable du GAP — « groupe des amis du président » selon le nom de baptême qu'avait donné la presse à la petite escorte armée, composée de militants bien entraînés, qui ne le quittait pas d'une semelle — vint nous chercher après dîner. On pouvait compter sur sa discrétion. Entre Allende et lui, pas de secret. Cette intimité quotidienne, sans hauteur ni flagornerie, qui unissait par-dessus quarante ans de différence d'âge le chef d'Etat et un jeune militant anonyme, était d'autant plus belle à voir qu'entre M. et les révolutionnaires des pays voisins, il n'y avait pas non plus beaucoup de secrets — leur passé commun était tout frais —, et il fallait beaucoup de doigté à mon ami pour aller et venir d'un pôle à l'autre. Aussi bien, en chemin, parlâmes-nous de rien et d'abondance. Imilla écoutait sans rien dire nos plaisanteries et calembours. Elle m'avait souvent tancé pour cause de mauvaises fréquentations, et je voyais non sans plaisir se disputer sur son visage les signes de la curiosité et cette résolution de dédain qu'elle s'était juré d'afficher.

Devant l'imposante grille d'entrée, les carabiniers du poste de garde se mirent presque au garde-à-vous, et, sans rien nous demander, nous ouvrirent les battants avec une déférence toute militaire. Face à ce genre de quiproquos, j'ai toujours du mal à garder mon sérieux.

Il était presque minuit, les baies sur le jardin étaient toutes éclairées.

Je ne suis jamais passé dans le vestibule sans m'attarder devant une grande toile, composition de taches noires et rouges légèrement estompées où l'on pouvait reconnaître, vu d'un peu loin, le visage du Che. Impossible de ne pas la remarquer : elle couvrait tout le mur, en face de la porte d'entrée. Quelles réflexions cet emblème inspirait-il aux généraux qui venaient là faire antichambre? Allende était plus qu'un amateur de goût : il avait une passion pour la peinture, art sensuel et tactile qui est par nature un hommage à la vie, contrairement à la musique qui plaide pour la mort et qu'il goûtait moins. Thomas-Moro était un musée, j'aimais m'y rendre rien que pour contempler les Matta au magenta translucide, couleur de cosmos, les Siqueiros dans toute la gamme des ocres, les Miro bleu et jaune, les Picasso... M. par habitude et elle par indifférence passèrent sans un regard devant les chefs-d'œuvre.

Dans son bureau aux bois rustiques, aux larges fauteuils suédois — teck et cuir —, entouré d'une belle collection de poteries précolombiennes, « le Docteur », comme l'appelaient ses proches, était plongé dans une partie d'échecs avec l'un des membres de l'escorte. Il suspendit le jeu en nous voyant arriver, ravi d'un grand roque qui lui permettrait de repartir à l'attaque sitôt après notre départ. En blouson de daim vert et sweater à col roulé, jovial, affectueux et irrésistiblement drôle, c'est le « Chicho » qui nous accueillait, pas le président, avec cette bonhomie un peu bourrue qui dissipait toutes les gênes. Son humour goguenard et la bonne humeur générale désarmèrent la rétive qui, au bout de dix minutes, recracha son parapluie. Elle perdait déjà de sa hauteur, mais non de son aplomb. Au bout de vingt minutes, il avait sorti d'un placard un chapeau tyrolien et le lui enfonçait sur la tête : « A tout seigneur, tout honneur. C'est pour toi que je l'ai acheté. Il pourra te servir. » Lui : paternel et bon enfant comme doivent être les oncles (ou est-ce moi qui projette, avec mon âme de neveu?). Elle : mi-badine, mi-renfrognée, comme doivent être les orphelines qui ne savent pas sur quel pied danser... Au bout d'une demi-heure, nous en étions à comparer, en lapant dans des petits verres de cristal, le cognac local et le cognac français, et il me parut qu'Imilla, que son père avait mise jadis à la porte, allait enfin trouver le tuteur auquel elle avait droit.

Et l'on passa sans transition aux choses sérieuses.

— Alors, comme ça, vous voulez partir, tous ensemble?

— Non, rentrer, dit-elle.

— Je ne veux pas savoir où.

— De toute façon, vous n'avez pas à le savoir.

— Tout ce que je sais, c'est que vous ne pouvez pas partir d'ici.

Elle, cabrée dès le premier coup d'éperon. Lui, souriant devant tant d'insolence, l'arme des faibles. Moi, ne sachant où me mettre, tiré à hue et à dia. Le Docteur fit des contre-propositions précises : documents, dates, itinéraires possibles. Elle répondit par un cours méthodique sur la lutte armée, ses urgences et ses impératifs. Et il fallut par surcroît qu'elle me prît à témoin dans cette controverse — passons sur les détails — entre les normes de la non-ingérence et les principes de la solidarité internationale. Les deux étant également défendables, le choix ne pouvait procéder, dans les faits, que d'une décision d'autorité. Pour une fois, je laissai les sentiments de côté. Je lâchai Imilla, à mon corps défendant, et me rangeai à l'avis du Docteur qui n'avait pas que l'autorité pour lui, mais aussi la raison. Dans la situation où se trouvait son pays, cerné de toutes parts, et vu le rapport des forces évidemment favorable à l'autre camp, la plus que généreuse hospitalité d'Allende, qui payait les violons de sa poche, était déjà un beau cadeau. Exiger plus n'était pas sensé. Et le lui demander sans d'abord lui dire merci pour le reste était tout simplement de la goujaterie. Ce soir-là, Imilla et moi nous sommes fusillés du regard une bonne dizaine de fois, sans venir à bout l'un de l'autre. A la fin, tout en ne se donnant pas pour battue, elle sortit le drapeau blanc : elle allait rapporter fidèlement la teneur de cette entrevue à ses camarades qui décideraient quelle attitude prendre. Pour le coup, Allende fronça le sourcil : « Attention! Il n'y a pas de pourparlers entre vous et moi. Je vous fais simplement part des décisions de mon gouvernement... en toute amitié... parce que nous nous connaissons bien, c'est tout. »

Je proposai à la cantonade un verre de whisky. Il était temps.

— Vois-tu, Imilla, dit le Docteur après une pause en faisant tinter les glaçons dans son verre, je crois que je vous envie.

— On ne dirait pas, Président.

— Si. Parce que vous pouvez faire ce que vous voulez. C'est une forme de liberté que je n'ai plus. Mais vous devez aussi comprendre notre situation, et si vous ne la comprenez pas, tant pis pour vous.

— C'est vous qui ne nous comprenez pas, Président. Reprendre la lutte, c'est un serment que nous devons tenir. Le Che nous aurait compris, lui.

— Je ne suis pas du tout sûr qu'il vous aurait compris, fis-je pour clore la polémique. On ne fait pas parler les morts.

Le « vous » m'avait échappé. Au regard qu'elle me jeta, je compris qu'elle n'attendait plus rien de moi, désormais, que le silence.

Le Docteur nous contempla en souriant, se leva et tira de sa bibliothèque un exemplaire un peu défraîchi de *la Guerre de guérilla :*

— Regarde, Imilla. La première fois qu'on s'est rencontré, le Che et moi, il m'a offert cet exemplaire et tu peux lire toi-même la dédicace.

Imilla, méfiante, éplucha les pattes de mouche : « A Salvador Allende, qui par d'autres moyens cherche à faire la même chose. Affectueusement, Che. La Havane, mars 1960. »

Elle répéta à mi-voix le lieu et la date et lui rendit sans ciller son exemplaire, avec un air de : « Désolé, monsieur, mais vos lettres de marque sont périmées. » L'effet, à force d'être répété, n'en faisait plus guère.

— Et pourquoi ne restes-tu pas ici? reprit le Docteur. Il y a de la place au Chili pour des gens comme vous... On en a intégré d'autres, encore plus réfractaires que toi, ajouta-t-il en plissant gentiment les yeux.

— Autour de vous, la cour est pleine, Président, et je craindrais trop de m'y perdre. Mon pays est là où on lutte les armes à la main.

Plus de morgue on ne pouvait. Allende se leva. A quel tréfonds de patience puisa-t-il assez de cordialité pour l'accompagner jusqu'à la porte? Il demanda à M. de la reconduire chez elle, et me pria de rester un moment. Imilla ne me dit pas au revoir.

Il avait maintenant un air de profonde fatigue. Comme s'il venait de retrouver d'un coup la vieillesse et les problèmes.

Ce sont des enfants... Ils jouent aux hussards, mais ils n'ont pas de montures... Qu'ils fassent comme tout le monde : pied à terre et pas à pas... Du moins s'ils veulent vraiment arriver au but, ajouta-t-il avec un sourire évasif.

— Ils ne mesurent pas bien les enjeux, ce n'est pas leur faute.

— Politiquement, je leur en veux. Humainement, je les comprends. Tout est simple pour eux...

Il semblait se parler à lui-même, puis, se retournant vers moi, avec, à nouveau, sa voix de baryton taquin :

— Et toi, Boris, qu'est-ce que tu vas faire?

— J'essaierai de leur expliquer. Mais sans illusions : ils veulent partir tout de suite.

— S'ils veulent faire cette folie, qu'ils se débrouillent tout seuls. Je ne peux rien pour eux. Chacun se doit à son peuple, à son pays (maintenant il martelait du poing le bras de son fauteuil). Notre bataille est ici. Tenir, s'accrocher. Voilà notre façon d'aider les autres. Ce ne sera pas facile. On nous étrangle en silence, sans bombardements ni déclarations de guerre... Et ton amie Imilla qui n'y voit que du feu...

Sa voix luttait avec des spectres; et quand il disait « nous », il était encore seul.

— C. vous a expliqué ce qui se passe au Nord avec la Bolivie?

— On en reparlera. On essaiera de faire quelque chose. De toute façon, le vrai danger est ailleurs...

Il leva les bras au ciel, comme pour dire : « A chaque jour suffit sa peine. Sérions les questions », et il se mit à jouer machinalement avec les pièces d'échecs laissées en plan. Tout le monde était parti se coucher. Je pris la place du joueur disparu. En dix minutes, j'étais échec et mat.

— Tu le fais exprès, Boris!

— Non, Docteur : la situation était désespérée.

— Allons donc! Il n'y a jamais de situation désespérée. Il n'y a que des situations où les imbéciles se laissent aller au désespoir.

Je le raccompagnai jusqu'au bas de l'escalier qui montait à sa chambre. Au bout de quelques marches, il se retourna et fit à mi-voix :

— Dis-leur de faire au moins attention à eux...

★

La balle était dans notre camp. Un conclave fut convoqué au plus vite, sans date limite de clôture, dans une grande propriété des environs de Santiago qu'un ami chilien nous laissa vide, avec un réfrigérateur rempli à ras-bord. Nous étions bouclés pour plusieurs jours.

Chacun l'était déjà en lui-même avec cet hermétisme gravé sur le visage à titre héréditaire. Autour d'une grande table de cuisine, une quinzaine de monolithes s'étaient alignés : basalte, obsidienne, feldspath, tous couleur de volcan éteint, cendre ou vieux cuivre. Imilla détonnait : dorée honteusement, avec ses joues de pêche, elle avait beau se raidir, elle faisait un peu *gringa* vénitienne perdue entre des statues de l'île de Pâques. « Voilà donc ceux auxquels tu as décidé de t'identifier! » pensais-je à part moi en l'observant de l'autre côté de la table, oblongue et cérémonieuse comme un lys. Ce n'était pas la seule femme du groupe (qui en comptait deux autres) mais c'était la seule blanche, ô combien : Blanche-neige et deux fois sept nains de bronze. Légèrement en retrait, juste en face de Carlos, elle cherchait à se faire toute petite sur sa chaise, à escamoter sa blondeur, son monde trop riche, cet héritage de lait et de sucre qu'elle portait sur sa peau. Comme si elle voulait se réduire à l'os, devenir pierre parmi les pierres.

C'était la première fois que je la voyais officiellement au milieu de sa confrérie, de sa famille adoptive, du clan de son choix (mais qui avait choisi qui?). Ces figures impassibles, bourrées de passion jusqu'à la gueule comme un canon de poudre noire, cette sorte d'agressivité apathique, elle en connaissait mieux que moi les ombres, les faux méplats, les ruses. Trapus, le buste large, le cheveu noir et dru, ces hommes à taille d'enfants, durs comme du silex, n'avaient pas changé en descendant vers la mer, même pas de vêtements : sandales de cuir, pantalons tirebouchonnés, chandails cent fois reprisés (qui se superposent ou s'enlèvent pour faire manteau, veste, pyjama, maillot de corps). Le visage tout en os : joues creuses, front bombé, pommettes hautes, yeux mi-clos incisant jusqu'aux tempes le parallélépipède d'une entaille gris ardoise, meurtrières où roulent de petites prunelles noires, impénétrables, qui vous guettent en oblique.

Le premier jour, quelques-uns seulement prirent la parole : les émissaires de l'intérieur, un ou deux responsables que j'avais connus à La Havane. Leur volubilité syncopée ne compensait pas le mutisme des autres : c'en était la condensation. Le silence dans leur bouche roulait des cailloux sourds, puis tournait court : alors, ils souriaient comme pour s'excuser et leurs lèvres charnues découvraient le squelette : ces dents indiennes qui remplacent l'émail par l'os. Imilla retrouvait cette qualité de silence qu'elle aimait, où l'on entend craquer les jointures, où l'on sent la colère étirer ses phalanges dans l'ombre. Pas exactement la haine, ni l'animosité ou la rancune qui ne font qu'effleurer un instant l'épiderme. Mais cette méfiance imperméable, réfractaire et imprévisiblement éruptive, faite d'humiliations recuites, de tromperies, de spoliations sédimentées dans la mémoire de la race et en quelque sorte minéralisées à l'intérieur de l'organisme. Tant de siècles de solitude entassés derrière ces fronts confèrent au silence une densité de plomb, et les minutes entre les phrases passent comme des heures. Jusqu'à ce que leurs lèvres ou plutôt les mâchoires se desserrent à nouveau, et ce sont alors les mots qui semblent violer un interdit, comme une fissure fendant un mur sacré.

Le jour suivant, le débat s'anima, les langues se délièrent. Le lourd silence ourdi par tant de mains noueuses, de gorges nouées, se dénoua soudain dans un qui-mieux-mieux de harangues et de professions de foi. Carlos, dont le débit haletant couvrait l'assemblée, appela bientôt Lénine à la rescousse, ce qui fit des émules. Imilla relata sa conversation avec Allende, sans dissimuler « sa profonde tristesse » devant le comportement du compagnon Boris. Non pas devant son indulgence (qu'elle pouvait excuser et même comprendre), mais devant son évidente connivence « avec les positions vacillantes du camarade-président » (cela, non, elle ne pouvait pas le comprendre). Tous approuvèrent du chef. Sauf Carlos qui se donnait des gants d'arbitre. Commença alors la distribution des étiquettes, la valse consciencieuse des couplets. Des copains que j'avais vus naguère, en d'autres lieux, juteux et pétillants, noyaient leur astuce dans la théorie comme on noie au fond des mers les résidus radioactifs. Dans ce genre de cérémonies sévit une contagion du conformisme qui transforme la délibération en un exercice de style à l'envers. Une idée surgit-elle un peu vive, on la délaye aussitôt dans l'idéologie pour la rendre comme il faut. La plupart semblaient soulagés de parler comme un manuel, comme l'orateur précédent, comme on avait parlé des dizaines de milliers de fois avant leur naissance.

Poncifs mis à part, il s'avéra que tous ces expatriés n'avaient aucune envie d'attendre les délais demandés par Allende, le temps d'obtenir les visas et autorisations de transit d'autres pays — tous trop éloignés —, qui feraient foi sur leurs passeports. Mes compagnons n'avaient pas froid aux yeux : en décidant de rentrer, ils savaient qu'il y allait de leur peau. L'enjeu n'était-il donc plus le même pour moi qui hésitais à risquer mon va-tout? Ou manquais-je simplement de courage? Je ne voulus pas renoncer sans avoir rompu quelques lances. En vain : mes contradicteurs avaient une Bible en visière et des œillères en polycopié, ils étaient invulnérables. Je vénère trop le parti pris de l'espérance pour jouer avec plaisir les docteurs rabat-joie. La mort dans l'âme, je m'efforçai de suggérer (et du même coup de m'expliquer, mais je m'adressais à Imilla autant qu'à moi) que lorsque la politique se dégrade en mystique, on risque plus facilement de gagner le ciel que la terre. Et que cette façon d'envisager la révolution, par laquelle on demande à tous et à chacun de ses compatriotes de se transformer sur-le-champ en martyrs de la Cause, ne me semblait pas la plus sûre : après tout, ils n'étaient peut-être pas tous d'accord. On connaît les vieux alibis — enfants, famille, gagne-pain, etc. — mais justement, s'ils sont si anciens, pourquoi ne pas en tenir compte dès maintenant? Qu'allaient-ils faire de tous ces médiocres qui n'ont qu'à demi le sens du devoir et auxquels on n'offrait d'autre choix que la haute trahison ou le sacrifice suprême? Ces voies moyennes et plus ou moins sinueuses, je n'avais pas fini de les esquisser qu'elles me semblaient déjà louvoyer dans un entre-deux suspect.

Flamberge au vent, Carlos se fit tranchant et net. Son arithmétique résolue, où les résultats apparaissaient toujours sans reste ni coefficients d'erreur, s'accordait mieux à l'humeur générale que mes essais d'algèbre, faisant place à l'inconnu. Imilla, admirative, ne le quittait pas des yeux. M'eût-elle accordé moitié moins de ces regards, j'aurais pu tenter de faire pencher la balance de mon côté. Mais la seule idée de peser le pour et le contre et de comparer deux plateaux devait déjà lui sembler un compromis avec l'indécision.

Sans me surprendre, ses paradoxes commençaient à m'agacer sérieusement. Intelligente, toute complexité lui était obscurcissement, tout raisonnement ratiocination. Patiente, elle flairait une transaction dans la moindre transition. Transparent mystère : Carlos pour elle pesait plus lourd que moi. Et les êtres à ses yeux comptaient plus que les idées. C'est bien là que le bât me blessait. Moi aussi, j'ai toujours préféré avoir tort avec les gens que j'aime que raison avec les autres. Il m'aurait fallu surmonter mon amour-propre pour me rendre clairement compte que lorsqu'elle prenait la parole, elle s'adressait à moi comme à tout le monde et à Carlos en particulier. La politique n'a pas affaire aux individus. Elle tranche « en général » et, en général, tous les êtres sont interchangeables. Imilla était pour moi unique, et l'entendre me parler politique me faisait physiquement mal. A Carlos, avec les mêmes mots, elle parlait d'autre chose.

J'épiais leur manège et un sentiment fatal me submergeait peu à peu : le « en général » ne compte pas. Nous étions en train de nous déchirer pour rien. Sur rien d'essentiel. Chacun d'entre nous croyait en ce qu'il disait, les options étaient nettes de part et d'autre. Mais on ne départage pas les hommes d'après leurs idées. Ce serait trop facile. La preuve : les camps étaient tracés d'avance. En défendant mes positions, j'avais cru mettre tout à plat, à la lumière du jour. Mais je sentais du rentré, du noir par en dessous. Je devinais cette obscurité en eux aussi bien qu'en moi, agaçante comme l'écho quand on ne sait pas d'où vient le cri. Il me parvenait du fond d'un labyrinthe, aucune idée ne m'en donnerait le fil et ce serait encore se perdre que d'opposer l'argument à l'argument, le fait au fait. Il fallait descendre, descendre encore. Passer à l'étage au-dessous. Jusqu'à ce sous-sol creusé par la mémoire sous le plancher des mots qui les fait résonner pour chacun d'une manière unique, de sorte que les mêmes phrases ne disent à personne la même chose. C'est dans ce souterrain où tout est mémoire et où la mémoire ne descend jamais qu'opérait la mystérieuse alchimie des affinités et des antipathies entre mes camarades et moi — non au palier du dessus, celui des plates-formes et des tendances.

Comment avaient-ils réagi au rapport des émissaires de l'intérieur dont ils ne pouvaient pas ne pas voir les lacunes et la légèreté? En expatriés, soulagés de revenir demain chez eux, harassés des humiliations de l'exil et d'être pris pour des Indiens malodorants et un peu demeurés par leurs voisins de palier, des petits-bourgeois blancs qui se prenaient eux-mêmes pour les Britanniques les plus distingués d'Amérique du Sud. Quelle ligne d'avenir proposait chacun autour de cette table? Ivan, depuis vingt ans instituteur dans les mines, insistait pour que la concentration des effectifs se fît dans la zone minière (en quoi il avait d'ailleurs raison) Fabricio est du Nord argentin : selon lui, c'est à Tartagal, sur la frontière de son pays, qu'il convenait d'installer la principale base arrière. Imilla approuva le projet d'implantation d'une colonne rurale au nord de Santa Cruz, près des sucreries, malgré le terrain défavorable : là se trouvait l'hacienda de son père où elle avait vécu. Quant à Carlos, ancien dirigeant étudiant, né dans la capitale, longtemps l'idole de l'Université centrale, il ne voyait pas de raison de déclencher les opérations armées ailleurs qu'à La Paz, quitte à se replier ensuite dans les montagnes avoisinantes. Et ainsi de suite.

Les hommes publics, ce n'est pas leur faute : la plupart le sont devenus pour avoir raté leur vie privée. Tout clandestins qu'ils fussent, mes camarades aussi avaient pipé les dés : ils voulaient simplement se retrouver en famille, de l'autre côté de la Cordillère, — cent kilomètres à vol d'oiseau. Vanité des controverses, trompe-l'œil des affrontements abstraits. Il y a deux choses en politique : la parade et le combat. Je voulais bien courir encore les risques du combat mais pour la parade des mots, je préférais passer dans la file des « rien à déclarer ». Les débats d'idées m'ennuient profondément, et même si je peux me piquer au jeu, j'en avais assez appris la vanité. C'est le grain de folie et le bon moment qui font la réussite; en politique, seuls les échecs sont logiques — les victoires étant par nature déraisonnables puisqu'elles naissent de la rencontre d'une conjoncture et d'une passion. Imilla et les autres avaient la seconde — manquait la première. Alors à quoi bon aligner raisonnements, thèses et citations?

Oserais-je le dire? Les idées ne décident de rien. Elles peuvent tout au plus, dans le meilleur des cas, rendre un homme intelligent. Mais qui sera cet homme une fois venue sa minute de vérité — celle où il se verra sommé de mettre sa vie en accord avec ses idées —, cela, elles ne le diront jamais. Parmi nos décisions, les seules décisives sont celles qui nous prennent à revers bien avant que nous y ayons réfléchi, parce qu'elles sont de nature morale, je veux dire : physique. La fidélité à soi et à ses amis — seul et ultime critère — ne s'apprend pas dans les insipides lexiques de l'idéologie. On l'a dans les veines ou on ne l'a pas. Sur les cartes politiques, le relevé des « positions » de tel ou tel ne préjuge en rien de la route qu'il prendra au carrefour décisif.

Avait-on assez daubé durant des années sur

Allende et son entourage de bons vivants, raillé les ballottages et les ballottements, les bouteilles de whisky et les manœuvres de couloir? Mais quand vint ce petit matin gris du 11 septembre 1973, ils étaient presque tous là, les bougres, aux côtés de leur chef et ami, pour mettre en batterie avec lui les trois mitrailleuses du palais sous le vol rasant des avions de chasse. Ils n'ont pas tiré beaucoup de chèques sur la Révolution mais, le jour venu, ils ont payé cash, rubis sur l'ongle. Tandis qu'à la même heure, le même jour, d'autres, aux positions tranchées et au verbe haut, disparaissaient dans la nature... Comment s'y reconnaître? Celui-là avait sans le savoir le sens de l'honneur, vieille lune ridicule qui n'apparaissait pas dans nos manuels de formation théorique; celui-ci, qui en savait long, ne l'avait pas... Celui-ci croyait au ciel, celui-là n'y croyait pas... A quoi servent les proclamations, les motions et les conclaves? A masquer ces lignes de fracture, à donner le change avec des mots.

Mes amis n'étaient pas gens à signer de belles phrases sans provision. Mais au lieu de les écouter, je scrutais le visage de chacun pour déceler sur ses traits et sous le fard des formules, l'autre visage, le sien propre, celui qu'il ne se connaissait pas lui-même et qu'il aurait demain, ou après-demain, seul devant Anaya, nu, mains derrière le dos, le nez devant la gégène. Ou bien à cinq heures du matin, dans le silence d'une maison isolée, réveillé par surprise à coups de grenades et de mitraillettes. Ou simplement le visage de Monsieur Tout-le-monde lorsqu'il n'a pas bu depuis trois jours, qu'il ne peut plus mettre un pied devant l'autre et qu'il s'affale dans la boue en laissant filer au loin la colonne des copains dans la jungle. Je n'en voulais pas à l'infiltré ou à l'indicateur qui était vraisemblablement parmi nous et qu'un travail rationnel de déductions et de recoupements permettrait sans doute (un peu tard) d'identifier. Je ne traquais pas l'adversaire inconnu mais notre frère inconnaissable. J'en voulais à ce monstrueux complice que nous portons en nous, qui tôt ou tard nous saute à la gorge et nous met bas les masques. A notre ennemi le plus intime. A chacun d'entre nous. A moi-même. J'eusse aimé sentir sur mon visage peser le même regard d'enquêteur, qui nous aurait mis à égalité. Mais la discussion restait à fleur de mots, et je me taisais, l'esprit ailleurs. Imilla, attentive à tout, me regardait en fronçant les sourcils. Elle m'en voulait maintenant de mes silences, comme moi de ses discours.

Je répliquais parfois, pour me faire porter présent, mais avec de brusques absences, des trous par où se faufilait une poussière d'odeurs enfuies, de refrains oubliés, de saveurs idiotes, venus je ne savais d'où. Au beau milieu de mes « ismes » et de mes « ions », ces revenez-y voltigeaient en rafales dans ma tête : un parfum de fumée et de feuilles mortes comme on en respire en banlieue certains soirs d'octobre, la saveur d'un verre de cidre frais, les nappes d'auberge à petits carreaux rouges et blancs, la voix chaude de Montand dans *le Temps des cerises,* le roucoulement des pigeons parmi les blanches dames du jardin du Luxembourg, un air d'accordéon, que sais-je encore, n'importe quoi gravé jadis à mon insu dans mes terminaisons nerveuses. Ce mauvais sable s'infiltrait au plus mauvais moment, grippait les petites roues de ma dialectique, me faisait bafouiller soudain, battre en retraite. J'avais honte. De l'issue de ce débat et de ces votes, des décisions qui seraient prises ici dépendait un peu —, un peu beaucoup, même, pour la plupart —, notre vie à tous. « Névralgique », me répétais-je toutes les cinq minutes en me pinçant, mais les neurones n'en faisaient qu'à leur guise et m'interrompaient : « Tu veux nous faire rire, vieille carne! Tais-toi plutôt et écoute-nous, respire-nous, palpe, observe. Elle est là, ta vérité : en arrière! » Ils ont leur sagesse à eux, les neurones.

Au bout de deux jours, j'avais à mon passif un nombre respectable de bourdes et de contretemps. Pour la première fois, j'éprouvais à mes dépens la maladresse des exilés. De ceux qui ne sont plus *là-bas* et ne seront jamais *ici.* Ce no man's land détraque les réflexes et rend pataud. La langue vous fourche, les pieds se prennent dans le tapis, les doigts dans les portes. Eux étaient déjà chez eux. Moi, dès que je voulais me risquer, je ne faisais que me compromettre et ne récoltais que le ridicule. Perdant sur toute la ligne. Finalement, je renonçai et décidai un beau matin de ne plus assister aux réunions. Pour être sûr qu'on ne viendrait pas me chercher, j'allai remâcher ma gêne dehors, zigzaguant au hasard des rues de Santiago.

La ville m'apparut sous son vrai visage : maussade, humide, banale. Avec cet air à la fois neuf et vétuste, délabré avant l'âge, qui n'appartient qu'aux villes chiliennes. Je me suis perdu autour de la Moneda, dans ce damier de tranchées grises qu'on appelle le Centre, j'ai erré près de Santa-Lucia, là où serpentent de petites rues confidentielles pareilles à certaines de Paris. Sur la butte même, dans les jardins, des collégiennes en uniforme, à corsage blanc et jupe noire, couraient en piaillant et provoquaient les garçons. Les nuages étaient bas, cotonneux. Santiago n'est pas fait pour les flâneurs. Pas même un café où vider un godet, une terrasse où lire le journal. Seuls, dans cette atmosphère de campagne électorale non-stop, les partis égayaient les murs et les palissades d'affiches, de fresques stylisées aux couleurs vives, d'inscriptions au pochoir, de graffiti spirituels. Un nouveau slogan était apparu du côté des quartiers résidentiels et se multipliait partout sur les murs : « Ya viene Djakarta » — Djakarta est pour demain —, signé d'une araignée noire, emblème de « Patria y Libertad », l'organisation de choc du Parti national. Mais qui pouvait sérieusement penser, malgré les fanfaronnades de ces gens-là, qu'ils transformeraient un jour le Chili en Indonésie?

Quand je suis rentré, j'ai trouvé devant ma

porte l' « assistant » de Carlos, son chauffeur ou son garde du corps, je ne sais, qui m'a à peine salué et m'a remis sans broncher une enveloppe. C'était un petit mot d'Imilla : « Les intellectuels sont incapables de construire un parti. Cela, on le savait déjà. Mais qu'ils viennent au moins s'expliquer. » Je lui renvoyai sa feuille en griffonnant au dos : « La Commission centrale définit la ligne, les unités combattantes l'appliquent. Cela, tu le sais aussi. La ligne est déjà définie par Carlos, qui est à lui seul la C.C. Donc, rien ne sert de discuter. Quant à venir vous expliquer pourquoi je ne l'appliquerai pas, c'est au-dessus de mes forces, parce qu'il faudrait le faire en espagnol. » Le lendemain matin, autre petit papier, cette fois sous ma porte (sans doute à la fin de la nuit, une fois leur réunion terminée) : « Menteur et dandy. Objection refusée. » Signé : Imilla.

Je l'avais bien cherché : la pure vérité a toujours l'air louche. Mais ce n'était pas une boutade ni un faux-fuyant. Cet espagnol grondeur et bien cambré tournait dans ma bouche au caoutchouc. Comme un organe postiche, une greffe que mon larynx eût rejetée. Je ne me sentais plus à l'aise dans cette langue que j'avais habitée pendant si longtemps. Les mêmes roulements de tambour, les mêmes voyelles pimpantes qui claquaient naguère contre mon palais s'empâtaient aujourd'hui piteusement. Une autre langue me venait sur le bout de la langue : la mienne. On a beau apprendre une langue, on n'apprend pas le monde qui va avec et la rend seule familière. Au demeurant, il n'y a pas de monde, il n'y a qu'une bonne et une mauvaise façon de s'y prendre. Avec les chauffeurs de taxi, les garçons de restaurant, les robinets de la salle de bains. Avec les mains des femmes, avec le chagrin, avec le temps qui passe. C'est prénatal, cette façon-là. On l'a dans les neurones et les neurones n'en savent rien; dans les pores de la peau, et la peau ne sent rien. Son pays, quand on est dedans, c'est une mémoire qui s'oublie et tombe juste à tous les coups.

A force d'avoir des picotements partout et de ne plus trouver mes mots en espagnol, j'ai fini par comprendre que j'avais quelque part une patrie. Cela faisait beau temps que personne ne m'y attendait plus. C'est moi qui l'avais, tout ce temps, attendue sans le savoir. Ou avais-je fait semblant de haïr mon pays, comme tous ceux qui aiment trop? En somme, j'avais le bourdon, j'avais comme les autres envie de rentrer chez moi. Mon vieux clapier de fesse-mathieu s'était mis à briller à l'horizon comme un feu de Bengale, un palais enchanté. Mon pays : le seul coin du Vieux Monde où qui sait si dans chaque aube ne se cache pas un Nouveau Monde; dans chaque femme qu'on croise dans la rue, un vertige; dans le moindre quidam, un poète, et à chaque carrefour une barricade. Je veux dire : la France. Pardon pour le violoncelle. Les gens qui n'ont jamais vécu l'exil ne sauront pas de quoi je parle. Tant pis pour eux.

Le jour, je me promenais dans Santiago en

intrus. Pour déambuler, j'enfilais la peau d'un touriste scrupuleux admirant l'Aconcagua que dénude parfois un rayon de soleil, dégustant à mains nues les oursins iodés du marché central, le sourire des *lolitas* et la fumée nauséabonde des autobus (quand ils marchent). Le soir, je revenais au bercail dans mon studio, tous rideaux fermés. C'était comme si j'avais changé de longueur d'ondes à mon insu : j'étais enfin sur la bonne fréquence, je recevais les émissions. Un sifflement, un murmure d'eaux vives, bruit de source ou de cascade. La France bruissait en moi la nuit comme une rivière de l'enfance — mais je ne le savais pas encore. Chacun a dans ses songes la carte de son pays, même s'il ignore tout de lui. On a beau faire, on n'habite vraiment que ce qui nous hante. L'Amérique avait cessé de me hanter. Le charme n'opérait plus. Et je repensai à la petite phrase d'Allende, à cette excuse qu'il n'avait aucune raison de proférer et qu'il avait martelée comme un défi après le départ d'Imilla : « N'importe qui se doit d'abord à son peuple. » Ce que j'avais pris pour une règle de morale politique n'était que la loi de la pesanteur. Imilla y échappait peut-être, moi pas. Les pommes se doivent au pied du pommier. Au mois de septembre, lorsqu'elles sont mûres. Si elles ne font pas ce qu'elles se doivent, elles se ratatinent toutes noires et dures au bout de leur branche. Et personne n'en veut plus. Restez en l'air, mes amis, vous pourrirez précoces.

Au fond, j'avais péché par orgueil. J'avais voulu

me bricoler une petite âme de rechange par mes propres moyens, en franc-tireur, loin du pays natal. Comme si on pouvait se désentrailler impunément! Les tripes ne voyagent pas. Elles vous laissent aller de l'avant, et un beau jour, vlan, elles vous rattrapent et vous serrent la bride. Ce jour-là, un irrépressible besoin de rentrer prend l'animal à la gorge. Il fera n'importe quoi pour s'en aller mourir là où il est né. C'est son droit au bonheur, on ne peut l'empêcher. Tout exilé peut revenir rendre l'âme au village qui la lui a prêtée. Ceux qui s'occupent des droits de l'homme devraient penser à celui-là, parce que l'homme aussi est un animal — au moins a-t-il cette chance, personne ne la lui enlèvera.

Il est des nomades heureux, j'en ai rencontré : Imilla par exemple. Ceux-là ont réussi à changer de peau sans se perdre au change. Car il n'y a pas trente-six façons de varier d'âme en cours de route, il n'y en a qu'une : vous trouver un pays qui vous aille comme un gant à la main. Je l'ai cherchée pendant dix ans, cette terre, du nord au sud de l'Amérique en passant par le centre : sans pouvoir atterrir pour de bon. Il n'est plus temps de raconter les tribulations d'un apatride excessivement patriote. Alors je commence par la fin et je dis qu'il faut bien en finir un jour avec ce genre d'histoires qui se mordent la queue. Je dis que nous avons tous dans le plexus solaire un radar, un clignotant qui s'allume quand on approche des seuils de non-retour. Je dis que le mien a fait bip-bip à ce moment précis et ce n'est pas ma faute s'il a coïncidé avec le signal du départ donné par la Commission centrale. Je dis qu'on ne peut pas jouer son âme contre son pays. C'est tout ou rien, quitte ou double. Moi, quand j'ai senti que j'allais perdre les deux d'un coup, j'ai fait un saut de chat.

Cela s'est passé à la cave, en dehors de moi. Sans grands mots, sans idées. Tout en vibrations, genre hertzien ou infra-rouge. Quand j'ai compris, le travail était fait. Je ne partirais pas en Bolivie. Je ne partirais plus nulle part. Tous mes voyages seraient désormais des voyages de retour.

Pourquoi l'orgueil avait-il mieux réussi à Imilla? Elle avait dit : « Mon pays sera là où je le décide » et elle s'était décidée. Aux antipodes de sa terre natale, elle était retombée sur ses pieds. Quittant l'Autriche où elle vivait la tête en bas, son mari ingénieur et son père officier, elle s'était retrouvée elle-même. Et cela, sans sarcasmes ni rancœur (comme en ont généralement les ressortissants des petits pays qui donnent l'impression de ne pouvoir leur échapper qu'en tournant leur patelin en dérision). Son aventure remettait la mienne à l'endroit. Sans se brouiller avec ses sapins et son pays neutre, elle avait simplement coupé le contact pour se réconcilier avec l'existence de la meilleure façon : en s'oubliant elle-même et d'où elle venait. Sa chance était d'avoir beaucoup de mémoire et peu de souvenirs — ce qui lui permettait de dominer quatre langues et de jouer avec l'italien. Alors que si j'avais quitté la France (pour faire comme si ça m'était arrivé), je me serais manqué. Pas comme on manque de baguette ou de pommes frites. Mais son train, ou son coup. Ou sa vie.

Quelques jours plus tard, on me transmit par les voies régulières la notification à laquelle je m'attendais : si je n'étais pas « là-haut » d'ici à deux mois, je cessais d'être militant de l'organisation. Décision de l'état-major. Pire qu'une dégradation sur le front des troupes.

Donc ils partaient, et tout de suite, du Chili même. On ne peut contenter tout le monde et son père.

Par télégramme, Imilla me fixa rendez-vous huit jours plus tard, au pied du jardin Santa-Lucia. Elle voulait entendre de ma bouche ma réponse à l'ultimatum qu'elle avait contresigné.

★

Pourquoi l'avoir envoyée, elle, pour le prononcé de la sentence? Et dans cette tenue. Avec ces atours d'hirondelle en partance, d'éphémère au rebord d'un volcan... En cet instant maudit je l'aurais voulue mégère, harpie, hécate. Virago mugissante, noire de haine et de suie. Pétroleuse anguleuse, androgyne. N'importe quoi plutôt que celle qui s'avançait de loin vers moi. Mon juge s'approchait laiteux et suave dans la lumière du soir. Je ne l'avais jamais vue aussi menue, presque fragile, désarmée, et l'envie me prit de courir au-devant d'elle pour la serrer dans mes bras. Dans sa jupe légère que sa foulée faisait voleter, son corsage beurre frais et cette espèce de châle en tricot noir qu'elle ramenait sur elle en frissonnant, une Imilla inconnue miroitait dans l'allée.

Disparue sa matité et cette façon qu'elle avait de cacher ses ors sous des dehors poncés. Envolée, la grande fille basse en couleurs qui s'abritait dans sa raideur pour ne pas taper dans l'œil. Le soleil qui poudrait ses cheveux dissipait son aura d'ombre et de rigueur, rehaussait cette beauté en renfoncement qui était et n'était plus la sienne. Quelque chose avait libéré tout l'éclat intérieur que n'avaient pu effacer ses coups de gomme, et sa propre lumière maintenant lui échappait, s'évaporait par tous ses pores, jusqu'à la rendre phosphorescente sous les branchages quand elle passait dans l'ombre des pruniers sauvages aux feuilles rousses. Comme on fait émerger au chiffon une silhouette estompée sur un tableau ancien dont la toile a bu l'huile, une main inconnue avait restauré ce corps embu dont le vernis me donnait le vertige. A la place des arêtes, de la douceur partout : la quadrature avait enfin trouvé son cercle. Je ne savais pas à quoi ni à qui, mais Imilla avait dit oui, de toute sa chair. Et c'était comme un chignon dénoué, comme une louve surgissant d'un sous-bois, Lazare de son suaire.

— Bonjour, sœurette.

— Je ne suis qu'une camarade, Boris. Ou plutôt j'étais... Jusqu'à aujourd'hui. Parce que je sais déjà ce que tu vas me dire.

De près, elle exhalait une odeur entêtante de miel.

— Alors, bonjour citoyenne! Si tu sais, je n'ai plus qu'à me taire.

Nous marchions côte à côte entre les arbres. Je décidai de ne plus la regarder. Mais ce parfum, cet opium lavande et cannelle... Ne plus respirer. Ecouter seulement.

— En somme, on rentre chez soi et on déclare forfait...

Elle non plus ne tournait pas la tête. Elle disait ce qu'elle avait à dire, bien dans le ton. Comme on récite une leçon dont on a aimé le texte.

— Disons que je ne rempile pas. Fin du contrat. Point à la ligne.

— Tu nies le message du Che, tu renies Inti, et tu te renies toi-même. Tout cela est logique. On vire de bord.

— Pas de leçons de morale, veux-tu? Ce qui existe à présent n'a rien à voir avec ce que j'ai connu. Hormis Carlos — et un peu Mario — tous les anciens sont morts ou ont renoncé. Esteban? Il biberonne pour s'oublier, lui et le reste. Ramon? Il vient de faire savoir à l'opinion publique, par le biais de la presse officielle, qu'il se consacrerait désormais à son travail et à sa famille, en bon patriote respectueux des lois.

— Ne juge pas le troupeau sur deux brebis galeuses. L'organisation, c'est autre chose.

— Autre chose? Des trente-six camarades de la fondation, il n'en reste que cinq, dont les deux loques que je viens de dire. Ça s'est renouvelé, d'autres sont venus? Très bien. Mais ce n'est plus *ma* famille. Je ne m'y reconnais plus. J'ai fait ce que tu m'as dit, j'ai essayé de dire « ma » : sans résultat.

— Ne cherche pas de prétextes. Tu nous lâches parce que tu n'as plus confiance.

— Confiance en quoi?

— En l'organisation, en nous, en toi.

— En moi, peut-être pas. En vous, certainement. En l'organisation, ça dépend de ce qu'elle fait. Je n'ai pas la mystique des sigles.

— Tu sais que toute l'infrastructure dans le pays a été remise sur pied?

— Oui, avec d'autres que je ne connais pas.

— Avec des gens comme toi, tous les camarades qui sont tombés depuis des années seraient tombés dans le vide. Morts pour rien.

— Tu te rappelles la dédicace du Che au Chicho? C'est aussi une forme d'héritage, ça.

— Tu plaisantes.

— Non, j'attends. Je suis devenu patient, sœurette.

Elle haussa les épaules et s'arrêta net. Je me retournai : bien forcé de la voir de face, à contre-jour. Beau sphynx à tête de mort, comme ces papillons pourpres qui volent immobiles dans le crépuscule. La combinaison entre la volontaire et la nonchalante toute nimbée de feuilles et de tendresse créait un monstre irrésistible : yeux fixes de kamikaze, bouche dédaigneuse de militant, seins et ventre de femme. Je la tenais au bout des doigts, sauvage - apprivoisée, câline - inexorable, offerte - inaccessible, dans les rayons cendrés du soir, et l'énigme me laissait coi.

— Dommage que tu renonces, dit-elle enfin d'une voix soudain un peu sourde. J'avais une nouvelle pour toi. Enfin, c'est une nouvelle pour moi, pas pour toi. Mais je ne voulais pas que tu l'apprennes par d'autres.

Le ton des confidences d'antan. Comme un brusque retour de complicité. Il n'en fallut pas davantage pour redonner des ailes au pataud qui traînait la jambe à ses côtés, engoncé dans son bon sens de cul-terreux cartésien.

— Dis toujours, lui soufflai-je en dépliant déjà mes ailes frétillantes d'ange gardien.

— Carlos et moi attendons un enfant. Enfin, moi, un enfant fait par Carlos...

— Magnifique! Je croyais que tu ne pouvais pas en avoir...

— Je le croyais. Les gynécos aussi. Tout le monde. Et puis, le miracle. Parce que je le voulais. Enfin, elle. Ce sera une fille.

— C'est irrévocable?

— La fille? Oui.

— Non : l'enfant en général.

— Absolument. Ça ne changera rien, ni à mon retour ni à notre travail. Tu sais... on a pensé à toi comme parrain.

— C'est gentil. Mais vous ne le ferez pas baptiser et moi je ne serai pas là. Plus tard, j'enverrai à ta fille la tour Eiffel en cartes postales, des calissons d'Aix-en-Provence, du nougat de Montélimar. Je serai l'oncle de France, celui qu'on ne voit jamais, comme pour nous l'oncle d'Amérique.

— Sois tranquille, elle en aura d'autres. Je regrette bien que tu t'en ailles. Carlos aussi. Mais ça ne m'étonne pas. Je ne m'étais jamais fait beaucoup d'illusions sur ton compte, tu sais?

Elle peinait dans la méchanceté. En faisant de son mieux, mais l'aigreur n'était pas son fort.

— Moi non plus, vois-tu, mais je te dois beaucoup : c'est toi qui m'as aidé à regonfler mes illusions, et je ne voulais pas te quitter sans te dire merci.

— Il ne te restait pas beaucoup d'air dans les poumons, j'en suis d'accord.

— Que veux-tu, on se fait vieux, on souffle un peu. On était là avant toi. Disons que je suis usé avant l'âge. Toi, tu es fraîche, tu prends la relève.

— Qu'est-ce que tu me chantes là? On a le même âge, toi et moi...

— Mais pas le même passé. Ni le même ossuaire en bordure du chemin. Moi, j'ai un cimetière désaffecté dans la tête. Quand je me retourne pour chercher les copains d'il y a dix ans, plus personne. Carlos doit être le dernier, ou presque. Là-bas, en France, je retrouverai au moins des amis. Pas des montagnes : deux ou trois.

— Carlos aussi était là avant moi.

— Pour lui, c'est plus simple. Il retourne dans son pays, et l'organisation c'est sa vraie famille. Il y a même trouvé sa femme. Tout à domicile. Je l'envie.

— Que vas-tu faire maintenant, à part mettre tes vieux os à l'abri?

— Revenir. Réfléchir, faire le point, je ne sais...

— Eh bien moi, je sais! — et elle partit d'un rire de tête, trop sec pour annoncer une drôlerie. Tu vas signer des pétitions, défendre les droits de l'homme, envoyer des vieux vêtements à la Croix-Rouge pour les familles des copains détenus. Tu vas écrire des livres. Tu vas avoir une belle maison. Tu vas devenir un intellectuel de gauche, quoi!

— Si tu es venue pour m'injurier, autant repartir tout de suite. Il y a des procédés, comme on dit, qui disqualifient leur auteur...

Elle en pouffait encore, la narine goguenarde.

— Oui, ma petite Imilla! Je ferai comme tu dis. Et dans moins d'un an, vous viendrez frapper à ma porte pour m'aider à faire les paquets! Vous ou d'autres. Les trois pelés et les deux tondus encore sur pied seront bien contents qu'on fasse partir des télégrammes pour sauver leur peau.

— Au fond, les gens comme vous, toi et tes amis, vous êtes des défaitistes, des tire-au-flanc, des dégonflés. Voilà ce que vous êtes.

— Et vous des va-t-en-guerre, des charrues avant les bœufs, des apprentis d'apprentis sorciers...

Essoufflés par ce duo laborieux, on s'est laissé

choir de concert sur un banc vide. Un ange s'attarda. Il avait de quoi faire, avec la honte d'être tombés si bas, la gêne des adieux ratés, l'envie d'en finir avec des férocités qui nous enlaidissaient. Elle avait forcé son talent, je m'étais mis au diapason. Mais je n'avais pas le cœur aux sarcasmes. Elle non plus.

Je tournai la tête vers elle en hasardant un sourire, elle me répondit par une embellie qui dilata ses yeux bleus et lui creusa des fossettes roses. Ave Maria.

— Sans rancune?

— On pansera les blessures, soupirai-je en lui clignant de l'œil.

Alors, soudain sérieuse, elle me fixa droit dans les yeux, inclina doucement le buste, posa sa bouche sur ma bouche, et l'espace d'une seconde, je sentis une petite langue dure et chaude contre la mienne.

— Ne m'oublie pas, fit-elle, déjà debout.

— Et toi, fais bien attention. Vous êtes deux, maintenant.

— Trois, dit-elle dans un souffle.

Elle ferma les yeux, pivota et s'évanouit au détour d'une allée, sans un regard en arrière.

CHAPITRE III

En franchissant la frontière avec ses faux papiers, Imilla s'était rêvée intrépide. Au-dedans, elle devint responsable. Elle aurait voulu être héroïque : elle ne rencontra que le bonheur. Un bonheur rassis, minutieux, calfeutré. Seule avec Carlos dans une maison moyenne au cœur d'un quartier de classes moyennes, elle découvrit le grand calme de la lutte révolutionnaire. Au début, cela l'inquiéta. Puis elle oublia ses rêveries d'antan, et se plia aux platitudes de la clandestinité. Elle n'avait plus le temps de se décevoir. La vie lui était devenue quotidienne et somptueuse.

Adieu l'angoisse, l'essoufflement des rendez-vous en chaîne, les jours syncopés. La police avait-elle appris le retour de Carlos? Ils n'en savaient rien, mais son nom et sa photo apparaissaient en première ligne sur la liste des « quinze traîtres à la patrie et hors-la-loi » que publiaient périodiquement les journaux, avec un numéro de téléphone « pour tout renseignement confidentiel ». En plus de la récompense officielle, l'avis de recherche promettait aux informateurs le montant intégral de l'argent qui serait trouvé sur les fuyards au moment de leur capture. Voleurs et trafiquants ne se promenant pas les poches vides, tous les espoirs étaient permis. Elle, son nom n'était encore apparu nulle part.

Il eût été bien difficile de déceler un chef « terroriste » (et encore moins celui qui tenait dans ses mains tous les fils de l'organisation la plus redoutée du régime militaire) dans ce jeune ingénieur réservé et souriant qui montait son ménage et ne sortait guère de chez lui. On savait qu'il était dessinateur industriel, mais qu'une maladie des reins très difficile à soigner le contraignait à des horaires et à un travail irréguliers; d'elle, qu'elle était traductrice d'anglais et de français pour différents ministères, ce qui l'obligeait à des allées et venues et à travailler beaucoup chez elle. Deux salaires honorables qui, l'un dans l'autre, permettaient de joindre les deux bouts, et un standing sans faste mais convenable : pas de domestique, mais une voiture neuve, une Fiat 125, et un grand chien de berger bien dressé qui engloutissait une livre de viande par jour. Dans le voisinage, on jugeait ce jeune ménage un peu pot-au-feu, et on les saluait gentiment, non sans condescendance. N'auraient-ils pas pris le temps de lire, d'écouter de la musique sur cassettes, de faire la cuisine et l'amour, qu'Imilla et Carlos étaient repérés en cinq sec. Quant au reste, ils en faisaient juste assez, jour après jour, sans dépense inutile, avec une minutie artisanale. Chaque soir, quand ils se retournaient sur la journée écoulée pour planifier la suivante, ils ressentaient un soulagement d'ébéniste : non de devoir accompli, mais de travail bien fait. Ils ne sortaient pas et les soirées étaient longues. Ils préféraient flâner dans leur grand lit carré à couverture écossaise où ils causaient à voix basse pendant des heures, très avant dans la nuit. Leur chuchotement et l'abat-jour cramoisi de la veilleuse arrondissaient les angles de la chambre et creusaient autour d'eux une coquille de nacre. Puisqu'ils ne pouvaient pas aller au cinéma, ils se promenaient dans le plaisir comme dans les bois, comme on passe une veillée d'armes aussi, car ils maintenaient leurs défenses en alerte.

L'amour vrai tient du complot. Il naît de la confidence, se galvaude en déclarations et meurt de publicité. A la noire intensité des amants, la tendresse ajoutait son lait de chaque jour et ce mélange tristement matrimonial ne délayait pas leur passion. Transparents l'un à l'autre et impénétrables du dehors. La paix des ménages veut qu'on réduise les sorties, le combat clandestin qu'on limite les risques au minimum vital. Les règles de l'intimité domestique recoupaient les règlements de sécurité. La menace détournait leurs manigances vers l'extérieur.

La guerre avait donc donné à Imilla un foyer. Et un homme au foyer pour faire la cuisine, un peu de ménage et la vaisselle. Car c'est elle, moins exposée parce que femme et femme enceinte, qui sortait le plus pour assurer les liaisons, en sorte que tablier et balai revenaient à Carlos. Rude coup pour les images de marque. La rééducation des mâles, qui n'avait pas été prévue à l'ordre du jour, était imposée par les faits. Parfois, ses voisins partaient pour la journée et leur confiaient leurs deux enfants à garder : le moyen de refuser? Quand lui n'en pouvait plus de faire la nounou, c'est elle qui partait, ravie, faire sa tournée de contacts quotidiens, à pied ou en autobus, tenant la petite fille d'une main, le petit garçon de l'autre.

Un jour, elle se proposa pour faire le guet dans un quartier malfamé, tandis que Carlos et deux autres camarades transbordaient en voiture un lot d'armes d'une maison à une autre. Ils durent s'y prendre à deux fois. Pendant plus d'une heure, elle fit le tour du pâté de maisons, les mains croisées au-dessus de la panse avec un air de satisfaction qui frisait l'indécence. Cela ne la fatiguait pas, bien au contraire. Elle se sentait rassurée, absoute. De temps à autre, elle glissait ses doigts sous son chemisier, effleurait sa peau lisse et tiède, la froideur du revolver qu'elle portait sous sa jupe, près de la hanche, dans un petit étui qu'elle avait cousu elle-même, et elle pensait : « Rien de grave ne peut m'arriver et, tant que je serai là, à eux non plus. Je les protège de loin avec mon bonheur. Ils n'en savent rien mais c'est ainsi. » Elle avait l'invulnérabilité contagieuse. En faisant les cent pas au milieu des passants indifférents, elle se répétait : « C'est bien d'être amoureuse, c'est bien d'attendre un enfant, c'est bien de servir à quelque chose. » Amoureuse, elle avait déjà été; enceinte, il y avait belle lurette, et elle n'en était plus à son premier transport d'armes. Mais les trois choses en même temps, c'était la première fois. Et qu'elle fût la même femme à cumuler ces trois emplois lui donnait l'impression d'être une femme nouvelle. Voire une femme tout court. Comme un homme à femmes a toujours en lui quelque chose de féminin, une femme à hommes est toujours quelque peu garçonnière : en devenant la femme d'un seul homme, elle se sentait enfin elle-même, d'une seule pièce.

Imilla ne se cachait plus. La femme n'avait plus à mener double jeu avec la militante. Son corps vivait et vibrait au grand jour, et dans cette planque où ils campaient, traqués, l'amour avait cessé d'être cette inactivité clandestine qui la faisait rougir. Ce bien grand mot, qui en a floué plus d'un à force de servir à tout, n'avait jusqu'alors désigné pour elle que des âneries vaguement compromettantes et un ou deux vertiges sans principe. Elle découvrait maintenant le naturel de la chose, et que ses fausses complications d'antan lui avaient au fond fait perdre beaucoup de temps.

Elle n'avait plus honte, seule à sa toilette, de se regarder dans la glace, de se mettre de la poudre, du mauve sur les paupières et un peu de *Vent vert* derrière l'oreille. Elle ne se dégoûtait plus en se déshabillant devant un homme. Elle n'était plus écartelée. Comme les morceaux d'un verre brisé qu'un sortilège remettrait en place, Imilla renaissait à l'adolescence, une et réconciliée comme elle n'avait jamais été. Elle avait fait sa paix avec ses doubles. Toutes les petites sœurs qu'elle avait punies et emmurées au fond d'elle-même pour devenir la fière et droite Imilla ressuscitaient de plus belle. Il y avait l'espiègle, la chanteuse, la coquette, l'amoureuse. Celle qui jouait à la poupée et se levait en fredonnant des comptines en allemand. Celle qui écumait les fripiers et achetait les revues de mode, celle qui écrivait des poèmes le soir et les bouclait à double tour dans son tiroir. Aucune n'était devenue infirme en restant si longtemps au coin, et Imilla les laissait désormais courir les rues et sa maison, sûre de ne pas être trahie.

Aimer Carlos et s'aimer soi-même, ces deux bonnes surprises lui étaient arrivées en même temps, à ne plus savoir laquelle avait entraîné l'autre. Avant, elle avait chaque fois besoin de boire et de se griser à froid avant de se résoudre à coucher. Non pour braver les sourires et les regards en coin des camarades, mais pour se dédoubler, et que ce fût une autre à sa place qui consentît au viol. Même quand c'était elle la violeuse et son attirance physique indéniable, ces baisages à la sauvette, sordides comme des larcins à l'étalage, humiliaient son orgueil et lui laissaient un goût, non de péché, mais de ratage. Tous ces petits mâles maladroits et hâtifs, elle se méprisait d'avoir à les mépriser, de devoir passer par eux pour apaiser ses fringales et rester sur sa faim. Les imbéciles se croyaient des droits sur elle parce qu'ils l'avaient tenue un moment sous eux, mais c'est elle qui prenait et laissait, eux n'y comprenaient rien quand elle leur tournait le dos le lendemain. Beaucoup se jugeaient outragés et lui envoyaient des lettres d'insultes. D'autres se cramponnaient, venaient frapper à sa porte la nuit, quémandaient une rallonge avec des yeux de chien battu. Ces frasques dont elle n'était pas fière lui avaient presque donné une réputation de Française. Elle s'en fichait mais elle s'en voulait. Car ce qu'on prenait pour de l'effronterie n'était qu'une discipline de nonne mal dégourdie. Elle se châtiait après coup d'avoir cédé non tant à son désir qu'à celui du premier venu. Comme qui s'est enivré par politesse, pour faire comme les autres, et se réveille avec la gueule de bois. Ces matins-là, elle se méprisait plus qu'une prostituée qui s'est donnée pour rien.

La plupart du temps, elle ne pensait qu'à faire plaisir, pour se rassurer elle-même, pour conjurer la peur de ne plus plaire. En se prouvant de temps à autre qu'elle pouvait séduire sur un coup de tête, elle se flattait de vivre seule par choix, et non par délaissement. Au fond, elle achetait avec son corps la sécurité de se sentir femme désirable et choyée. Quand c'était fait, elle avait l'impression d'avoir simplement trouvé un client pour répondre à une petite annonce du genre : « Echange sexe contre tendresse minuit-midi »,

« Echange sexe contre considération », « Sexe contre prévenances et petits cadeaux ». Elle en avait assez de ces trocs furtifs où elle ne défiait qu'elle-même et ne s'abandonnait jamais. Assez du plaisir comme un mauvais moment à passer, des yeux fuyants du petit matin, des phrases bouche-trou entre la chambre et la salle de bains. Assez de ce tourniquet sans fin où elle multipliait les conquêtes pour échapper à l'esclavage et se retrouvait coincée entre un amant à prétentions de maître et un soupirant geignard comme un propriétaire spolié. Imilla avait trente-deux ans et n'osait même plus rêver du jour où elle pourrait aimer sans s'humilier ni humilier.

Quand vint ce jour, elle ne cria pas au miracle et oublia même de s'étonner. Lorsqu'un malade recouvre la santé et ne s'en aperçoit pas, c'est la preuve qu'il est guéri. Elle avait vécu toute sa vie à côté de ses désirs comme une receleuse à côté de son coffret à bijoux les revend un à un. Sous le manteau, parce qu'il faut bien vivre. Tout à coup, l'âme se calait dans un corps, le plaisir dans la justice, l'amoureuse dans la révolution. Sur le moment, cet emboîtage inouï ne lui fit pas plus d'effets qu'à un fil à plomb la verticale après beaucoup d'écarts inutiles. Imilla respirait l'exception comme sa règle de toujours, tous ses errements passés bénéficiant d'une amnésie complète. Ce n'est pourtant pas une mince affaire de pouvoir faire l'amour en toute intégrité, avec tout son corps et rien qu'avec lui, sans esprit de combat, restriction mentale ni arrière-pensée de revanche. L'acte amoureux, fatalement cérébral, est naturel une fois sur mille. Imilla, là-dessus, avait déjoué la fatalité. Elle assumait sa nature comme elle assumait ses responsabilités : à corps perdu et la tête haute.

Enfin un homme auquel elle n'avait plus à tenir la dragée haute de peur de devoir lui rendre les armes. L'amour-propre s'estompa avec les vieilles blessures. Elle offrait à Carlos sa soumission et elle gardait les armes. Lui ne tira pas avantage de la première, sans chercher à lui voler les secondes. Il n'y avait plus rapport de forces, c'était l'égalité. Un soir — à Santiago ou à La Havane? —, comme tout le monde, ils avaient couché ensemble un peu par inadvertance, un peu par goût. Coïncidence heureuse, voilà tout : ils avaient eu envie en même temps. Mais ce plaisir partagé sans souci de victoire ne mit pas une ombre de fatuité dans les regards que Carlos lui avait jetés le lendemain, et cette insouciance rassura Imilla. Le sexe n'était donc pas un enjeu, tout au plus une faiblesse consentie de part et d'autre, qui s'épuisait dans l'instant et laissait les yeux limpides. Les jours qui suivirent ce faux pas, Carlos continua de se conduire en homme avec la femme, et en camarade avec la camarade — sans interférences. Ce cloisonnement spontané prit à revers les défenses d'Imilla, et elle ressentit le besoin de se hausser d'un cran, de la complicité à la confiance, de la pénombre à la lumière. Sitôt qu'ils arrivèrent à La

Paz, c'est elle qui prit l'offensive. Faire l'amour à la dérobée dans une maison déserte, sur un matelas posé à même le carrelage, entre deux réunions, ne lui suffisait plus. Elle voulait lever les barrières, fondre leurs doubles vies en meublant la maison et en décidant de s'y installer ensemble, au su et au vu des camarades de la Commission, même si, vis-à-vis des militants ils prenaient le maximum de précautions pour donner le change.

Bien sûr, comme toutes les femmes militantes préposées de toute éternité aux tâches administratives et d'infrastructure, elle avait commencé par être « la secrétaire de Carlos ». Le temps passa, et malgré la cohabitation elle ne devint pas « la compagne de » mais celle qu'elle avait toujours été et qui attendait aujourd'hui un enfant de Carlos parce qu'elle l'avait voulu. Ils se complétaient et protégeaient l'un l'autre, sans dithyrambes mais sans rancune. Elle n'était pas exaltée, ni ivre. Elle savourait à petits traits le sentiment neuf d'exister par elle-même sans rien devoir à personne, mais c'est à Carlos qu'elle devait ce sentiment, et c'est pourquoi elle l'aimait, sans jouer sur le mot, calmement. La fête à présent était libre, et le plaisir gratuit, c'est-à-dire indispensable comme l'eau et le sel. Avec Carlos, peau contre peau, elle se sentait enfin chaste, elle qui si longtemps avait été putain pour pouvoir rester pure. Elle brisait l'immémoriale alternative où la plupart de ses semblables, ses sœurs, avaient laissé leur dignité ou bien leur corps : la permanence domestique ou l'exutoire d'un instant. Les hommes du mouvement qui élaboraient l'avenir de l'humanité ne savaient, dans l'immédiat, dire à leurs femmes que deux choses : « Attends-moi, dessèche-toi dignement et reste-moi fidèle, je reviendrai un jour », ou bien : « Tu sens bon, je viendrai t'arroser à mes moments perdus mais ne songe pas à t'épanouir, je ne fais que passer. » Eh bien non, elle ne serait pas de celles que les militants abandonnent derrière eux pour garder la maison et l'enfant, ni de celles qui leur ouvrent les jambes un soir pour leur permettre de rêvasser le lendemain à leur dernière femme et au prochain combat. Femme combattante, elle avait découvert l'orgueil de se savoir nécessaire. A l'organisation, à un homme, et à cette promesse qu'elle portait en elle.

★

Les trois premiers mois, elle n'eut ni nausées, ni vomissements ni somnolence. Elle se savonnait le corps sous la douche, se palpait le ventre, un peu déçue, se regardait dans la glace, de face, de profil, guettant la courbe à la ceinture, un frémissement insolite, une lourdeur. Rien. Ses jupes lui allaient bien, son visage ne se creusait pas. Seulement la poussée des seins, les mamelons plus roses, l'aréole plus brune, une certaine tension de la peau sous l'étoffe, comme un agrandissement secret de tout l'être, imperceptible. Elle abandonna le soutien-gorge.

Elle mangeait de la viande rouge qui d'ordinaire lui répugnait, des sucreries, du *pastel de choclos* — maïs cuit au four avec du sucre — que Carlos préparait à la maison, et se sentait légère, immatérielle même. Elle n'était pas grosse, elle devenait pleine — et cette plénitude lui donnait des ailes pour sortir en mission dans la ville, et chez elle, une énergie tatillonne de bonne à tout faire, l'œil fureteur, les mains voletant dans les placards. Au début, elle ne tenait pas en place, rangeant, repassant, mettant de l'ordre partout. Ils prirent leurs habitudes, découpèrent les territoires, apprivoisèrent l'espace avec un tapis en laine de brebis, des rayonnages, une grande table basse en céramique et une foule de babioles coloriées à mettre au mur et dans les coins : tableau d'écorce peinte, petits chevaux en terre cuite, affiches touristiques de la Porte du Soleil ou du lac Titicaca, calebasses gravées au fer rouge, tissus rouges et noirs à motifs incas, poteries ventrues à long col pour faire des lampes ou mettre des ramées. Comme Imilla n'était pas sûre que le rite propitiatoire eût bien été accompli par les ouvriers au moment de la fondation, elle acheta au marché indien un fœtus de lama, qui ressemble à un hippocampe desséché, et enterra le porte-bonheur devant la porte du jardin. C'est ainsi qu'ils pendirent la crémaillère en tête-à-tête.

C'est important, une maison, quand on monte un ménage. Quand c'est un faux ménage de hors-la-loi, c'est encore plus important. Toute la sécurité de l'organisation dans la capitale reposait sur une trentaine d'adresses — appartements ou maisons de sécurité. Mais celle-là ne figurait pas dans le lot, ils se l'étaient dénichée eux-mêmes et l'avaient louée grâce à un prête-nom qu'eux seuls connaissaient. Ce secret-là n'appartenait qu'à eux — enfin, à eux deux et à trois amis, deux frères de toujours, deux vétérans : Mario et Thomas, et un nouveau, Abel, qui faisait la liaison entre la Commission centrale et les responsables de la province. Abel, un joli ténébreux, furtif et dévoué, qui vivait ils ne savaient où avec Christina; elle aussi attendait un enfant. Abel venait à la maison une à deux fois par mois, par la force des choses, mais il ne la connaissait que du dedans car d'un commun accord, lorsque Carlos l'amenait en voiture après l'avoir ramassé au point de contact près de la gare, il devait s'allonger sur la banquette arrière et fermer tout de suite les yeux. Ce qui n'empêchait pas Carlos, par habitude, de faire des tours et des détours avant de rentrer, pour mieux le dérouter. D'ailleurs, si l'intérieur était reconnaissable entre mille, les dehors de la maison étaient parfaitement anonymes : un gîte sans étage, à façade vert d'eau, donnant directement sur la rue. Le jardin était sur l'arrière, comme dans les pavillons anglais, mais plus grand et tout en largeur. S'y dressaient un amandier, un grand eucalyptus en parasol, tout un fouillis de cactus et d'herbes folles au pied des murs, et dans un angle, une remise en planches mal jointes qu'ils maçonnèrent et transformèrent en labo-photo, pour la correspondance et la reproduction des documents. Attenant à la maison, masqué par une grille de même couleur que les murs et qui s'ouvrait elle aussi sur la rue, un garage où deux voitures tenaient à l'aise. Derrière la grille, qu'ils renforcèrent avec des plaques de fer, ils installèrent la niche et la couverture du chien. Du living carrelé et peint de neuf, on apercevait par la fenêtre, de l'autre côté de la rue, une maison basse identique à la leur, avec une façade de crépi rose saumon. Un corridor menait de la porte d'entrée au jardin. A gauche, une autre pièce avec fenêtre sur rue et porte d'accès au garage, dont Carlos fit son bureau. Plus loin à gauche, la cuisine, encore une chambre et la salle d'eau, et la dernière porte à droite ouvrait sur « la chambre des parents » : la porte-fenêtre donnait sur les feuillages du jardin par où, le matin, le soleil entrait leur chauffer les pieds et les réveiller avec le premier sourire de la journée. Quand arrivèrent les beaux jours, ils installèrent une table de ping-pong au-dehors, quatre briques et un barbecue derrière l'eucalyptus, deux fauteuils de rotin vert devant leur chambre. Rien n'attirait l'œil dans cette banalité. Peut-être ce boudin de toile rempli de sable dur et posé sur un tréteau sur lequel ils exerçaient le tranchant et le dos de leur main, tôt dans la journée — mais le karaté est aussi devenu un passe-temps à peine chic pour cadres moyens et dynamiques. Bref, un couple comme un autre, qui avait les dimanches de tout le monde, des distractions un peu courtes, bouchées par le travail du lendemain, comme tout le monde.

C'est important une maison, un voisin, la couleur d'une façade. On n'y pense jamais assez. Eux se sentaient à ce point chez eux qu'ils y pensaient de moins en moins, à leur maison, à leurs voisins, au rose saumon de la façade en crépi qui faisait face au 783 de la rue de Hambourg.

Le temps passait lentement à l'unisson des corps et des tâches. Chaque heure avait son importance et de tous les moments de la journée, Imilla s'était fait une cérémonie. Elle jubilait en buvant son café, à sa toilette, à table, dans le grand lit-radeau où ils dérivaient ensemble la nuit parmi les livres épars et les jonchées de fleurs sèches. Le côté rue était à la politique, aux rédactions du matin, aux réunions de l'après-midi, à tous ces moments où ils faisaient claquer les mots pour tracer des frontières, décider des ruptures, dompter la crainte de la nuit; et le côté jardin s'ouvrait le soir au clair-obscur, sur cette langue pour sourds-muets qu'inventent les mains, les yeux et la bouche quand ils se laissent aller jusqu'à dire l'indicible. La nuit, Carlos mettait son Browning sous l'oreiller, Imilla laissait son 7,65 tchèque dans un tiroir du bureau. Et ils gardaient dans un placard, à côté de leur lit, leurs fusils AK, glissés avec leurs chargeurs dans une housse à skis pour enfants, avec de vrais bâtons de ski attachés pardessus. Pour le cas où la politique, toujours impolie, viendrait interrompre à l'improviste leurs épanchements silencieux.

Ils avaient bien essayé de se faire un horaire plus détaillé, pour ne pas laisser une heure en blanc. En général, ils réservaient la matinée à l'étude et aux travaux à domicile, l'après-midi aux sorties en ville, le soir à eux-mêmes. Mais, malgré leur isolement, ou plutôt à cause de lui, ils étaient trop dépendants des plus minimes imprévus au sein de la périphérie pour pouvoir se rendre vraiment maîtres de leur temps. Une disparition ou l'arrestation du plus lointain collaborateur pouvaient forcer Carlos à une sortie impromptue à n'importe quelle heure. Mais sacrée était la demi-heure de gymnastique matinale au lever, suivie de quelques mouvements de karaté en enchaîné. Elle dut les remplacer assez vite par les exercices de respiration et de relaxation musculaire tels qu'ils étaient décrits en anglais dans le guide Lamaze, qu'elle avait ramené de Santiago avec le manuel du docteur Spock et toutes sortes de traités d'obstétrique illustrés. Etudié dans le texte, l'accouchement sans douleur lui donna quelques maux de tête.

Au fil des semaines, Imilla embellissait, chaque jour plus charnelle et d'autant plus lucide. Son galbe s'arrondissait enfin, son rythme s'apaisait, elle était sûre d'avoir choisi le bon chemin. Elle entrait en pleine possession de ses muscles, de son intelligence. Sereine, assouvie mais non repue, elle se bouclait dans un ralenti radieux, dosant ses gestes et ses mots, à l'écoute de son ventre où elle commençait à percevoir, à imaginer les premiers frémissements, un friselis secret au fond d'elle-même qui la rendait attentive et songeuse. Quand, au quatrième mois, elle ressentit pour de bon un mouvement de l'enfant, puis un autre, ce fut la gloire. Elle était sauvée, installée dans la vie pour toujours. Curieusement, au lieu de se replier sur elle-même, elle connut un regain de dévouement gratuit. Elle se déployait, se démultipliait pour rendre service aux camarades, avec une sûreté et une efficience dont elle ne revenait pas elle-même. Comme si, assurée d'un nouveau centre de gravité et de le tenir enfin en elle, dans une sorte de chaleur inviolable, elle n'avait plus à redouter que pour les autres. Comme si, à s'affiner l'œil et l'oreille sur des tressaillements infimes, elle était devenue plus sensible aux alarmes, aux moindres clignotants du danger. C'est alors qu'elle se proposa, ou plutôt s'imposa pour des tâches dont le pire était qu'elles lui allaient bien, mieux qu'à un homme en tout cas. Comme le guet devant cette maison dont plus personne n'était sûr, trois jours après l'arrestation du locataire qui venait d'y cacher un dépôt d'armes. On ne savait plus rien de lui. Il pouvait avoir réussi à se tuer, mais c'était improbable, d'après le copain qui était arrivé au point de contact avec dix minutes de retard : il avait vu de loin trois flics du DOP le ceinturer, l'assommer à coups de crosse et le charger à bord d'une voiture. Ils pouvaient l'avoir liquidé malgré eux, en forçant la dose aux interrogatoires. Deux chances sur trois pour que le dépôt fût un guet-apens. Mais il fallait sauver les armes à tout prix, elles avaient coûté assez cher, et certaines venaient de loin : vingt fusils AK, douze mitraillettes israéliennes Uzi, deux bazookas soviétiques. Carlos refusa de déléguer ce risque aux patrons de la seule branche logistique — question d'honneur — et il ne pouvait non plus mettre n'importe qui dans la confidence.

Ce que voyant, Imilla décida de les accompagner. Carlos refusa, elle discuta. Si c'était une imprudence pour lui d'y aller, quelle règle objective de prudence pouvait-il lui opposer, à elle? Et si c'était en tant que femme qu'il le lui interdisait, ce machisme était tellement déshonorant pour eux deux que mieux valait se séparer sur-le-champ. Le dilemme n'admettait pas d'échappatoire. Sauf un : « Je ne veux pas que tu viennes parce que tu es la mère de mon enfant. » Carlos tâta le terrain sans conviction. L'idée d'être père lui avait longtemps paru grotesque, et il avait encore du mal à se mettre dans cette peau. C'est elle qu'il voulait garder — pas un enfant abstrait. Il l'aurait perdue en insistant. Il finit par s'incliner. « Tu vois, lui dit-elle ce soir-là, une fois rentrés à la maison, je vous porte bonheur, ma fille et moi. » Ce pluriel le fit sourire : il était mis en minorité. Mais, pour la première fois, il regarda ce ventre bombé dont la seule vue lui inspirait une sorte de malaise, et il se dit qu'Imilla était aussi responsable que lui, sinon plus. Elle ne faisait pas que manger pour deux, elle comptait pour deux et le savait. Peu à peu elle jouerait les premiers rôles, et il lui faudrait en tenir compte. Il n'en conçut aucun dépit, mais une sorte de reconnaissance démunie. Moins que dépossédé, il s'éprouvait impuissant devant elle. Il voulait la choyer sans la rabaisser, l'encercler de tendresse sans la clouer sur un piédestal de future-maman-fragile. Sa virilité lui retombait sur les bras. Il restait à côté d'elle, ne sachant que dire ni que faire, et c'est lui, alors, qui se retrouvait en marge, en retrait.

Quelques jours plus tard, elle souleva sa blouse et lui montra les petites bosses qui roulaient sous la peau. Elle insista pour qu'il touche, elle lui prit la main, il résista. Il était atterré. Un monstre inconnu bougeait les pieds, boxait le vide. C'était son enfant, et il en avait peur. Il ne pouvait détacher les yeux de cette houle cocasse qui ondulait le ventre d'Imilla, mais toucher, non, impossible. Le doute le dévorait, lui. Qui était-il, ce fils? Où irait-il? Elle haussait les épaules, elle savait déjà. « Il s'appellera Che », disait-il. « Elle s'appellera Intensidad, répliquait-elle. — Inten... quoi?, tu es folle, qu'est-ce que tu as dit? — Eh bien oui, quelle importance, que ça fasse sity, sidad ou sité, c'est le même mot dans toutes les langues. — Enfin, en espagnol, ça fera Tencha, comme Hortensia, la femme d'Allende. — Ah ça non, encore un nom de veuve! — A ce compte-là, un nom d'assassiné, ça ne va pas te plaire. — Bah, qu'importe, répondait Imilla, qui ne pensait plus jamais à la mort et seulement à construire. Quand Intensidad aura vingt ans, c'en sera fini de la guerre, des massacres, des martyrs. Il n'y aura plus besoin de héros à cette époque-là! Quelle veine! — En tout cas, que cet enfant s'appelle Che ou Tencha, ce sont des noms lourds à porter et il devra leur faire honneur, reprenait-il, toujours féru de gloire et de belles actions. — Je me fous de l'honneur de ma fille. Je veux qu'elle soit heureuse, un point c'est tout. » Elle avait toutes les superstitions, sauf celle des noms, et lui n'avait que celle-là.. « De toute façon, ça ne sert à rien de se disputer, concluait-elle, car elle était beaucoup plus réaliste que lui. L'enfant n'aura pas d'état civil avant longtemps. — Tiens, c'est vrai, s'exclamait Carlos en se tapant le front, je n'y avais même pas pensé : s'il naît ici, on ne va pas aller le déclarer à la mairie. »

Elle y avait pensé, elle. Tous les camarades considéraient comme acquis que les femmes devaient aller accoucher à l'étranger. Ils ne lui avaient rien dit, mais elle avait appris par Christina qu'on était en train de leur préparer une sortie en voiture, avec de faux papiers tout neufs. Il y avait des médecins de confiance, mais pas de clinique sûre dans le pays : s'il survenait un accident, il ne restait d'autre recours que de conduire la mère à l'Assistance publique, donc de l'exposer elle, et lui de fil en aiguille. En sorte que, dans son cas, il s'agissait au moins autant de protéger la vie de Carlos que la sienne propre et celle de l'enfant. Quand elle aborda le sujet devant Carlos, dont dépendait somme toute la décision finale, il l'esquiva, prétextant qu'il valait mieux se tenir prêt pour une sortie éventuelle et qu'on verrait bien le moment venu. Un après-midi, elle s'en alla voir Christina et elles tombèrent d'accord qu'en aucun cas elles n'abandonneraient leur pays, même si elles en recevaient l'ordre, et qu'elles se débrouilleraient sur place. A elles deux, en l'espace de quinze jours, elles trouvèrent un studio assez propre, et une sage-femme qui répondait de tout, et du sang en flacons pour les transfusions, au cas où. Il fallut finasser, car Imilla avait le rhésus négatif et elles s'étaient juré de ne pas s'adresser aux médecins de la périphérie, pour ne rien ébruiter. Mais, en quinze jours, la conspiration était au point. Restait à mettre les hommes devant le fait accompli. Carlos se montra réticent mais au fond assez fier. Elle insista : « Je me suis gagné le droit d'accoucher ici, où j'ai montré que je pouvais me défendre, tu ne crois pas? » Que répondre? Abel fit comme Carlos : il se résigna. On mit le sang et le sérum au réfrigérateur.

Vers la fin du sixième mois, elle se sentit les jambes lourdes et mal aux reins. Au début du septième, elle se persuada qu'elle était laide et elle devint jalouse. « Comment me trouves-tu? demandait-elle à Carlos six fois par jour. —

Encore mieux qu'hier. — Tu mens, je suis hideuse, mais souviens-toi que ce n'est pas moi, cette bobonne bouffie, avec des pis de vache, des varices et un ventre en sac. Ce n'est pas moi, tu m'entends! » Et elle se pelotonnait contre lui pour qu'il ne la voie pas. Elle rêvait de se blottir dans l'ombre, de revenir au bercail, de redevenir enfant. Elle avait peur des glaces. Elle mit la photo de son père sur sa table de chevet. C'est elle qui l'avait prise, il y avait de cela des années : dans la cour de son hacienda, devant l'étable à toit de chaume au portail à moitié ouvert, il était là, solitaire au milieu des poules, des cochons noirs, des chèvres et des coqs, avec son front dégarni, sa longue barbe blanche, ses bons yeux. L'apôtre les bras en croix, en chemisette à carreaux, catéchisait les bêtes : drôle d'avatar pour un vieux de la Wehrmacht. Elle aurait voulu lui écrire, elle ne le pouvait pas. Elle rêvait de faire le voyage vers les plaines désertes de l'Orient, en contrebas, de débarquer un jour à la ferme au débotté : « Hans! Regarde-moi, tu vas être grand-père et maman n'est pas morte! » — mais c'était une folie, la seule folie qui la tentât encore. Pour le reste, elle était devenue raisonnable, physiquement inapte aux beaux gestes. Il lui en coûtait déjà assez de sortir dans la rue et de se mettre aux aguets. Jamais elle n'avait autant ressenti le contraste entre l'épuisante insécurité du dehors et les rondeurs de son chez-soi où à peine rentrée elle chancelait sous la détente, relâchant ses muscles de la tête aux orteils.

Sitôt franchie la porte de leur refuge, le temps redevenait duveteux et plein comme une joue, de nouveau elle se laissait bercer par le rythme des heures, le balancement des lectures, des textes à recopier à la machine, des photos à développer au labo. Quand elle restait seule, elle se mettait en boule et somnolait, les yeux grands ouverts, bien à l'abri. Les bruits étaient repérables, les dangers canalisés par les murs, les fenêtres, la porte. Rien ne pouvait l'atteindre. Dehors, c'était plein d'arêtes et de trous, de balafres, de fractures, de coups de feu. L'affût lézardait les secondes, creusait des ombres en plein soleil, la plaie possible à tout instant, l'hémorragie. L'irruption pouvait venir de tous côtés, elle était cernée. Elle se cambrait, comptait ses pas et respirait avec difficulté. Même aller faire les provisions de la semaine au supermarché lui nouait l'estomac. A la maison, elle vivait pour l'enfant et oubliait l'ennemi. En ville, elle retrouvait la dure responsabilité de vivre au nom de tous, pour tous les autres. Une simple imprudence, un retard de cinq minutes à quelque contact pouvaient déclencher, par ricochet, l'arrestation d'un camarade inconnu. Un seul camarade arrêté, c'était d'autres camarades en danger, des voitures, des maisons qui pouvaient « tomber », et ainsi de suite, dans une chaîne sans fin, sans autre fin que le repli ou l'anéantissement.

Alors il fallait se mettre un chronomètre dans le ventre, jauger un attroupement au quart de tour, évaluer un carrefour de loin, en un clin d'œil, scruter les visages d'un air insouciant, surveiller ses propres gestes et mimiques, mine de rien. Repérer ce marchand de journaux qui n'était pas à ce coin de rue les jours précédents, ou bien n'avait-elle pas fait attention, cette voiture qui est repassée par deux fois, le couple adossé à l'arbre là-bas et qui s'embrasse avec un peu trop d'application... Mémoire, analyse, flair. Le corps impavide, transformé en machine à enregistrer et à calculer, son cliquetis silencieux d'étincelles, de clignotants, de sursauts à déchiffrer sur-le-champ. Le balayage des yeux sur le trottoir, le jeu des reflets dans les vitrines et les portes, les zigzags, les arrêts brusques. Ne rien porter d'écrit, apprendre tout par cœur, cette phrase pour celui-ci, cette autre pour celui-là, et non l'inverse. Au bout de deux heures, elle demandait grâce. Elle décida de sortir armée de son 7,65 — fût-ce pour aller téléphoner d'une cabine publique. Ce n'était pas prudent, mais ses proéminences emblématiques l'exemptaient des fouilles surprises, et elle était prête au besoin à défaillir dans les bras du flic, avec des soupirs d'évaporée. Quand c'était possible, elle prenait la voiture. C'était moins fatigant pour les jambes et le dos, mais encore plus usant pour les nerfs, car il fallait calculer au plus vite. L'œil dans le rétroviseur, tourner trois fois autour du même pâté de maisons, passer et repasser devant le point de rendez-vous, est-ce que tout est normal, curieux ce type en face à l'arrêt d'autobus. Attendre l'arrivée du bus, voir si le type est monté, attendre encore, épier. Juste quand elle est passée devant le copain, tout à l'heure, il a retiré ses lunettes, est-ce qu'elle n'a pas la berlue? Le signal du danger, quand on se sait suivi ou qu'on est traîné en hameçon par les flics, c'est de se frotter les yeux à plusieurs reprises comme si on avait une poussière dans l'œil. Qu'a-t-il voulu dire avec ses lunettes? Mais si elle ne s'arrête pas au prochain passage, il va s'en aller, et c'est trois jours de perdu, jusqu'au prochain repêchage. Que faire? Si elle s'arrête, elle va attirer l'attention. Alors, se garer plus loin, se remettre de la poudre et reluquer le panorama dans le rétroviseur? Questions, attentes, questions, attentes. Dehors, elle ne pensait plus qu'à rentrer.

Elle ne pouvait pourtant tout plaquer en route. Elle s'était remise en chasse d'une nouvelle maison, pour Carlos et elle, il fallait continuer. C'est Mario qui leur avait secoué les puces : six mois à la même adresse, ce n'était pas très sage — mais Carlos haussait les épaules. De fait, plus personne en ville ne voulait louer appartement ou villa sans de longues enquêtes préalables, pour se mettre à couvert de la police et des suspicions de complicité au cas où les locataires viendraient à être impliqués dans une affaire de « subversion ». Heureusement, il y avait Sarah — une amie d'enfance de la haute société cosmopolite, d'origine anglaise. Imilla aimait bien cette grande fille sportive, célibataire sans complexes, qui avait du chic et du chien. Sarah lui faisait l'effet d'une sœur cadette qu'elle aurait abandonnée des années auparavant sur les pelouses des clubs pour étrangers. Elle n'avait pas seulement le sans-gêne inné des gens de sa classe, enhardis jusqu'à l'inconscience par une impunité héréditaire, mais du vrai courage et de la discrétion. Elle s'était même offerte à devenir une militante du mouvement à part entière, et c'est Imilla qui avait eu du mal à la convaincre qu'une grande bourgeoise ayant ses entrées dans les ambassades, les terrains de golf et les cocktails était à même de leur rendre de plus amples services qu'une simple militante de plus. Et que c'étaient les gens comme elle qui permettaient aux clandestins de respirer. Comme tête chercheuse pour les contrats de location ou d'achat-vente, Sarah, c'était l'idéal. Imilla lui avait seulement demandé : une grande maison pour la Résistance, peu importe le confort — et elle n'avait pas tenté d'en savoir plus.

Pour les deux derniers mois de grossesse, Carlos voulait alléger le plus possible son travail d'estafette. Il demanda à Abel d'assurer la plupart de ses liaisons, y compris avec Sarah, jusqu'à la naissance de l'enfant. Imilla était contente des visites d'Abel. Il se faufilait dans la maison comme un chat, s'étirait sans rien dire, l'observait doucement et tout à coup lâchait une phrase en sifflant, d'un seul trait, comme en s'excusant d'avoir quelque chose à dire. Taciturne, Abel, et pas encombrant. A présent, Carlos ne faisait plus de détours pour l'amener de la gare jusqu'à chez eux.

Le mois de septembre fut dense et détendu. Le printemps austral s'installait, le soleil les réveillait plus tôt, les jours rallongeaient. Elle n'osa pas se mettre au tricot mais commença d'acheter brassières, bonnets et chaussons qu'elle empilait en secret dans son tiroir, sous ses affaires. Elle retourna par deux fois visiter le studio vide qu'ils avaient loué pour six mois, en prévision du jour J, vérifiant si tout était en ordre : linge, électricité, eau chaude. Les absences de Carlos la rendaient nerveuse, elle devenait possessive. Le soir, ils jouaient aux échecs pendant des heures pour ne pas se quitter dans le sommeil. Elle avait des envies de bercements, de jus d'orange, de longs câlins. Elle aimait Carlos de tout son corps et son corps était difforme. Il lui répétait qu'elle était la plus belle femme enceinte qu'il eût jamais vue, il le lui démontrait sans phrases, mais elle attendait la délivrance pour redevenir elle-même, sa femme, souple et gracieuse. Elle faisait le marché et lui, pour le dîner, lui mijotait ses plats préférés avec des minuties de chef cuisinier : des *salteñas,* ces chaussons de pâte farcie de viande, d'oignons et de raisins, des *humintas,* maïs roulé et cuit dans sa feuille, le porc rôti aux piments, des oursins du Chili avec de l'ail et des oignons, mais elle ne coupait jamais l'oignon assez fin, elle ne comprenait décidément rien à la cuisine qui allait devenir, disait-il, le dernier domaine réservé aux hommes. Le chien venait sous la table se mêler à leurs jeux, elle en avait moins peur. C'était un couple bien sage que le leur, vigilant. Ils étaient euphoriques et restaient éveillés. Ces semaines passèrent dans un recueillement studieux entrecoupé de rires et de vin blanc, et elle n'avait plus à craindre la torpeur des jours qui s'en vont, cette lente décomposition du bonheur qui vous engourdit pour vous faire oublier que le temps passe en vain et que vous allez à reculons.

Elle tissait les cellules d'un petit être, ajoutant ici un ongle, finissant là le lobe de l'oreille gauche. Chaque heure, chaque jour étaient gagnés sur la nuit, la dispersion, l'informe. Elle contemplait les planches en couleurs de ses livres, ces coupes d'anatomie qui suivent la croissance de l'embryon au fœtus, du fœtus à l'organisme, la poussée des jambes, le découpage des doigts, des yeux, du tympan. Agglutiner... Elaborer... Organiser... Quelle merveille, créer! Et ce n'était pas seulement l'enfant. Carlos aussi, jour après jour, battait patiemment la nuit en brèche, croisait et recroisait les fils de l'organisation, cellule après cellule, section par section. Tout le pays était désormais couvert du nord au sud et de bas en haut, en passant par les comités régionaux jusqu'à la Commission centrale et au secrétariat. Un travail de broderie, point à point, fil à fil. Chaque jour, Carlos s'occupait de l'aide aux familles des prisonniers, veillant à ce qu'elles eussent de quoi manger, un toit, un soutien moral; de rétablir la communication avec les détenus, de leur faire parvenir un mot d'encouragement; d'enquêter sur les interrogatoires, de démonter les connexions et les courts-circuits suscités par l'ennemi; de ranimer par lettre un copain hésitant, voire même d'aller à sa rencontre, de passer trois heures avec lui pour dissiper une brouille entre amis, une embrouille avec les autres; et quand un couple battait de l'aile, de faire son possible pour le rabibocher, en parlant avec l'une, avec l'autre, sans y toucher.

Ce qu'ils appelaient en jargon la « rectification », la « ligne de masse », c'était cette façon nouvelle de prêter attention aux problèmes de chacun. C'était ensuite et surtout la classique, la toujours neuve monotonie du travail d'organisation : réunions de la Commission centrale, négociations avec les autres partis, résolutions et documents internes, correspondance avec les pays voisins et les organisations-sœurs. Rien n'affleurait encore. La Résistance manœuvrait en eaux profondes, elle était en plongée. Imilla aussi s'enfonçait en elle-même avec la lenteur précise et sûre, un rien irréelle, des scaphandres. Mais un jour. Bientôt. On les verrait tous émerger. Tranquilles, puissants, implacables. Comme son enfant des eaux dormantes de la matrice.

Cette certitude, ils pensèrent même à me la communiquer par le truchement d'un tube de dentifrice qu'un voyageur inconnu déposa une nuit contre ma porte à Paris. Je tremblai de joie en déchiffrant à la loupe le négatif enroulé dans un minuscule sachet de plastique. Imilla me racontait comment l'idée de m'écrire leur était venue, impérieuse et saugrenue, et l'histoire de la lettre faisait presque toute la lettre.

Carlos était rentré un jour d'un contact à l'extérieur et lui avait dit :

— Tu sais, j'ai eu des nouvelles de Boris. Il a fait comme il avait dit. Il est rentré à Paris et il paraît qu'il s'ennuie à crever, là-bas. Tu crois qu'il serait d'accord aujourd'hui avec nous?

— J'en suis sûre, avait répondu Imilla sans réfléchir. Puis, se ravisant : Et même s'il ne l'était pas, ce serait bien de se retrouver un jour. Tout Français qu'il soit, ça n'était pas un mauvais bougre.

— En tout cas, moi, je sais qu'il a tort de ne pas être ici. Envoyons-lui tout de même un salut.

— Oui, dit Imilla. Je vais faire la lettre.

De ces caractères froids, tapés à la machine, se dégageait une ironie affectueuse qui me fit chaud au cœur. Ils évoquaient leur avenir et c'était pour moi comme une voix du passé. Ce chassé-croisé n'était pas nouveau entre nous. Je n'étais pas spécialement fier de mon retour au bercail : je barbotais dans le clapotis parisien, ils croisaient dans l'œil du typhon. Je leur répondis que ma bonne étoile m'avait ramené chez moi, dans l'autre hémisphère, où les vents ne soufflaient guère, mais que le ciel tournait et que la rotation des sphères nous rapprocherait un jour. Ma lettre partit par des voies compliquées et ne leur parvint jamais.

Carlos, Mario, Thomas et les autres semblaient puiser leur énergie à même la dépense, ils ne s'épuisaient pas. Ils enrageaient souvent, ne se déprimaient jamais. Carlos aussi avait beaucoup changé. Comme tout le monde. Avec Imilla, le prédateur, le rogue, le tendu s'était adouci en mari primesautier. Avec la Révolution, mis au pied du mur, le chevalier piaffant sur le front des troupes était devenu un fantassin modeste. Plus question de trouée, d'assaut frontal, d'insurrection pour demain matin. Il s'agissait de *tenir,* et de gagner du temps. L'orateur à cheval sur l'éclair et qui parlait en avalant ses mots mettait plus de silence entre ses phrases. La boule de vif-argent n'avait plus la bougeotte. Carlos pouvait rester des heures immobile, étendu par terre sur le tapis du living, à lire et à réfléchir. Ils s'étaient acheté l'*Encyclopedia Britannica,* où il s'enfouissait en zigzaguant d'un volume à l'autre. Il étudiait tout spécialement l'économie et l'obstétrique (pour superviser la sage-femme au moment de l'accouchement). Somme toute, pourquoi l'Assistance publique ou une clinique à l'étranger? Il n'avait interrompu ses études de médecine qu'en quatrième année, il n'était pas trop tard pour s'y remettre. Il écoutait des symphonies au magnétophone, « et ce n'est pas ma faute, disait-il à Imilla, qui préférait Villa-Lobos, la flûte indienne et la guitare, si *l'Héroïque* de Beethoven me donne le frisson ». Il s'était même mis à lire des romans — Dostoïevski, dont elle lui avait offert les œuvres complètes sur papier bible éditées à Buenos Aires : ce fou lucide lui faisait perdre la tête; *Cent ans de solitude, Rayuela, L'Orchestre rouge.* C'était presque toute leur bibliothèque et c'était inépuisable. Ils aimaient mieux relire que feuilleter. « Si j'avais le temps, disait Carlos, j'écrirais un roman moi aussi... — Le temps... le temps, s'exclamait Imilla, mais nous l'avons... — Oui, mais pas pour ça. Pour avoir un jour ce temps-là, il faut *d'abord* que je m'occupe d'autre chose... Après, après, il y aura du temps pour tout... »

Après *quoi* — ils ne le savaient pas au juste. Ils étaient prêts à attendre longtemps, mais ils ne doutaient pas que *cela* viendrait. La grande famille en marche, un jour. Ils rêvaient d'unité, d'harmonie, de front. Ce serait irrésistible. Ils se voyaient noyés dans un cortège d'ouvriers et de paysans qui calmement entrerait dans la ville, déborderait les barrages de police, inonderait les rues, submergerait les barbelés, les mitrailleuses, couvrirait le vrombissement des hélicoptères. Il y avait un soleil immense et rouge derrière eux, le claquement des drapeaux, l'éclair des faux, des houes, des frondes, le martèlement des galoches et des godasses sur le pavé. Ils se donnaient la main, portés par la foule. Ils se regardaient en souriant. Ils n'étaient pas au premier rang.

Au début d'octobre, Imilla et Carlos étaient au comble du bonheur.

★

Depuis que le monde est monde, il faut neuf mois pour faire un enfant, deux ans pour un réseau de résistance, dix pour un parti politique et trente pour une révolution. Depuis que le monde est monde, il faut et il suffit d'une seconde pour tuer un être humain, une minute pour détruire un réseau, une journée pour faire capoter une révolution. Ce qu'il faut d'airs de guitare pour un ou deux sanglots... Il est faux qu'il n'y ait pas d'amour heureux. Ce qui se passe, c'est que le bonheur prend son temps et que le malheur va vite. Ce qui arrive d'un coup d'un seul, ce n'est pas la vie, c'est l'accident. Il faut par principe s'en méfier. Le poker et la foudre n'ont jamais porté bonheur à personne.

A vrai dire, l'organisation d'Imilla était plus qu'un réseau, c'était déjà un parti — et révolutionnaire. Aussi avait-il fallu beaucoup d'années pour le rendre crédible. Le réseau proprement dit, cette toile d'araignée reliant les uns aux autres maisons, appartements, véhicules, dépôts, ateliers, boîtes aux lettres, agents de liaison, responsables, militants et sympathisants — une poignée d'hommes et de femmes l'avait tressé en deux ans. Et Carlos, depuis son retour, lui avait donné une âme.

A quelle minute précise *la* minute est-elle advenue? nul ne le saura jamais. Ce qui est sûr, c'est qu'il n'a fallu qu'une semaine, après le déclic décisif, pour arriver jusqu'au centre. Du lundi au lundi. Les camarades ne faisaient pourtant pas la semaine de quarante heures! Mais il faut bien dormir, manger, aimer. Tandis que la police, c'est comme les hauts fourneaux, ça ne dort jamais. On y fait les trois huit. Et quand on ne lésine pas sur les moyens, on en abat, de la besogne, en cent soixante-huit heures!

O mes amis, pardonnez-moi! J'ai honte de badiner sur votre dos et sur le mien. Ce n'était pas un jeu et vous n'êtes pas vaincus. Je vous écris dans le soleil et je ne suis pas vainqueur. Nous y passerons tous. Nous croyons, vous et moi, dans l'invincibilité des vaincus d'aujourd'hui. C'est cette confiance que nous appelons justice et c'est au nom de quoi nous nous sommes battus. Le monde a ses lois. Vous les avez bravées pour pouvoir en changer, vous vous étiez jetés dans l'enfer à corps perdu pour en sauver les autres. Dans le monde qu'on nous a légué, la première de toutes les lois est que les hommes doivent faire la chaîne pour arrêter la Bête. La seconde, c'est qu'une fois qu'un maillon a sauté, il suffit aux employés d'en face de tirer de toutes leurs forces sur les jointures, sans vergogne, pour que les autres craquent. Dans le monde immonde qui occupe encore les deux tiers de ce monde, il n'est pas facile d'enrayer cette logique. Elle fonctionne à l'électricité, à l'eau, au feu, à la tenaille, à la taquiflaxine en intraveineuse, au penthotal — et, dans la plupart des pays, sous contrôle médical. On peut tout au plus interposer un pare-feu ici, abaisser un rideau étanche là, isoler les maillons déjà atteints et mettre les autres en réserve. La course contre la logique de l'eau et de l'électricité est une course contre la montre. Une fois n'est pas coutume, la sagesse alors est de faire vite, très vite. Chaque heure, chaque minute comptent double.

Mais vous aviez perdu un peu le sens de l'urgence. Et peut-être aussi celui de la réalité. Ce n'est pas votre faute. Les grands rêves font les grandes actions. Vous étiez déjà dans cet état second où le magnétisme du bonheur fait entrer ses victimes. Vous aviez bu inconsciemment au philtre de la jeunesse, quand tout vous réussit sans qu'on ait à payer le prix. Peut-être y a-t-il un sommet, dans l'exercice de la responsabilité, passé lequel on peut devenir irresponsable, une surconscience qui fait glisser sur l'autre versant de la sagesse. Vous descendiez en slalom à travers les ratissages, perquisitions, arrestations — avec une adresse de funambules qui tenait ennemis et amis sous le charme et vous donnait des audaces tellement folles qu'elles en devenaient raisonnables. Comme ce jour où vous étiez tous deux en voiture avec trois mitraillettes sur le plancher, et chacun son pistolet, et que vous vous êtes retrouvés nez à nez, en plein centre de la ville, avec un cordon de carabiniers qui fermaient l'avenue et fouillaient tous les véhicules. Impossible de faire marche arrière, d'autres voitures vous bloquent par-derrière. Alors Carlos ouvre sa vitre, salue les officiers d'un grand geste du bras, accélère avec un sourire épanoui et leur lance au passage : « En avant les gars! Sans faiblesse! Et merci pour la patrie! » On le prit pour un collègue en civil et les soldats lui ouvrirent le passage avec le même sourire entendu. Il y a une sorcellerie du succès, un toupet du bonheur, qu'on appelle chez les chefs d'Etat et autres féodaux en difficulté « la baraka ». Vous aviez tout simplement la grâce.

Carlos forçait-il un peu la note pour donner l'exemple et galvaniser ses camarades? De cette confiance en son étoile, il avait fait méthode, de la croyance au miracle un défi au quelconque. « Sache bien une chose, disait-il en quittant tel ou tel ami par lequel l'ennemi pouvait remonter indirectement jusqu'à lui : si tu tombes tout à l'heure, je resterai là où je suis et je ne changerai ni les lieux ni les plans de contact. Si tu parles, tu sauras ce que tu fais. Je prends mes responsabilités, tu prends les tiennes, on est bien d'accord? » Le quelconque eût été de leur demander de s'en tenir à la règle des vingt-quatre heures de mutisme, le temps de laisser la clé sous le paillasson. En somme : voilà où je mets la barre, à toi d'en faire autant. Comme tout ce qui élève et fait tomber les hommes vers le haut, le défi avait été payant. Trois de ses amis les plus proches de la Commission centrale avaient été arrêtés, et il n'avait pas bougé. Le premier était à l'hôpital militaire, paralysé de la nuque au talon, légume aveugle et monosyllabique. Le second fut officiellement fusillé, et le troisième déclaré « disparu » — mais lui était toujours là.

Ne pas changer d'adresse pendant sept mois, ne pas renouveler de fond en comble ses liaisons au terme d'un délai aussi long, c'eût été pour tout autre une imprudence impardonnable. Chez lui, ce n'était peut-être qu'un sortilège de plus. Il y a des moments dans la vie d'un homme, d'un mouvement politique ou d'une organisation de résistance, où la seule alternative est de franchir un précipice ou de tourner casaque. Tout compte fait, le moyen le plus sûr de traverser le Niagara sur une corde raide tendue au-dessus du vide, c'est encore d'être somnambule et un peu fou. Les gens rassis regardent leur vie passer à la télévision. L'Histoire, leur histoire, glisser là devant leur nez, ombre devant des ombres.

★

Tout était au point maintenant. Dans une semaine la nouvelle vie. Une vie de campagne comme elle aimait. Ce n'était pas l'*hacienda* sauvage de son père entre forêt et savane, mais ce ne serait plus les odeurs d'essence, les rues à escalader, les murs mitoyens, les voisins à berner tous les jours avec de faux sourires et des paroles en l'air. Sarah avait fini par dénicher le *nec plus ultra* : en dehors de la ville, mais à vingt minutes du centre en voiture, un petit ranch, en vente depuis six mois, sur les premiers contreforts de la Cordillère, avec une vue bien dégagée. Personne à cinq cents mètres à la ronde. Imilla était allée visiter avec elle. La tête lui en tournait, c'était comme la ferme de son père, le retour à l'enfance. Cinq hectares, des arbres centenaires, une écurie désaffectée, un verger à l'abandon, et dans la métairie aux tuiles rondes, l'électricité et l'eau courante. Ils feraient donc une petite exploitation agricole en façade : un élevage de poulets, par exemple. Et pourquoi pas — ajouta Carlos en ne plaisantant qu'à demi — un dressage de chiens policiers? Christina et Abel viendraient s'installer avec eux. Mario aussi. Il y avait de la place, ils ne seraient pas de trop pour faire marcher la maison. Les carreaux de la cuisine étaient cassés, et en fait de mobilier, il ne restait en tout et pour tout qu'une berceuse rustique toute branlante au milieu d'une pièce vide dont Imilla faisait déjà sa chambre. Sarah serait propriétaire en titre, eux, les « administrateurs » chargés de mettre l'entreprise sur pied. Car Sarah partait. Désappointée de ne pouvoir s'intégrer à leur groupe, et se sentant de plus en plus en porte à faux dans son milieu, elle avait décidé d'aller rejoindre son père en Angleterre. Une providence, ce départ. Un prête-nom qui s'en va à l'étranger, c'est toujours un risque de moins. Sarah à Londres, les fils ne s'emmêleraient pas. Une garantie de discrétion. Rendez-vous était donc pris avec les propriétaires pour le mardi suivant — pour la remise des clefs et les dernières recommandations, le temps aussi pour Sarah de mettre la dernière main au contrat, de verser les fonds et de signer. Lundi matin, Imilla l'appellerait chez elle pour vérifier si tout allait bien et le lendemain soir, Sarah partirait par avion. Impeccable.

Une semaine donc pour se retourner, ramasser ses affaires, mettre de l'ordre. Carlos s'était mis à la zootechnie et dévorait chaque soir dans l'encyclopédie tout ce qui avait trait à l'aviculture : incubateurs, alimentation intensive, température, éclairage. Le matin, Imilla continuait sa gymnastique pré-natale avec un bizarre sentiment d'imminence et de nostalgie. Non qu'elle fût inquiète : elle s'arc-boutait à sa quiétude présente. Elle aurait voulu rester grosse une éternité et voir l'enfant tout de suite, le serrer dans ses bras, s'assurer qu'il était bien normal. Le retenir et l'expulser, le garder en elle et en faire don à Carlos — tout à la fois. Elle appelait sa délivrance et la redoutait comme une dépossession. Elle exultait de se sentir habitée, s'attristait de son propre égoïsme, oscillait entre hier et demain sans savoir où se poser. Elle regardait Carlos en silence : « Quand l'enfant sera là, lui n'y sera plus. C'est trop beau de les tenir tous les deux sous le même toit. Je voudrais que nous restions ainsi tout le temps et je sais que ça ne pourra pas durer. »

Ce lundi-là, le dernier lundi avant la semaine du déménagement général, Imilla, seule dans le living, était étendue sur le tapis blanc, en collant. Il était encore tôt. Respiration, contraction, relaxation. Lever jambe et bras droits, baisser, souffler. L'autre côté maintenant. Le poing gauche serré, dressé au-dessus de sa tête, elle ne pensait à rien d'autre qu'à son poing, à son bras, à sa respiration bloquée, quand un visage de noyé — deux taies grises à la place des yeux — entra dans son champ de vision. Elle ne l'aurait pas reconnu tout de suite si Mario n'était apparu derrière lui. Abel, le félin, le velouté, était tout désarticulé — pantin hébété et blanc.

— Mimi, ils ont pris Christina.

Elle ouvrit les lèvres, rien ne sortit. Le voile. Carlos avait bondi du corridor dans la pièce. Il prit l'automate par l'épaule et le fit pivoter vers lui.

— Quand?

— A l'instant.

— Où ça?

— Chez nous, à la maison.

— Et comment tu as fait, toi?

— Je n'étais pas là, bégaya Abel. J'ai dû arriver deux minutes après eux. La porte de la rue était ouverte et il y avait des types à l'intérieur. Christina se débattait.

— Et tu ne l'as pas tirée de là?

— Non.

— Tu étais armé?

— Oui.

— Et d'où tu venais?

— Je t'expliquerai, Carlos, je t'expliquerai.

— Allez, on y va. Il n'est peut-être pas trop tard. Je prends ton flingue, Imilla, pas le temps.

Il se précipita dans le bureau, s'empara du « scorpion » tchèque, avec deux chargeurs, fit jouer la crosse-squelette qui transforme le pistolet en mitraillette et enfila sa veste par-dessus. Mario avait déjà projeté Abel sur le trottoir. La voiture était stationnée devant la porte.

Le temps d'arriver, il était trop tard. Les barrages étaient déjà en place, le pâté de maisons bouclé. Ils ne purent même pas approcher à pied. Christina avait dû se défendre, tirer peut-être, mais toute seule, à quoi bon. Les autres avaient appelé des renforts. On ne voyait pas d'ambulance devant la maison. A peine s'ils remarquèrent au loin, dans la bousculade, entre les têtes des agents disposés en cordon au milieu de la chaussée, deux voitures noires du DOP qui s'éloignaient en faisant crisser leurs pneus.

C'est seulement quand ils rentrèrent tous trois pour faire le point à tête reposée qu'Abel cracha les faits tout nus, à voix basse, par rafales sourdes. Oui, il avait une liaison « en dehors ». Il l'avait dit à Christina, mais elle n'avait pas voulu se séparer de lui, et lui non plus finalement. Alors ils continuaient ensemble. Pour ne pas lui faire trop de peine. Cette nuit-là, il n'était pas rentré. Il avait été surpris par le couvre-feu, et était resté chez l'autre fille. Première fois que ça lui arrivait. Chez qui?

— Chez Sarah.

— Quoi, elle? T'aurais pu le dire avant!

Comment « ils » étaient arrivés jusqu'à Christina, autre histoire, à examiner plus tard. Mais jusqu'où « ils » pouvaient arriver à partir d'elle, voilà qui était le plus urgent. Donc : savoir exactement tout ce qu'elle savait.

— Christina connaissait Sarah?

— Seulement de nom.

— Mais imbécile, c'est son vrai nom, elle n'en a pas d'autre.

Carlos et Mario s'étaient remis à interroger Abel au plus vite pour faire le tour des connexions possibles.

— Elle n'avait pas son adresse, au moins?

— Non, pour quoi faire?

— Quelle importance, fit Imilla, il n'y a qu'à ouvrir l'annuaire!

En tout cas, elle ne connaissait ni leur maison à eux ni celle où ils devaient s'installer, de cela Abel se portait garant.

Imilla n'écoutait plus. Elle pensait à son amie, sa sœur-complice. Aux dernières fois qu'elles s'étaient vues dans la rue. A ses silences, à ses phrases incohérentes, interrompues à moitié. Christina lui avait parlé à mots couverts d'un journal qu'elle tenait, de poèmes qu'elle s'était mise à écrire, des lettres interminables qu'elle rédigeait pendant le jour à l'intention d'Abel pour les lui remettre le soir, quand il rentrait. Et lui n'y jetait qu'un coup d'œil agacé, sans jamais répondre. Imilla n'avait pas fait attention sur le moment. Encore qu'un journal intime : plutôt mauvais signe. Elle pensa à tout ce qui risquait de tomber dans les prochains jours. Le studio, d'abord. Son signalement à elle, la marque de la voiture, le fait qu'elle était enceinte. Elle pensait à sa surdité, à la façon dont elle s'était claquemurée dans sa propre peau jusqu'à ne rien voir de la détresse de son amie, ne pas lui être venue en aide. A cet étourneau d'Abel, à cette tête de linotte de Sarah. A l'inutilité des sermons de Carlos qui les avait pourtant chapitrés sur tous les tons, Abel comme les autres. « Jamais dans la paroisse! » Pour survivre dans cette paroisse, il fallait séparer le sérieux du reste, ne pas perdre la mesure, ne pas faire de folies. En amour, pas de milieu : tout ou rien. Fredaines et passades : de l'autre côté du mur, et adieu minette. Mais à l'intérieur du couvent, quand on se déculotte, c'est pour un bail et on met tout en indivis, le cul, les meubles et le reste. Quand le terme vient à expiration, chacun de son côté, avec ses cliques et ses claques, et on saute ailleurs, à pieds joints. Mais pendant : pas d'entre-deux ni de cinq à sept. Eux-mêmes avaient payé d'exemple : un vrai couple en transparence, deux compagnons partageant tout, le pain et les rêves, avec un mouflet en route. Christina et Abel aussi paraissaient transparents, exactement comme eux. « Vous et nous, les taquinait Carlos, nous sommes devenus des gens sérieux, on devrait nous donner la médaille des amants vertueux, en attendant les noces d'argent. » Le malheur c'est que les gens sérieux le sont en tout, et quand on aime sérieusement, c'est à démesure, c'est à la folie, c'est à en tuer. Pendant que les hommes parlaient, crayons en main, Imilla poursuivait ses réflexions sur la gravité d'aimer et se rendit à cette vérité crue : Christina était sérieuse, Abel ne l'était pas. Et dans ce hiatus, il y avait place pour tout, y compris pour le meurtre.

— Je dois aller prévenir Sarah, dit Abel.

— Je t'interdis d'aller la voir, dit Carlos. C'est un ordre. Qu'elle finisse en paix ce qu'elle a commencé. On verra après.

Il trichait, sachant qu'il n'y aurait pas d'après. Mais à voir le visage d'Abel, il devina que Sarah ne lui avait pas parlé de son départ tout proche.

— Tu oublies que c'est moi qui devais lui remettre l'argent pour l'achat de la ferme, insista Abel. On avait un contact demain à l'église de Calacoto. Tu sais, la petite entrée sur le côté, qui mène à la sacristie.

— Drôle d'endroit pour faire l'amour. Ou vous alliez faire publier les bans, peut-être?

— Calme-toi, Carlos. J'irai, dit Imilla. Toute seule.

Le lendemain, son amie parut un peu déçue de tomber sur elle. Exquise Sarah, parfumée, ongles laqués, rouge aux lèvres, toute bruissante de bracelets et de coquillages, houleuse dans une robe imprimée bleue encore plus vaporeuse qu'elle. Elle lui remit la somme en coupures de dix dollars. C'était plus qu'il n'en fallait, y compris pour les commissions d'agence et de notaire. Elle devait s'occuper d'aller changer tout cela à la banque. Non, Abel n'avait pas pu venir. Un petit incident de famille, sa femme arrêtée, enceinte elle aussi. « Tiens, il attendait un enfant, je ne savais pas, dit Sarah. — Et moi, je ne savais pas que tu l'attendais, lui, avec autant d'impatience! Tu aurais pu me le dire. — Oh, tu sais, ma chérie, ça n'avait pas beaucoup d'importance... » Elle s'ennuyait tellement dans ce pays que lui ou un autre, tu sais. Imilla l'embrassa en lui recommandant de faire vite. Tandis qu'elle s'en retournait en autobus, elle pensa sans amertume, avec une pointe d'envie, à l'indécrottable et contagieuse frivolité de ce milieu. Elle-même aurait fait pareil jadis. Avant Carlos. Pour elle aussi, c'était : « lui ou un autre, tu sais ». Vraiment pas de quoi fouetter un chat.

Le surlendemain, dans les locaux du DOP, Christina, dont on avait bandé les yeux, n'articula qu'un seul cri. Un cri de haine, comme en ont les enragés qui prennent l'amour au sérieux. Elle donna le nom de Sarah, de cette femme qu'elle n'avait jamais vue et qu'elle exécrait de tout son corps. Elle était forte, mais elle portait en elle ce maillon faible, la vengeance. Un compte purement personnel entre elle et Abel. Rien à voir avec l'organisation. Car elle ignorait que Sarah travaillait pour elle et qu'elle avait à charge le futur domicile du secrétaire général et de son amie intime. Comme elle ignorait que sa rivale était, de toute façon, en instance de départ. Mais Sarah arrêtée ou déportée, Abel cesserait de la voir : cela lui suffisait. Ils ne purent rien lui tirer d'autre.

Ce ne fut pas faute d'essayer. Deux jours et deux nuits plus tard, on retrouva son corps sur une pelouse, en bas du mur d'enceinte de l'ambassade d'Italie. Il était couvert d'ecchymoses, particulièrement à l'abdomen, et les électrodes avaient laissé des marques aux chevilles et aux tempes. Un doigt de la main gauche n'avait plus d'ongle et les organes sexuels avaient été déchirés, apparemment avec un bâton ou une barre de fer. Les subordonnés du colonel Anaya, chef du Département de l'Ordre Public, s'étaient donné la peine, sur ordre de ce dernier, et malgré toute la fatigue d'une nuit de travail, d'aller balancer le corps pardessus la clôture de l'ambassade en grimpant sur le toit de leur voiture. La presse du soir dénonça le scandale en première page : encore une nouvelle victime des orgies, rixes et cocaïne-parties auxquelles se livraient les réfugiés « marxistes » dans les luxueuses résidences diplomatiques. Autre cas d'overdose, en effet.

Que faire d'Abel? Ce soir-là, Imilla, Carlos, Mario et Thomas en discutèrent longuement. Mario l'avait bouclé chez lui. Prostré, écrasé de remords, il lisait et relisait le journal pour la centième fois. Les policiers étaient venus à deux pour une perquisition de routine, non pour un affrontement. S'il s'était trouvé aux côtés de Christina, celle-ci ne se serait pas affolée, et le cas échéant, ils auraient pu facilement s'enfuir en sortant leurs armes. Imilla proposa, appuyée par Mario, de le retirer complètement de la circulation et de suspendre tous contacts avec lui. « S'il reste seul, dit Carlos, il va devenir incontrôlable. Avec nous, il devient sauvable. Enfin, une chance sur deux. — L'autre chance étant qu'il nous perde tous, dit Imilla. — Oui, mais raison de plus pour parler avec lui. S'il y a une chance à courir, cela vaut la peine. » Son point de vue finit par l'emporter. Mario alla chercher Abel et Carlos s'enferma avec lui dans son bureau. Il l'écouta sans ouvrir la bouche, en hochant la tête, inerte. Cette nuit-là, tout le monde resta dormir à la maison.

Le samedi matin, Mario raccompagna de nouveau Abel chez lui. Il partit sans oser regarder Imilla dans les yeux, et elle ne répondit pas à son « au revoir ». Carlos lui reprocha sa froideur. « C'est un pauvre type, brisé, complètement désorienté. Nous devons l'aider, lui dit-il. De toute façon, il faudra bien que tu t'y habitues parce qu'on ne peut pas l'envoyer promener comme une chaussette sale. On prendra des mesures, mais après. » Toujours après.

Le soir, Abel dit à Mario qu'il n'en pouvait plus, qu'il avait besoin de sortir, de se changer les idées. « Je vais au cinéma. Ne te dérange pas : j'ai la clef » — et il claqua la porte. Il alla chez Sarah. Il y était très attendu. Il réussit à blesser un policier, mais il fut rattrapé dans l'escalier et désarmé. Sans offrir grande résistance.

Mario n'attendit pas son retour. Lui aussi partit se changer les idées chez des cousins, à la campagne, jusqu'au lundi.

Le dimanche, Imilla prit un bain de soleil dans le jardinet. Le jour à midi était délicieux, ni froid ni chaud. Pendant que Carlos nettoyait le laboratoire et faisait les valises, elle dit au revoir à tous les arbres, un à un. Elle remercia aussi la capucine, la giroflée, le volubilis qui poussait timidement sur le mur de lui avoir prêté un peu de leur vie au cours de ces longs mois, et de l'avoir rendue un peu plus à sa terre. Elle ne ressentait pas l'anxiété des départs mais une dérive plus intime où vacillaient ses certitudes.

Ils s'aimèrent longuement cette nuit-là. C'est elle qui en prit l'initiative, elle voulait se rassurer en se raccrochant aux sensations les plus élémentaires. En vain. Etrangement, le plaisir lui donna à toucher la tristesse du bonheur. Il fut extrême. Elle n'avait jamais été aussi loin dans ce que les livres d'éducation conjugale appellent la « saine joie des sens », et elle entrevit dans le noir son arrière-fond de cendres. Elle connut la volupté de l'envol et de planer oiseau dans ce nulle part soyeux et blond où le plaisir vous catapulte avant de vous écraser au sol. Elle connut la volupté d'immobiliser le temps pour un temps et de saisir à bras-le-corps le corps même du temps avant qu'il ne s'évanouisse à peine effleuré. Elle connut l'extase et la duperie de l'extase. Bref, elle connut cette nuit-là la fausse éternité de l'étreinte et n'y reconnut pas son présent. Elle pensa seulement qu'elle n'avait pas assez confiance en elle-même et en sa capacité d'être heureuse, et cette impression de passer à côté de la vraie vie lui donna envie de pleurer. Elle croyait que c'était de sa faute. Elle s'endormit les yeux humides tout contre Carlos, pour qu'il puisse sentir son ventre, et ce roulis qui l'animait.

Le matin à dix heures, comme convenu, elle appela chez Sarah pour avoir les dernières nouvelles et confirmer le rendez-vous du lendemain, à la propriété. « Viens tout de suite, lui répondit Sarah d'une voix blanche, il y a un problème. — Quel problème? Tu sais, un de plus ou de moins... — Deux acquéreurs nouveaux se sont présentés. La propriétaire a monté les prix. — Combien veut-elle? — Deux mille dollars de plus, et tout de suite. Sinon elle vend aux autres. — Ce n'est pas le bout du monde. — C'est un problème sérieux, je te dis. Crois-moi, il faut faire vite. — Bon, répondit Imilla, ne bouge pas. Je vais les chercher et j'arrive. »

« La barbe. Toujours à la dernière minute. Sarah aussi a eu l'air contrariée. Elle aspirait entre chaque mot, comme si ça lui coûtait de me raconter tout ça. Evidemment. Juste à la veille de son départ. Ça doit la chambouler dans ses paquets et ses valises. »

— Quoi, sursauta Carlos aussitôt, ce ranch reste

six mois sans être vendu et tout à coup deux acquéreurs en trois jours?... Curieux. Rappelle Sarah, demande-lui des explications. On ne va pas jeter deux mille dollars par la fenêtre pour un caprice de dernière minute. Allons Mimi, encore un effort, et on y arrive!

— Et si j'allais directement chez elle avec le fric? Je discuterais sur place, on gagnerait du temps.

Carlos hésita une seconde.

— Non, n'y va pas. Il y a quelque chose d'autre...

Imilla choisit un autre téléphone public, à plus de cinq cents mètres du précédent. Bizarres, les intonations de Sarah, tout à l'heure. Elle si gaie, d'habitude. En tout cas, faire vite, en finir une bonne fois. S'en aller n'importe où, mais s'en aller d'ici.

On avait décroché dès la première sonnerie, mais il y eut un silence, plusieurs secondes avant que Sarah ne réponde.

— Sarah? C'est moi.

— Oui. Tu ne viens pas?

Elle perçut un tremblement sous la voix, trop glaciale pour couler de source. Comme un sanglot étranglé.

— Non.

— Je crois que tu fais bien.

La voix s'affaissait, lointaine, comme exténuée.

— J'en suis même de plus en plus sûre, vois-tu...

Imilla réfléchissait maintenant à toute allure. Elle prit son élan, et à brûle-pourpoint :

— Tu es prisonnière, n'est-ce pas?

— Oui.

Juste un souffle. Un hoquet plutôt. Puis un hurlement retentit dans l'appareil.

— Adieu Sarah. Conduis-toi en femme.

Elle raccrocha aussitôt pour ne plus entendre.

La tête lui tournait. La scène devant ses yeux : les pistolets sur le ventre, leur fureur, les coups de crosse. Le cri encore dans ses oreilles, interminable. Elle sortit de la cabine en se cramponnant à la porte vitrée. Un vieux monsieur s'approcha, lui demanda d'un ton goguenard si elle se sentait bien. Souriant, paternel, avec un chapeau et une belle moustache blanche. « Oui, tout va bien, merci. — Vous n'avez pas besoin d'aide? — Si... Enfin, non merci. Je n'ai besoin de rien. »

Elle voulut courir mais les jambes ne suivaient pas. Elle pensa à l'enfant, à Carlos. Où pourraient-ils bien aller désormais? A Sarah à côté de qui elle aurait voulu être en ce moment même. A la lame de rasoir qu'elle gardait sur sa hanche, passée sous l'élastique de son slip. Sous la réverbération d'un ciel sans ombres, les passants sur le trottoir fumaient comme des mirages dans l'air sec. Elle vacilla sur place, inspira longuement et se mit à trottiner du mieux qu'elle put. Elle ne se retourna pas une seule fois et rentra tout droit à la maison, les yeux fixes, sans rien voir.

Quand elle fit irruption, hors d'haleine, ils étaient tous les trois dans le living — Carlos, Mario et Thomas —, enfilant leur gilet fourre-tout aux larges poches rapportées en toile de musette où ils avaient glissé quatre chargeurs de quarante balles chacun, cigarettes et briquet, argent, papiers, revolver. Les valises étaient dans le corridor, avec les faux skis.

— Sarah est arrêtée, dit-elle. C'était un piège.

— Pas étonnant, répondit Carlos sans se retourner, épiant la rue à travers la fenêtre.

— Et Abel a disparu. Les flics étaient chez moi ce matin, fit Mario à la cantonade, observant lui aussi la rue, mais en sens inverse.

— Allez ouste, on déménage, reprit Carlos en boutonnant son gilet. Thomas, porte les valises jusqu'à la voiture, et mets-la en route. On file chez toi. On verra après ce qu'on fait.

Il reprit position derrière la fenêtre, de biais.

— Qu'est-ce qui se passe? demanda Imilla.

— Des voitures bizarres qui n'arrêtent pas de tourner dans les parages depuis ce matin. Tiens, regarde celle-là.

A cinquante mètres, à l'angle gauche de la rue, une Peugeot noire, avec antenne à ondes courtes sur le toit, s'était immobilisée. Quatre types en descendirent en même temps. Deux restèrent sur place, adossés au capot, regardant tout autour d'eux. Les deux autres s'avancèrent lentement vers la maison. La rue était déserte.

— Cette fois, c'est pour nous, dit Carlos d'une

voix calme, sans aboyer. Mario! Appelle Thomas et dégaine les AK. Prenez le bureau, je reste ici. Mimi, va dans la chambre et tiens-toi prête à partir. C'est une question de minutes.

Imilla était droite comme une statue.

Tout alla très vite. Un rêve heurté, incohérent. Ce mauvais rêve qui s'appelle le monde tel qu'il est. Zébré d'éclairs, de réveils en sursaut, d'images fixes. Plus de pensées, plus de sentiments. Même plus de décisions. Jusqu'à son réveil, longtemps après, Imilla ne fut plus que réflexes. Des jours et des jours, elle dut nager à contre-mort, entre le noir et la lumière, pour revenir de ce côté-ci du miroir. Mais c'était son double qui se débattait. Elle, quand elle refit surface, eut l'impression que tout avait commencé et fini en une seconde, dans l'éblouissement sec du verre qui se brise. D'une grenade qui pète. D'un rêve explosé.

Il y eut d'abord le fracas des vitres, la voltige des éclats sur le carreau, la giclée de grêle des premières rafales.

— Couche-toi par terre, lui crie Carlos. Non, pas là... dans le coin... tout au fond...

Elle rampe le long du mur, se recroqueville contre le divan. Les tempes battantes, le cœur qui cogne. La chair de poule du courant d'air, la buée des souffles dans la pièce. Le rectangle de la fenêtre découpé au rasoir dans le bleu froid du ciel.

Thomas et Mario dans le bureau à côté, leurs jurons, le tintement des douilles qui rebondissent.

Les jappements du chien dans le jardin. Le ronron du moteur dans le garage. Les rafales courtes de Carlos, de biais, les rafales longues des autres, qui remontent en enfilade de la fenêtre au plafond. Le soleil à l'oblique sur la façade rose, en face. « Tiens, pense-t-elle, nous avons l'ombre pour nous. »

— Passe-moi le Scorpion, Mimi... Pendant que je recharge...

L'acier lui fait froid aux doigts. Elle transpire. Elle bloque le levier de sûreté, lance l'arme au ras du sol, vers l'autre coin. Pas assez fort : elle atterrit dans les poils du tapis, hors d'atteinte de Carlos.

— Ne bouge pas... reste là-bas... j'y vais...

Il se baisse, elle se lève. Elle est debout quand la déflagration lui déchire le tympan.

Carlos pantelant, à la renverse, le filet de sang qui coule de sa joue. Il gémit, son AK en travers de la poitrine, dodeline de la tête. La tache foncée sur le tapis. Elle se penche vers lui, hypnotisée.

Les visages en sueur de Mario et Thomas dans l'encadrement de la porte qui donne sur le corridor. Thomas : « On s'en va, viens. Le mur du jardin. Par-derrière. » Mario : « Attention, tu es touchée. » Elle : « Moi, où? » Mario fait un geste du menton : l'épaule.

Elle suit son regard. En haut de son bras droit, une bouillie gluante et rouge. Elle détourne la tête, dégoûtée. « Ça peut pas être moi. C'est trop sale. Je ne sens rien. »

Le noir.

Après, combien de temps après? Carlos à genoux devant elle, qui lui prend la tête dans ses bras. Il est revenu à lui, il ne saigne plus. Elle voit ses lèvres bouger, il lui parle, elle n'entend pas. Il la repose délicatement sur le tapis. Revient à la fenêtre, plié en équerre. Dans l'autre coin, maintenant. La crosse du pistolet contre l'épaule. Coup par coup. Les balles font un bruit mat dans le plâtre. Entre les crépitements, on entend encore le ronron de la voiture dans le garage. Le halètement de Carlos. Le chien s'est tu. Dans le bureau, plus un bruit. Elle pense : « Il n'y a plus personne dans la maison. »

Le noir à nouveau. Après, combien de temps après? Carlos accroupi à côté d'elle, qui la berce, l'embrasse, lui parle à mi-voix, et les mots viennent de très loin, comme un chantonnement ouaté :

— Les copains vont arriver. Ne t'en fais pas. Ils vont revenir.

Avec son bras gauche, il l'allonge sur le tapis qui est de couleur bistre à présent. Un AK dans la main droite avec une crosse en bois, le canon brûlant. Elle grelotte. Son bras pend, froid, inerte. Comme ankylosé. Plus de panique : l'envie de se boucher les oreilles, de dormir.

Elle murmure : « Va-t'en... Le mur du jardin... Va-t'en. »

Plus tard encore : Carlos de profil, plaqué contre le trumeau entre la fenêtre et le mur. Son profil busqué d'autrefois, sans les fausses lunettes.

La mèche sur l'œil, comme jadis. Il la regarde en souriant :

— Ne bouge pas... Ils vont revenir... On va s'en sortir tous ensemble... tu verras... Tous ensemble...

Le tir reprend du dehors, de plusieurs angles à la fois, assourdissant. Puis une autre déflagration, juste derrière la fenêtre.

Elle dit :

— Carlos, je crois que je perds les eaux.

Carlos n'entend plus.

Une porte claque. Il y a des sirènes, des voix, une bousculade. Et soudain l'accalmie.

« Tiens, le silence! pense-t-elle. C'est fini. Je vais mourir en silence. »

★

Quand elle reprend conscience, un garrot lui serre le bras et on lui fait une perfusion. Combien de temps après...? C'est le même silence, en tout cas. Une petite pièce aux murs blancs, des draps rêches et mouillés sous elle. Il y a une doctoresse en blouse blanche à son côté, avec un chignon et des yeux clairs, et le visage de Mario très pâle à travers la brume. Elle bégaie :

— Prisonnière?

— Non, lui répond Mario en se penchant sur elle. On t'a récupérée dans l'ambulance. C'est un couvent ici, tu es à l'abri.

— L'ambulance?

— On t'expliquera. Ne te fatigue pas.

— Carlos? Où est-il?

— Il est parti avec nous.

— Ce n'est pas vrai.

— Non, ce n'est pas vrai. Il est mort.

— Et l'enfant?

— Il ne s'agit plus de l'enfant, répond la doctoresse avec un accent étranger, vaguement anglais. Il s'agit de toi.

— C'était une fille, n'est-ce pas?

— Oui, c'était une fille.

Elle n'en demanda pas plus : elle savait déjà. Elle tourna la tête et se renfonça dans l'inconscience. Elle n'avait plus de force pour autre chose.

Quelques heures plus tôt, on lui avait fait une césarienne sous anesthésie. C'était la première fois qu'un enfant venait au monde dans ce couvent de bonnes sœurs : mort-né.

Elle tâtonna deux jours durant dans une somnolence douceâtre, sans issue. Puis la doctoresse la secoua très fort et elle entendit :

— Ton bras va très mal. La gangrène s'y est mise. On va te conduire à l'hôpital.

— Non. L'hôpital, c'est la police. Je ne me rendrai pas.

— On ne peut faire une amputation n'importe où. Impossible de rester ici.

— Faites ce que vous voulez. Mais pas l'hôpital. Je ne me rendrai pas.

Le soir même, un père oblat et deux religieuses

demandèrent audience au nonce. Celui-ci se déclara hors d'état d'intervenir en personne dans cette affaire, mais convoqua tout de suite l'ambassadeur d'Italie, doyen du corps diplomatique. Dans la nuit, escortée sur un brancard par les deux religieuses, Imilla arriva en ambulance à la résidence de l'ambassadeur. Celui-ci attendait à la porte.

Ils purent ainsi déjouer la vigilance des tireurs d'élite qui, postés sur les terrasses avoisinantes, interdisaient l'accès des ambassades aux réfugiés éventuels.

Le lendemain matin, un jeune chirurgien français, de passage dans le pays pour le compte de *Médecins sans frontières,* improvisa une table d'opération au milieu des cuisines. L'opération fut longue. Le chirurgien, aidé de deux assistants autochtones que lui avait indiqués Mario et qui s'étaient faufilés le matin même chez l'ambassadeur avec un matériel d'anesthésie, réussit la greffe d'artère en prélevant un morceau de veine dans l'aine. Deux nerfs de la main sur trois avaient été sectionnés, mais il n'était pas question d'y remédier pour le moment : il s'agissait d'éviter l'amputation. Quant aux autres blessures — à l'abdomen, aux seins et sur les côtes — elles étaient superficielles, mais risquaient l'infection. Il retira les derniers éclats de grenade et referma avec des points de suture.

Les jours suivants, Imilla retrouva toute sa lucidité et la chaleur de son bras. Elle pouvait le bouger un peu. Mais sa main s'étiolait comme une feuille d'automne et ses doigts gourds prenaient une teinte roussâtre. Elle s'entraîna à écrire de la main gauche, en lettres capitales : avec succès. Dans la vaste demeure dallée de marbre où résonnaient les pas, elle s'efforçait de tenir le moins de place possible et de se rendre utile à la cuisine ou à l'office : sans succès. Avec une seule main, elle cassait presque autant de verres qu'elle en rinçait. Elle n'eut de cesse de s'excuser auprès de l'ambassadeur pour tout le mal qu'elle lui avait donné, bien malgré elle. Le diplomate se montra on ne peut plus attentionné, et ses enfants venaient souvent dans sa chambre, sous les combles, pour jouer avec elle et se faire raconter les contes d'Andersen.

Chaque jour, Imilla se rendait à l'endroit du parc où l'on avait trouvé le corps de Christina. Sa chute n'avait laissé aucune trace dans l'herbe propre et drue. Le buis, bordant le mur, avait tous ses rameaux.

Elle écrivit à son père pour lui dire qu'elle allait bien, sans rien lui demander. Il fit le voyage de son hacienda à la capitale, s'abstint de lui rendre visite à l'ambassade mais intervint auprès de ses amis bien placés de la colonie allemande, dont certains occupaient des postes clés au ministère de l'Intérieur et jusque dans les services de l'état-major.

Un soir de ce mois-là, à l'heure du couvre-feu, en plein centre de la ville, un homme seul se jeta en voiture contre une patrouille militaire. La voiture fit une embardée, l'inconnu descendit sur la chaussée, un pistolet mitrailleur à la main, qui cracha au hasard quelques balles et s'enraya aussitôt. Il fut abattu sur place. Dans le journal, Imilla reconnu la photo de Mario.

Quelque temps plus tard, elle recevait un sauf-conduit et atterrissait à Mexico.

CHAPITRE IV

VOUDRAIS PLEURER STOP PAS LE TEMPS STOP BESOIN DE TOI POUR TRAVAIL STOP CERTAINE VICTOIRE DEMAIN STOP TA LAIDE LÂCHE STUPIDE.

HARRIET HUBARD AYER.

Aucune adresse, aucun autre nom. Les journaux ne disaient rien. Je me tins coi.

Trois jours après :

SANTÉ IMPECCABLE STOP AVONS ABSOLUMENT RAISON STOP RÉSULTAT FINAL INDIFFÉRENT STOP ENVERRAI AMI HUITAINE STOP LOVE.

HELENA RUBINSTEIN.

Quand viendrait son tour, Elisabeth Arden me donnerait peut-être une adresse, un téléphone. Les deux télégrammes venaient de Mexico, qui ne compte que douze millions d'habitants il est vrai, mais où les exilés sont plusieurs milliers. Dans cette botte de foin, de fil en aiguille et la camaraderie aidant, Mimi n'était sans doute pas introuvable. Je pouvais toujours éplucher la liste des instituts de beauté, là-bas, mais je voyais mal ma guerrière sous le casque, ou sous un masque de pommade... Je préférai attendre le plénipotentiaire annoncé.

Il ne vint pas. Quinze jours plus tard, il était minuit passé lorsque la longue sonnerie des appels internationaux me fit sursauter.

— Vous êtes bien mister Sancho?

— Oui, c'est moi.

— One minute please, on vous parle...

— Tu ne dors pas, Boris? Moi non plus...

— Sœurette! Ta voix n'a pas changé...

— Mais le reste oui, hélas... Tu es au lit? Seul?

— Et toi?

— Imbécile! Je ne suis pas une intellectuelle émancipée, moi! Une grande bourgeoise féministe qui vit sa vie... Qu'est-ce que tu crois?

— D'accord : une petite prolo pleine aux as. D'où tu appelles? New York?

— Pourquoi pas du Pentagone? Non, je suis à Londres, dans une cabine d'hôtel.

— Qu'est-ce que tu fais là?

— Je me le demande... Enfin, je t'attends. Il pleut. Pourquoi n'arrives-tu pas maintenant...?

J'avais son souffle sur mon visage. Sa voix, en fait, n'était plus la même : haut perchée, trop enjouée pour n'être pas jouée, avec parfois des fêlures, des passages au rauque qui n'étaient pas dans mon souvenir.

— Parce que Sancho Pança n'est pas Superman. Il a des petites jambes et le souffle court, il lui faut le temps d'arriver...

— Ne tarde pas trop. C'est horrible d'attendre quelqu'un sous la pluie... En tout cas, on sera mieux ici que dans ton Paris pourri...

— Ici où?

Elle ne voulut pas donner son adresse par téléphone. « Un copain va te l'envoyer tout de suite », me dit-elle. Il y avait donc des copains dans les parages : bonne nouvelle.

Même apaisé de la savoir toute proche, j'étais sans illusions, donc inquiet : si elle faisait appel à moi, c'est qu'elle avait attendu — en vain — quelqu'un d'autre. Le titulaire, l'authentique. Je n'étais pas dupe : suppléant-né, je ne pouvais être qu'un dernier recours, une roue de secours. Quant au *love* du télégramme qui m'avait fait palpiter une demi-minute, une courte enquête me rassura. Dans l'américain d'aujourd'hui, le mot abrège les politesses et ne veut dire qu' « au revoir ». Je n'en pris pas moins l'avion, dès réception de l'adresse sous enveloppe. Je ne lui avais même pas demandé dans quel état physique elle se trouvait *vraiment*. Pas osé. Il aurait fallu trouver le ton : « A propos ma chère, cette amputation? Déjà fait, ou c'est pour demain? » Le téléphone est impudique comme une table tournante, mais également trompeur : il livre une âme toute nue, dans le noir, mais rien ne vous assure que cette âme ait un corps. On connaît ce genre de quiproquo : prendre une belle voix pour une belle bouche... Je voulais *voir* la bouche d'Imilla, ses yeux, son corps. A tout prix. Tout de suite. Ses intonations m'avaient dit qu'elle voulait reprendre le dessus, mais de quoi, je n'aurais su le dire. Comme je ne pouvais me convaincre que ce fût en ma compagnie.

★

Du côté de Tynemouth Road, London N 15, on peut se croire à Kingston dans la ville basse, ou dans n'importe quelle île des Caraïbes par temps couvert. A Tobago ou à la Jamaïque, le soleil et l'industrie touristique crépissent de neuf les façades, laquent de garance les autobus, disposent un bananier ici, trois cocotiers là. Le crachin anglican économise sur les accessoires, décolore un peu les tons, mais le décor local reste le même. Avec sa brocante et ses fripes à la criée, ses relents de curry et de safran, ses caniveaux bariolés de détritus, ses Indiens au turban immaculé, à la raideur dédaigneuse, ses doudous à madras faisant claquer leurs savates sur les trottoirs, ses gosses faméliques jouant aux osselets sur les marches des perrons, ses rumbas tombant des fenêtres à guillotine, la métropole devient coloniale et revient, par la périphérie, à ses sources d'outre-mer. Le tout dans un débraillé qui fait oublier le vieillot, ranime le pouilleux et l'excentrique sous la décence des briques et des pavillons trop sages. J'eus l'impression de m'égarer dans ce frisquet tropical. Mais si je ne m'étais pas trompé d'adresse, Imilla s'était trompée de latitude : son Amérique à elle, celle du maïs et de l'adobe, grise et guindée, n'avait rien à voir avec les *West Indies*.

Heureusement, je n'eus pas plus tôt franchi la porte du *boarding house* que les écaillures du plafond, le sombre escalier au tapis de corde effrangé et une odeur de pipi de chat me ramenèrent en Europe. Je fus soulagé de retrouver cet air recueilli et chagrin que les vieilles filles méritantes laissent planer dans les pensions à deux étages d'outre-Manche. Mais en montant les marches à tâtons, je respirais de plus en plus mal. Je gravissais les années à reculons, l'une après l'autre, montant vers un passé qui n'avait cessé de me tarauder, vaguement honteux, comme qui va rouvrir une sépulture de nuit, sur la foi d'une lettre anonyme insinuant qu'on a peut-être enterré quelque malade ou blessé encore vif en lieu et place du défunt. J'aurais préféré que ce garni fût un cauchemar, une mauvaise plaisanterie, et j'avais peur de tomber sur quelqu'un d'autre, peur de montrer ma peur et de ne pas trouver les mots qu'il fallait. Sur le palier, une phrase bizarrement française me trottait dans la tête — où l'avais-je donc lue? — évoquant ou à peu près « ces jeux finis que des fantômes retracent dans les cimetières avant les premières lueurs du jour ». Imilla avait joué et perdu. Moi aussi, à ma manière. Ce n'était plus ma partie et ce n'était pas ma femme. Que venais-je faire ici?

★

— Ne me regarde pas, Boris... Je t'en prie... Ferme les yeux...

Elle s'est jetée tout contre moi, pour me bloquer l'entrée, et cache sa tête dans mon cou, petite fille ébouriffée qui demande pardon. Dans l'embrasure de la porte, un corps fragile m'étreint gauchement et je ne vois rien. Sauf un halo jaunâtre, par terre, dans un coin de la pièce aux rideaux fermés. Je retiens ma respiration et mes mains, je veux frôler et palper à la fois. J'ai envie de rire et de pleurer, de disparaître d'un coup sous terre et de m'étouffer très lentement en elle. Sans bouger, sans bruit car il suffirait d'un mot, d'un geste pour briser cette bouteille à la mer, cette inexplicable conque rejetée par la marée de ce côté-ci du monde, sur notre rive à nous, sur ce vieux continent où des colloques de flâneurs se réunissent le soir au coin des rues, où hommes et femmes vieillissent en se tenant la main.

— Ne me regarde pas... pas maintenant, répète-t-elle d'une voix enrouée.

Elle m'entoure de son seul bras gauche, sa main droite, inerte, m'écrase la poitrine. Je ferme les yeux. Non pour lui obéir, mais pour savourer cette tiédeur nouvelle, gênante comme la vie. Le contact de son corps qui m'embarrassait tellement jadis ne m'épouvante plus. Au vrai, c'est en moi que monte cette chaleur et je ne suis pas confus. Nous aurions dû rester ainsi une éternité, devenir une fois pour toutes cette statue de genre : aveugle aux doigts gourds retrouvant sa fiancée sans visage et lui disant adieu sans larmes. Nous aurions peut-être dû, oui. Mais alors les corps auraient fini par parler tout seuls, par balbutier leur vieux langage de caresses et de morsures et plus jamais ils n'auraient pu se dire adieu. Ni se mentir. Ce n'était pas permis. En tout cas, ce n'était pas le moment. Je la repoussai le plus délicatement possible et refermai la porte derrière nous.

Devant moi, le naufrage. Un matelas posé par terre, un sac de couchage dessus, une petite lampe de bureau inclinée; le réchaud, la bouteille de lait, les journaux éparpillés, des boîtes de conserve à moitié vides. Pourquoi se barricader dans ce *bed and breakfast* à une livre par jour? Cet à vau-l'eau, si peu d'elle, ne la rend pas plus méconnaissable mais plus voyante. Blottie dans une bergère de reps aux joues creuses, le front contre l'accotoir, elle détourne la tête. Elle porte une sorte de sarrau noir bouffant, à col mao, et elle voudrait enfouir dans ses plis son bras droit qu'un foulard retient en écharpe. De sa main gauche, elle masse machinalement la droite, gantée, aux doigts recroquevillés. Elle est belle, ma petite sœur d'armes, défaite. La défaite lui a enlevé son écorce et fait une peau poreuse, plus opaline encore dans l'ombre sordide.

Parler. Se parler. Mettre entre nous des mots. Ces mots rassurants, et si commodes : « le-combat-qui-continue », « la-victoire-au-bout-du-chemin », « la-confiance-encore-plus-grande-dans-notre-juste-cause ». Toutes ces phrases irremplaçables qui servent si bien à ne rien dire nous restaient dans la gorge. On revenait d'un peu loin, il nous fallait le temps. Pour l'instant, je bredouillai :

— Comment veux-tu que je te regarde si on n'y voit rien?

Frileuse, les jambes repliées sous elle, son bras pendant comme une aile atrophiée, Imilla se retourna lentement et fixa sur moi des yeux de bête prise au piège. De grands yeux doux qui appelaient à l'aide comme on dépose une offrande aux pieds d'un dieu enfui, avec une humilité sans espoir. Je me sentis encore plus démuni à côté de Carlos qu'elle regardait par transparence à ma place, sans me voir. Je n'avais jamais vu aussi blanc le blanc de ses yeux. Les siens semblaient s'être émoussés, comme s'ils portaient moins loin qu'auparavant. Quand on perd de son élan, la confiance s'en va et le regard raccourcit.

— Tu n'es plus seule, Mimi. Quand un rescapé en rejoint un autre, le radeau n'est plus loin...

Elle me voyait enfin. Me découvrir à ses côtés la fit revenir à terre. Elle sourit, fatiguée du voyage.

— C'est lourd... Je ne sais pas si j'aurais la force...

— Qu'est-ce qui est lourd, Mimi?

Elle sursauta :

— Carlos... L'enfant... Mario... Tous les autres. J'ai le vertige. Le vide partout, autour... Si je remue un peu, j'ai l'impression que je vais couler... Alors je m'enferme...

— On en sort toujours, tu verras. On y laisse des plumes, mais d'autres repoussent.

— Non, je ne veux pas voir ça. Justement pas.

En somme, je n'étais pas son modèle de survivant. Elle voulait rester novice. Mais le dépucelage du feu — qui est l'inverse du baptême — avait effacé ce qui restait en elle de vierge flamande.

— Ta main, c'est récupérable?

— Une chance sur deux, avec la rééducation. J'ai déjà réussi à garder le bras. Mais il y a le reste... Ça ne m'empêchera pas de vivre, mais...

Elle baissa les yeux, et sa voix se perdit dans les sables, au loin...

— Tu n'as jamais été aussi... bien.

— Si tu me voyais! J'ai été rapiécée à la sauvette. Cousue main. Je n'ose même plus me déshabiller dans une salle de bains.

— La chirurgie plastique n'est pas là pour les chiens. Les cicatrices, ça s'arrange.

— Personne ne me les enlèvera, Boris. Personne, tu m'entends...

La colère lui donna tout à coup des couleurs. Furieuse qu'on puisse seulement songer à effacer ces marques qu'elle avait méritées, choisies, assumées jusqu'au bout... Ce n'était pourtant pas moi, le marchand d'oublis et d'emplâtres, qui avais inventé les signatures au bas des télégrammes. Elle pensait à voix basse. Maintenant, elle se provoquait elle-même en criant :

— J'ai perdu mon corps, ma peau, mon enfant, ma beauté, mais je n'ai pas honte! Ce serait trahir Carlos et je me trahirais moi-même si je devais rougir de tout ça...

Sa main gauche dévale du cou à ses hanches et retombe, découragée.

— Je ne peux pas trop bouger. Tout n'est pas refermé.

Se faire un tatouage de ses blessures, se graver le malheur dans l'épiderme lui suffirait-il pour empêcher le pardon des offenses? Le temps de finir son abject travail d'amnésique? En refusant de frauder avec ses plaies, elle décidait que la mort de Carlos et celle de son enfant ne mourraient qu'avec elle. Je n'avais rien à redire là contre, bien au contraire. Alors pourquoi me soupçonner? Pourquoi hurler à la vie devant moi? Pourquoi — tout simplement — m'avoir appelé?

— C'était dur... le ravaudage?

— Du tout. Je n'ai jamais eu mal. C'est monstrueux, tu ne trouves pas, de ne rien sentir?

— Ça me semble plutôt une chance.

— Non. Si j'avais eu de la chance, je serais morte aujourd'hui.

— Tu ne vas pas commencer toi aussi!

J'éclatai, je hurlai à mon tour pour l'arrêter à temps, lui interdire d'aller plus loin. Là où l'on ne trouve que d'autres tombes, d'autres croix, tous les cercles vicieux du martyre. Cette ronde funèbre, je me jurai de l'en sortir. Qu'elle savoure à nouveau l'absurdité des rires, du vent dans les feuilles, et du café noir dans la bouche, le matin. Qu'elle relève tous ces petits drapeaux de la vie de chaque jour, ni blancs ni rouges, mais qui valent bien qu'on leur rende les honneurs — sans fausse honte. C'est pour eux qu'on se bat, non?

— Les miracles, faut les saluer bien bas. Sans se poser de questions. Après, tu verras, tout recommence — en beaucoup plus fort!

— C'est très joli. Mais il y a quelque chose que tu ne sais pas. Que personne ne sait...

— Et que personne n'a besoin de savoir...

— Non, Boris! Pas toi!

Son regard s'était durci et il était trop tard pour se boucher les oreilles.

— Tu sais pourquoi je suis ici? Non? Parce que Thomas et Mario ont déguerpi presque au premier coup de feu. Et que moi j'étais enceinte. Ils ont filé par le garage, les rues de derrière n'étaient pas encore bouclées. Il suffisait d'escalader le mur du jardin, de franchir deux ou trois courettes... Thomas a disparu dans la nature. Mario a arrêté une voiture, et tout à coup il s'est ressaisi. Il a appelé un copain interne qui était de garde à l'hôpital pour qu'il monte dans une ambulance, et il a prévenu les autres. C'est comme ça qu'ils ont pu me récupérer, dans la pagaïe générale. Quand les militaires sont entrés, Anaya en tête, ils étaient tellement fous de joie d'avoir eu Carlos qu'ils n'ont même pas fait attention à moi. Tout juste un ou deux coups de pied dans le ventre. Ils me croyaient morte. Anaya, lui, s'acharnait sur Carlos. Ils lui ont même cassé les dents, pour le plaisir. Je l'ai su après. Le copain en a profité, il avait une blouse blanche et il était le premier médecin arrivé sur les lieux. Il m'a déposée sur un brancard et il a filé à l'anglaise. Il a interdit aux flics de monter dans l'ambulance, et après, il les a semés, avec la sirène...

— Tu lui dois une fière chandelle, à Mario... Fallait de la présence d'esprit pour organiser tout cela, en un clin d'œil...

— Non. S'ils étaient restés avec Carlos, ils auraient pu rompre l'encerclement. Tous les trois. Carlos est resté seul pour me couvrir, moi et l'enfant. Pour que l'enfant vive, quoi. Il aurait fallu faire très vite... Mais je ne pouvais pas courir, tu comprends, avec le gosse qui ruait là-dedans, et j'étais trop lourde pour qu'il me charge sur son épaule...

Sa main, intimidée, accuse son ventre, modèle une rondeur absente.

— De toute façon, il était trop tard. Vous étiez déjà blessés et la maison était encerclée...

Vous n'auriez jamais pu sortir de ce guêpier!

— Carlos, peut-être. Mario et Thomas l'ont bien fait!

— Parce qu'ils ont flanché. Thomas a déserté, tu le sais bien...

— Comment le sais-tu?

Imilla rougit. Elle n'avait pourtant pas à endosser cet échec-là. Manque de perspicacité de Carlos, tout au plus, ou de prudence. En pensant à Thomas, elle pensait déshonneur et déchéance. Moi, plus prosaïquement : démoralisation et désorganisation — l'une entraînant l'autre.

— Et la maison? Comment ont-ils fait pour la trouver?

— Abel. Ils n'avaient que deux indications. La distance en voiture, à partir de la gare, et la couleur de la maison d'en face. Ils ont patrouillé jour et nuit pendant trois jours. Et quand on a tiré de l'intérieur, ils ont su que c'était la bonne.

Il en faudrait du temps, cette fois, pour reconstruire le mouvement. Et de la minutie et de la patience et de la modestie. Raison de plus pour ne pas s'enliser dans le souvenir. Je me levai et allai poser un doigt sur ses lèvres.

— Ne m'en raconte pas plus, Mimi. Pas pour l'instant. A chaque jour suffit sa veille.

Elle s'arrêta, très pâle, à bout de forces.

— Allez, sœurette! On va manger. Après, tu fais tes malles. Pas de démagogie. Cette piaule donnerait du vague à l'âme à un secrétaire général. N'oublie pas que tu as frayé dans la haute banque!

Avec ton passé de casseuse, tu as droit à un standing plus convenable.

— Mon argent ne m'appartient pas. Et j'ai des comptes à rendre à l'organisation.

— Tu es une paria de luxe, et tu seras traitée en conséquence!

Elle enfila un poncho café au lait et sortit sans un coup de peigne, sans un regard dans la glace. Dehors, un petit vent tonique nous gifla à merveille. Imilla titubait : elle n'était pas sortie de son cagibi depuis trois jours. Etourdie, elle se raccrocha à mon bras. Un soleil hésitant taquinait autour de nous le vert épinard d'une *grocerie,* le rouge rosbif d'une boucherie, la neige d'un turban hindou. Elle s'arrêtait de temps à autre pour souffler, sourire aux passants. Je l'invitai dans un restaurant cinghalais tout proche : le dégoût du monde se combat fort bien avec du piment rouge pilé.

Nous prîmes un *tandur chicken* pour deux, avec du curry et du *chatney* aux pommes et à la menthe. Je lui désossai deux ailes et coupai la viande menue dans son assiette. En cinq minutes l'assiette était blanche.

— Attends un peu... cette sauce me rappelle quelque chose...

Elle rosit, se sèche les yeux, éternue et sourit enfin, radieuse :

— C'est ça... la *sajta de pollo,* à La Paz! Carlos en raffolait. Tu sais, le poulet aux oignons, à l'huile et aux piments qu'on laisse cuire dans sa sauce pendant des heures...

Sous la cendre, les aromates... Il y avait donc du jeu dans sa mémoire, assez pour laisser filtrer une flèche de pur soleil au milieu d'un Londres glauque, dans l'East End, un jour de mars, à deux heures et demie de l'après-midi, sous un ciel plus qu'indécis, en pleine paix européenne. Tout n'était donc pas perdu.

Dans la rue, je retrouvai sa dégaine de chasseur alpin et son talon de braconnière. On musardait pour digérer, la tête à rien. Mais, à un moment donné, elle se retourna vers moi, son œil verdit et je sentis un crochet de fer sur mon poignet, ses ongles dans ma peau :

— Boris, je la veux toujours, ma petite fille. Tu crois que c'est encore possible?

Je ne répondis pas.

★

Nous nous rendîmes à un hôtel qui convenait à son rang de « terroriste » — Curzon Street, Mayfair, W I, s'il vous plaît — et nous restâmes une huitaine de jours ensemble, dans des chambres séparées, en proie à ses hantises. Je n'eus pas tant à combattre son ascétisme que l'obscurité. Dans sa chambre, elle faisait le noir en plein jour. Chaque matin, quand je venais la réveiller avec le petit déjeuner, elle me répétait : « Boris, reste ici : tu dois m'aider à y voir clair », et elle fermait les rideaux que je venais d'ouvrir. « Aide-moi à ne pas flancher, je vais tomber », et elle se mettait debout, arpentant la pièce, le buste raide dans son corset de bandages. Je n'avais vraiment pas l'impression de servir à grand-chose.

Imilla se pelotonnait dans la pénombre pour exorciser la paix et retrouver cette nuit si dense de la vie clandestine où les nuits sont plus courtes, où chaque jour pèse plus lourd et creuse profond dans la chair et l'esprit. Du retour à la vie ordinaire, elle redoutait moins la perte d'un passé qui ne l'était pas, pas même une solitude accrue, l'hypocrisie des sourires et la fausseté des mots, que de s'y résigner peu à peu et de finir, d'abandon en habitude, par trouver naturelle cette comédie. Et de prendre un jour ce brouhaha de solos qui nous entoure pour un concerto baroque. « Tu me comprends, me disait-elle pour éluder le gay London dont je la menaçais chaque soir (Soho n'était pas loin), le sexe et les embouteillages, cela ne fait pas une société. S'il s'agit d'être seul, autant rester ici : au moins on peut s'entendre. »

Pour faire carrière dans le métier de vivre, il faut d'abord la volonté de parvenir. Je résolus d'être jeune loup pour deux, arriviste avec toutes ses envies. N'en ayant pas beaucoup et se jugeant assez coriace pour résister au grignotage, assez riche d'exigences pour ne pas se laisser appauvrir par les petites satisfactions de la vie, elle se laissa faire sans trop de craintes et accepta de remettre le nez dehors. Un soir, nous forçâmes la porte de quelque pub voisin. Le lendemain, un peu de shopping dans Bond Street, en fin d'après-midi. Du jazz toute une nuit au Scott's Club de Frith Street. Je lui offris un lecteur de cassettes et la voix de Joan Baez dans les *Bachianas brasileiras* de son cher Villa-Lobos lui rappela la douceur des tête-à-tête d'antan. J'apprivoisais prudemment son chagrin, j'empiétais sur sa nuit, gagnais du terrain à pas feutrés, à coups de douceurs et de cadeaux — cachemires et shetlands, buns aux raisins, épices hindoues. Ces petits coups bas firent leur effet : elle commençait à ployer, à s'ouvrir, à oublier.

Oserai-je le dire : je progressais presque à contrecœur. En arrivant, je l'avais trouvée lucide comme cette folle qui, aux objurgations de son médecin — « Il faut bien vivre, mademoiselle! » —, répliquait sèchement : « Je n'en vois pas la nécessité. » Maintenant, la nécessité de la marmelade d'oranges amères avec les toasts de huit heures du matin et du whisky glacé au tour de cadran suivant ne semblait plus lui échapper. Je n'étais pas spécialement fier de mon succès mais, à la veille de la quitter, je crus qu'elle était remise sur les rails et qu'elle filerait droit, comme tout un chacun, et même un peu plus doux encore : en pullman et en pull-over, entre la Dundee du matin et le chivas du soir.

Au West Air Terminal, comme j'allais monter dans le car, elle tira à bout portant. De but en blanc, avec une moue mi-gourmande mi-inquiète, elle me confia qu'il n'y avait plus de titulaire —

pour ajouter aussitôt, en se pinçant les lèvres, qu'il n'y en aurait pas avant longtemps.

— C'est bien ce que je pensais : je suis là en bouche-trou. Mais rassure-toi. C'est plutôt le contraire qui m'aurait inquiété.

— Alors inquiète-toi tout de suite : je n'ai plus que toi, Boris.

— Rappelle-toi Santiago... Tôt ou tard, il faut bien accommoder les restes.

Elle me bourra de coups de poing avec sa main valide, puis elle m'embrassa longuement, comme si je partais au service militaire.

— Dis, tu m'invites bientôt à Paris? J'aurais besoin d'y aller, pour le travail...

— Pouah! Toute seule à Paris, tu n'y penses pas! Le petit chaperon rouge s'est fait manger pour moins que ça.

— Puisqu'on sera ensemble! Ce n'est pas une garantie, je sais bien, mais tu as raison, il faut faire avec ce qu'on a.

Je fis la grimace.

— D'ailleurs, autant que tu le saches, Boris : dans le fond, je t'aime bien.

C'est une fois dans le car que je me suis demandé ce que pouvait bien être le travail en question. Mais que faisait-elle à Londres? Je n'en savais guère plus. « Voir une amie », m'avait-elle dit. Par télépathie sans doute, car l'amie était restée invisible.

★

Elle débarqua à Orly un soir de printemps, sur une défensive vestimentaire qui en disait long sur ses appréhensions : canadienne trop large, pantalon de velours arrivant aux chevilles, croquenots à la Charlot. Ce n'était pas la première fois qu'elle mettait le pied à Capoue : à vrai dire, si elle avait pris ces précautions, c'était moins parce qu'elle craignait pour sa personne qu'en raison de préjugés ancestraux — si tant est que les hidalgos de la vice-royauté du Pérou et des capitaineries avoisinantes puissent figurer dans sa généalogie. Noblesse oblige. Depuis qu'il y a des hommes d'honneur, et qui parlent castillan, Paris est un péché, et tant pis pour les Parisiens s'ils ne sont pas au courant. Une âme bien née ou, à défaut, bien enrégimentée, peut s'exposer à ses délices, mais doit savoir de quoi il retourne. La beauté du diable s'est un peu fanée dernièrement, celle des francs-maçons et des jacobins athées aussi — mais quelle progéniture! Cocaïne, pornographie, homosexualité, existentialisme, diversionnisme, néo-libéralisme bourgeois, entre bien d'autres horreurs, ont acquis des résidences secondaires sur la planète mais personne ne doit oublier qu'à Paris sévissent en permanence, et depuis plusieurs siècles, l'Antéchrist, les survivants de Sodome et Gomorrhe et Jean-Paul Sartre. Au Quartier latin (prononcer :

Barrio Latino), chaque année, les *ismes* les plus pernicieux, les *néo* et les *pseudo,* tous les diablotins de la décadence attendent, tapis dans une ombre lubrique, leur lot d'âmes fraîches et combien de militants d'Amérique et d'ailleurs n'ont-ils pas disparu corps et biens, avalés tout crus par les Sirènes de l'Occident! Dans le monde imaginaire des camarades d'Imilla, et pas des moindres, la Ville-Lumière continuait de briller à l'horizon d'un éclat ténébreux, comme l'antre de toutes les pollutions morales et perversions idéologiques de l'époque, tout juste bonne à mouiller la poudre et à briser les ressorts des militants en transit. Cette vision un peu sommaire, Imilla avait longtemps feint de l'épouser — peut-être pour escamoter son lointain passé de cosmopolite un peu délurée —, et à force de faire semblant, je suppose qu'elle avait fini par y croire. Ne l'avais-je pas entendue, de mes propres oreilles, à notre conclave près de Santiago, remarquer en passant, devant tous nos camarades, que je n'avais pas encore « éliminé les toxines de l'environnement français » *(sic),* et que « cette atmosphère corrosive, même à distance, exerçait des effets déplorables sur mon activité militante » *(resic).* Malgré le style administratif du sermon, ou à cause de lui, personne n'avait ri.

Pourtant pas née de la dernière pluie, mon Imilla. Après avoir quitté son Allemand de mari, elle était venue en Europe — Londres, Amsterdam, Paris — pour se mettre dans le vent, s'essayant même à la vie en communauté. Joints, freaks, trips et comic-strips, new-thing et black panthers, hippies, sit-in et fuck-against-the-wall, tous ces sésames qui ferment plus de portes qu'ils n'en ouvrent avaient été testés, et la magie, pratiquée, avait perdu ses charmes. Qu'elle eût recraché au bout de quelques mois cette camelote d'importation n'enlevait rien au fait qu'elle s'était gagné le droit de penser à autre chose. Elle craignait une rechute, peut-être. Mais si rechute il y avait, était-ce vraiment à craindre? Quel mystique a dit : « Ceux qui sont faits pour le péché sont faits pour la grâce »?

— Je peux te laisser seule dans Babylone?

— Au contraire, je te le demande. On ne prend jamais assez de précautions.

— Nous vivons en république, tu sais. Tu n'as rien à craindre ici : c'est un pays policé, moderne, libéral, très avancé, comme on dit de certaines viandes...

Mon patriotisme n'eut guère le temps de l'exalter.

— Excuse-moi de t'interrompre : je m'appelle Sylvia Blackburn. Je suis née à Melbourne. Ethnologue en vacances. Je suis venue me reposer d'un accident de voiture et tu m'as rencontrée à Londres, dans un magasin de disques à Carnaby Street, un samedi après-midi, on voulait écouter le même album *Diamonds and Rusts,* souviens-toi du titre...

— Compris, chef. Mais je te voyais plutôt esthéticienne en rupture de ban, mannequin chez un couturier en faillite, cover-girl communiste...

— Ça peut se faire aussi. Sait-on jamais? Mais avec mon allure...

— Justement. Tu en as beaucoup, mais tu n'as que ça. Alors que si tu t'arrangeais un peu... Tu n'as plus le titre de voyage des réfugiés...

— Non. Un passeport tout beau tout neuf. Je sais tout sur l'Australie. Comme il n'y a pas grand-chose à savoir...

— A quoi bon toute cette légende, Mimi?

— A quoi bon la Révolution, Boris? Pourquoi suis-je en vie? Pourquoi le soleil n'est-il pas encore éteint? En attendant, pour les copains et par écrit, je suis Amanda.

— On dirait un thème latin. *Amanda Mimi est.* Il faut aimer Mimi. Pas d'objections, mais...

— Pas d'objections?

— Pour moi, tu seras toujours sœurette.

— Je trouve ça paternaliste et un peu misogyne, si tu veux tout savoir...

— Nobody is perfect, Sylvia.

Devant nous, le paysage interchangeable d'un pays n'importe lequel dans cette Europe quelconque où il n'y a plus ni pays ni paysage : pylônes, entrepôts, tunnels, tubes fluorescents, dortoirs, panneaux publicitaires. Je croyais rêver à mon volant, je ne savais plus qui j'étais ni où, ni avec qui : un homme qui perd les pédales, sur une autoroute de nulle part, à côté d'une Australienne qui n'en est pas une, qui faisait quoi au juste? Le savait-elle seulement elle-même? Il y a pourtant un moyen de savoir qu'on a passé une frontière :

la couleur des panneaux de signalisation. Le bleu et blanc nous indiquait que nous étions en France. C'était ma seule certitude.

Cloisonnement pas mort : elle me demanda de la laisser à la porte d'Orléans, elle prendrait le métro comme une grande pour aller elle ne pouvait pas me dire où. Nous convînmes d'un contact régulier chaque jour, avec repêchage le lendemain à la même heure, à certaines stations de métro — pour ne pas utiliser le téléphone dont elle se méfiait comme de la peste. On décida de faire alterner Cité Universitaire avec Château-Landon, le canal Saint-Martin avec le parc Montsouris.

— Donne-toi de l'air, sœurette, et ne lésine pas sur les larmes, si tu en as envie. Tu vois le régime : Ella Fitzgerald, champagne et steak au poivre...

— Je ne suis pas contre, fit-elle avec un sourire en coin...

Une tristesse un peu sèche lui durcissait encore le fond de l'œil. Londres n'avait pas suffi. Tous les miasmes de Paris ne seraient pas de trop pour ramollir certaines fibres, lui assouplir la nuque, et maintenant que ses points de suture étaient cicatrisés, délacer je ne sais quel corset qu'elle avait gardé sous la peau.

Je rentrai chez moi heureux : la libération de la femme avait une cliente de plus.

★

Cette révolution féministe — la seule pleinement réussie comme chacun sait, puisque n'ayant été programmée, organisée ni même prévue par aucun révolutionnaire attitré —, s'effectua chez elle à rebours. Amanda se libéra en reprenant le collier de l'ancien esclavage : sur elle, tout ce qui marquait l'asservissement de ses sœurs, par un coup de baguette magique, devint moyen et mesure d'émancipation. En l'espace de quelques semaines, la chrysalide brisa son cocon et reparut papillon frémissant et paré, plus aérienne de jour en jour, insaisissable, multicolore. A croire qu'elle passait ses journées à la chasse aux couleurs, aux paillettes, aux minuscules boucles d'oreille. A butiner les journaux féminins, fouiner dans les boutiques de mode, écumer les parfumeries. Des shampooings aux algues, des laques, des crèmes au miel ou au tournesol, des laits traitants, super-hydratants, démaquillants, apparurent en douceur, mais sans conteste possible. Je décelai bientôt un soupçon de khôl autour des yeux, une ombre vert lierre sur les paupières. Je ne jurerais pas que le mascara ait épargné ses cils. Seuls ses ongles et ses lèvres reculèrent devant le stick et le vernis — encore que ces choses aujourd'hui soient faites pour brouiller les traces. Un savant décoiffage lui allongea le visage. Quant aux nippes, la métamorphose du miteux battle-dress de l'arrivée en dernier cri du prêt-à-porter s'opéra en cinq sec. Chaque jour, quand on se rencontrait à sept heures du soir, j'embrassais sur les deux joues une nouvelle photo de mode. Ses emplettes avaient des formes sages mais des teintes un peu folles, pimpantes ou acidulées : blouse à plis, chemise en jersey rose, tee-shirt mandarine, polo jaune poussin. Un peu moulants mais très comme-il-faut. Sœurette ne se mettait encore qu'en liberté surveillée.

Elle avait du goût pour les mousselines, les batistes, les crêpes de Chine, mais se boutonnait jusqu'au col. Pas de jupe fendue, de pull-ficelle, de robes sans manches. Jamais de décolleté, détail qui, à force, me titillait un peu. A cause de tout ce qu'elle m'avait dit de ses cicatrices. « Ne t'inquiète pas, me rassura-t-elle d'un air triste : la mode est au ras-du-cou, au soufflet coulissé, au col cheminée... C'est joli et ça ne se voit pas. » Sa science des encolures me faisait de la peine, moi qui ne connaissais que les cols roulés et qu'un décolleté bateau fait chavirer. Pour équilibrer, la sachant rebelle à la joaillerie, je lui fis cadeau d'un collier de griffes d'ours — vraies ou fausses? —, qui ne valait pas son gri-gri des montagnes mais pouvait le lui faire oublier. Il ne la quitta plus.

Voir ma réfractaire, ma fonctionnaire en révolution, ma dissidente professionnelle disparaître peu à peu sous la peau d'une jeune femme anonyme et soignée me faisait monter aux lèvres des alléluia. Elle était devenue jolie comme toutes les femmes d'aujourd'hui : merveilleuse, elle passait inaperçue, n'étaient les yeux — trop volontaires — et la démarche un peu coulée. Je n'étais pas tout à fait dupe de ce changement à vue, et si l'on m'avait interrogé à ce propos, j'aurais dressé l'oreille. Mais je ne me posais pas de questions, elle non plus. Je vis surtout l'innocence recouvrée, la fin du remords, et je célébrais en silence ses coquetteries comme une victoire. Sur ce monde hideux d'où les rescapés débarquent avec dans les yeux le remords de survivre. Ce monde où l'on s'arrange toujours pour faire porter le chapeau aux victimes, vivantes ou non, abîmées ou enterrées. Le tortionnaire de nos jours commence et finit par faire la morale aux torturés. Ces cerbères à haute casquette, aux mains velues et à lunettes noires qui montent la garde sur l'Occident chrétien, là-bas, outre-Atlantique, Mimi leur avait fait faux bond et ne battait pas sa coulpe pour autant. Elle les défiait à distance en se refaisant une beauté, ses élégances étaient de bonne guerre. Mais celui qui moralisait sottement, c'était moi. Elle, elle faisait de la politique en se couvrant de féminité de la tête aux pieds, et au lieu de la féliciter pour ses ensembles chaque fois que je lui disais bonjour, j'aurais dû lui dire au revoir une fois pour toutes en lui souhaitant bonne continuation. On sait bien ce qui continue la politique par d'autres moyens. Mais le carré de mousseline de soie bleu nuit négligemment noué autour du cou n'est pas un préparatif de guerre recensé dans les annales.

Je la regardais, elle irradiait la paix et j'étais rassuré. Ce qui m'aveugla plus que tout, ce fut sa nouvelle lenteur. Sa fièvre avait baissé et elle ne cherchait plus à s'étourdir en tournant comme un derviche entre quatre murs. Amanda prenait le temps de ne rien faire, le temps d'être soi. Elle dormait bien et beaucoup, ne lisait pas que *Marie-Claire* et réfléchissait à l'horizontale, imposant à ses vis-à-vis le calme des princes et des vieux militants. Grande conquête qu'un visage ralenti, un verbe lent, une mastication posée. Qu'elle pût rester chez elle longtemps immobile sans ronger son frein ne voulait pas dire qu'on lui avait limé les dents, mais qu'elle avait réussi en moins d'un an ce que la plupart manquent en vingt : changer de vitesse. Hussarde mise à pied ou championne à bout de souffle? Non. Cette lenteur voulue, durement acquise, l'avait d'abord été contre elle-même, ou contre sa part la pire qu'elle avait prise pour la meilleure. Conquise de haute lutte sur le roman de chevalerie et nos chevauchées du bord de mer, jadis, sur l'amour à la va-comme-je-te-pousse qui lui restait ensuite sur le cœur, les plats engloutis au lance-pierres qui lui restaient sur l'estomac, sur le désir de couper court à ses désirs et d'en finir au plus vite avec les bons moments. Sur la mort qui toujours bâcle et arrache à la sauvette, en vrac. Je voyais à présent ce que Carlos avait vu : une Imilla (pardon, une Amanda) qui savait s'attarder et faire le détail. Bonne ménagère qui n'achète plus au poids mais en paquet, comparant les prix et flairant la marchandise. Bien sûr qu'elle savait : elle avait payé pour. Cette patience de filandière, l'arachnéenne, la charnelle minutie de la gestation, toute cette attention qu'elle avait mise à tisser un petit être qui lui avait filé entre les doigts pour un cheveu, un rien, à quelques minutes près — voici qu'elle les reportait sur sa solitude présente, pour la déguster, la ressasser, l'approfondir. C'est elle qui m'apprit dans les bistrots où nous allions le soir, près de la République, à discerner entre les pâtés, selon qu'ils sont au caneton d'Amiens ou au foie de volaille cévenol, les lapins à la bressane ou sautés aux oignons, entre la matelote de brochet et la matelote de sole. Pour ne rien dire des concours à épisodes muscadet-sancerre.

Gastronomie à part, l'expérience du « terrain » lui avait appris en somme ce dont les programmes et bureaux d'études ne tiennent jamais compte : le poids des impondérables. Faite pour se battre à la loyale, férue de karaté et d'arts martiaux, le hasard lui avait tordu le bras en traître, par surprise, comme un malfrat. Du coup, la fougue de naguère, du temps où elle se lançait avec Carlos tête baissée dans l'inconnu, avait cédé la place à une résolution mieux cachée, prête à la manœuvre et à la malice. Il fallait dorénavant ruser, et les gens pressés ne savent pas. Ils attendent le bonheur au coin de la rue, ou derrière la porte la tragédie qui leur rompra les os. Qu'il était bon de la voir prendre le vent sans courir après son destin! A lui de faire antichambre. Comme tout le monde. Du calme, monsieur le solliciteur. On ne vous oublie pas, on pense à vous. Madame va vous recevoir dès que possible. Madame a la tête à tout parce qu'elle a la tête à soi. Pour la même raison qu'elle passe les frontières en se fondant dans le paysage, qu'elle a l'air chilienne au Chili, anglaise en Angleterre et parisienne à Paris. Parce qu'elle habite une intime patrie dont aucun colonel jamais ne la bannira : une certitude. Les fidèles peuvent se mettre tous les masques sans avoir l'air déguisés.

Dépendre de tout et de rien : cette folle douceur, notre seule grandeur! En être conscient n'amoindrit pas, à condition qu'on sache ce qu'on veut. Sans amertume, Mimi n'avait fait que mâtiner d'astuce la plus belle des vertus : la naïveté. Sa défaite, chèrement acquise, l'avait au début engourdie plus qu'endolorie, dessoûlée, et au bout du compte fortifiée. Elle émergeait de sa longue traque — saine et à moitié sauve — avec la complicité discrète des vieux croyants qui n'ont plus besoin de semer à tous vents pour se rassurer, ni de débiter leur foi en arguments devant le premier venu. Tout ce qu'il y avait de puéril et de surexcité dans sa crédulité d'antan avait volé en éclats, mais pour se recoller en une confiance de diamant dans le retour de la justice, à un moment donné — retour de bâton que nul ne pouvait ni ne devait prévoir, précipiter et encore moins invoquer en public. C'était cela, sa certitude.

Aussi ne parlions-nous jamais de l'avenir et peu du passé. Sur les passerelles du canal Saint-Martin, on comptait les marches à cloche-pied. On regardait passer les péniches, assis sous la peluche grise des châtaigniers, dans ces squares aux grilles rouillées qui encadrent les écluses, où des petits Arabes se battaient autour de nous à coups de poing, des clodos ronflaient et des amoureux désargentés se dévoraient à pleine bouche sur les bancs. Elle me racontait sa visite du matin à la consultation, à l'hôpital, ses impressions de métro et de salles d'attente. Je lui racontais *Hôtel du Nord,* la déchéance des Levasseur et les légendes d'antan, d'où ne restent rien que des usines désaffectées aux vitres borgnes, des bouis-bouis à l'abandon, des bicoques éventrées et un entassement de voitures entre le canal et de longs murs aveugles. On allait s'attabler non loin sur cette place de village en demi-lune qui fait face au portail de briques et au faîte de tuiles de l'hôpital Saint-Louis, dernier havre aux dimensions humaines qui subsiste encore en bordure de cette mare d'essence et de vinasse où croupit le quartier. Pas plus qu'Arletty dans le film d'époque, Mimi n'avait une tête d'atmosphère. Sa silhouette un peu fantasque de vamp incognito, si bien assortie au temps des cerises, dissipait le mystère interlope, refoulait la misère dans les encoignures et faisait passer un air de bal musette le long des terrains vagues. Cet enchantement me faisait déchanter, mais j'étais bien le seul. On se retournait sur elle dans la rue. Mine de rien, sans cesser d'être « sport », Mimi était devenue sexy.

Un soir, à une terrasse de bistrot, elle entrouvrit sa chemise par mégarde et j'aperçus deux grosses larmes de chair en haut de sa poitrine, grains ou cloques nacrés qui l'embellissaient plus que ces gouttes de perle montées sur pendentif auxquelles ils me firent aussitôt penser puisque tombant à la même place, juste au-dessous du cou, dans l'axe des épaules. J'eus plaisir à voir que la grenade qui l'avait déchiquetée n'avait pas creusé dans sa chair mais au contraire ajouté çà et là des touches, la rehaussant plutôt. Elle rougit en voyant mon regard. Je lui fis compliment sur sa parure — inappréciable, unique au monde. Elle rougit de plus belle.

Deux ou trois fois, elle disparut plusieurs jours pour resurgir sans prévenir, éludant les questions. Je me fâchais, elle aussi. « Tu es une enfant gâtée! — Et toi un vieux gâteux! — Une fugueuse, une girouette... — Un cul-de-plomb, un faux-cul... » Mômeries, nuages, bouderies. Ses colères étaient plus coriaces quand elle se visait elle-même.

— Je triche, Boris, je triche... Regarde!

Et elle me tendait un document ronéotypé de l'organisation, qui finissait comme tous les communiqués, lettres et discours de l'époque sur l'antienne classique : « La victoire ou la mort. La guerre continue. » Je le parcourais des yeux...

— Eh bien quoi? Toujours la même chose, non?

— Peut-être. Mais moi je suis vaincue et je ne

suis pas morte! Donc notre signature ne vaut rien, ce ne sont que mots en l'air!

Elle me brandissait sous le nez son acte d'auto-accusation, me martelait le tympan avec son indignité nationale.

— Soyez sérieuse un instant, Miss Blackburn, please. Primo, vous n'avez pas du tout l'air d'une femme vaincue. Secundo : « Réfractaires, mes camarades, restez vivants les derniers pour les battre jusqu'au dernier! » C'est un maquisard de chez nous qui a dit cela, il y a longtemps, quand les Boches frappaient dur. Les Allemands, je veux dire. Un poète doublé d'un capitaine. Son raisonnement m'a toujours paru frappé au coin du bon sens, qu'en penses-tu, sœurette? Si tout le monde va au tapis, qui restera-t-il pour venger Carlos et les autres?

Mes efforts dialectiques étaient mal récompensés. Deux silences et trois ruades pour un regard de mansuétude. Tous imprévisibles. C'était fatigant, d'autant que je ne pouvais, à Paris, lui donner mon plein temps. Il y a de brèves rencontres clandestines qui ne sont pas amoureuses. Les nôtres étaient furieuses ou bien glaciales. Elle passait à l'improviste de l'orage à l'azur, de la prise de bec à la prise de voile. Renfrognée une heure, badine la suivante, butée ou bien folâtre, trop légère ou trop lourde, elle tanguait d'une saute à l'autre, et moi avec. Le passé par bouffées soufflait le chaud ou le froid, faisant virer sa peau du rose au pâle. Sans rien découvrir, j'étais déconcerté. C'était bien elle, mais écartelée, amplifiée aux extrêmes. Comme une chanteuse dont la voix familière n'aurait pas changé de timbre mais de tessiture. Elle basculait de l'aigu au sépulcre, du flûté au maussade, quand ce n'était pas à un mutisme de porte close où je cognais en vain. Elle hésitait encore entre le noir et le jour, se balançant sur le rebord de la vie comme une candidate au suicide en haut du toit : sautera, sautera pas? Quand elle se décidait, c'était les bonnes histoires bras dessus bras dessous sur les boulevards, les blancs secs sur le zinc, qui nous rappelaient Santiago, et les platées de fruits de mer fleurant le pétrole ou l'eau fade, qui nous en donnaient la nostalgie. Et puis elle remontait soudain sur sa corniche, sourde-muette, bouclée à double tour. Heureusement, l'instinct de conservation s'imposa et quand elle sautait dans le vide, c'était avec entrain.

Cette balançoire devait la fatiguer encore plus que moi. Personne n'est maître de son humeur et elle en était le jouet — impitoyablement. Les intermittences de la mémoire ne se contrôlent pas, et comment deviner le va-et-vient des spectres derrière le front? Le baromètre à la fin se fixa sur le bleu. Elle avait trouvé son bon poids, sa bonne humeur et sa bonne vitesse, c'est-à-dire son âge. Elle avait trente-trois ans. Les folies qu'on fait à cet âge sont généralement perspicaces.

La preuve : pour commettre les siennes, elle prit le parti de la rive droite. Elle se délimita un paradis de fanfreluches et de soieries dont elle refusa longtemps de sortir : rue de Rivoli, place de la Madeleine et place des Victoires. De son enceinte à rêves, à lèche-vitrine et à dérives, elle me ramenait le soir des contes émerveillés. Quand elle n'avait pas été avalée entre-temps par une bouche de métro où elle zigzaguait pendant des heures, sans but, d'une ligne à l'autre. D'après ce qu'elle me racontait de ses extases à la Zazie, elle avait jeté son dévolu sur Châtelet-Porte des Lilas. Des rails plus berceurs, à longue amplitude, la froideur fonctionnelle des wagons, l'éclairage tamisé, le nickelage renforcé des portières, le tout allié à une certaine nonchalance dans la conduite des rames sur cette ligne un rien confidentielle, lui rappelaient les omnibus autrichiens aux tunnels incessants, entre Villach et Salzbourg, qui transportent les gamins se rendant à l'école au village voisin, les curistes et les vieilles dames.

— Mon œil! Avoue qu'on t'a laissée en carafe dans Paris, que tu as manqué un rendez-vous avec un grand chef aymara sur un quai de métro et que tu le recherches désespérément en faisant les couloirs...

— Pas du tout, je t'assure. Le métro m'intéresse beaucoup. Surtout aux heures d'affluence. Les gens dans le métro. Ils me font du bien.

Pourquoi pas? Trop longtemps recluse entre ciel et terre, vannée d'étoiles et d'altitude, revenue des steppes et des névés, peut-être lui était-ce réconfort ou contrepoids que ces brinquebalements poisseux de sept heures du soir, où l'on va s'enlisant, s'endormant dans une gélatine d'humanité sans yeux et sans visage, aspirée et refoulée de station en station? Se rappelait-elle alors l'anonyme compagnonnage des humiliés? Ou voulait-elle tremper sa propre solitude en la fondant dans celle de tout le monde? A moins que ce ne fût tout simplement l'exotisme souterrain, le pittoresque des mauvaises odeurs parisiennes...

Pourtant, aucun de ces tics nerveux propres à ceux qu'on laisse en rade et qui n'osent l'avouer ne tremblait sur son visage. Epanouie, très à son affaire : « J'attends les instructions. — De qui? — De l'organisation, idiot! — Es-tu sûre qu'elle soit encore en état d'en donner...? — Et mon passeport, tu crois qu'il m'est tombé du ciel? Patience, Boris, patience... » Je n'étais pas demandeur, après tout. De son côté, Mimi n'était plus une néophyte pour cultiver le mystère. S'étant dans le passé couverte d'ombre comme d'autres de gloire, elle ne redoutait plus les espaces ouverts ni la lumière du jour, et ayant appris une fois pour toutes les règles de la conspiration, qui n'est pas un état mais une besogne, elle en laissa tomber les rites. Conjurée diaphane, clandestine des champs et des bois, elle avait compris qu'à Paris comme ailleurs il n'y a pas d'abri plus sûr que l'air libre. Que les meilleures « boîtes aux lettres » sont encore les petites boîtes de fer-blanc ajouré fixées aux portes des maisons qui portent justement le même nom; et que, préférables aux librairies et aux restaurants de luxe, les parcs, squares ou terrasses publiques offrent de parfaits « points de contact ». Bref, elle ne donnait audience qu'en plein air. Flâneurs des deux rives, nous traversions les encombrements sans agenda ni soucis.

Mais pas toujours sans encombre. La vigilance se détendant au fil des semaines, nous finîmes par nous abandonner quelquefois au mauvais vent qui me ramenait sur la rive gauche, où nous n'eûmes que des déboires. Je ne mentionne pas ce détail pour le plaisir, mais parce qu'il contribua plus que tout à renverser le rapport de forces, ou plus exactement à en établir un entre nous, hautement défavorable. Je lui avais pourtant donné des lunettes de soleil, joliment ombrées en dégradé, pour qu'on ne vît pas le brillant de ses yeux, ses regards en coups d'épée — ce qui pouvait attirer l'attention dans un monde où la bienséance est de promener sur les choses et les gens une prunelle distante, désabusée ou neutre. Pas une seule fois nous ne pûmes traverser la capitale des arts et des lettres, de Montparnasse au Pont-Neuf, sans tomber sur un casse-pieds, que je faisais semblant de ne pas voir mais qui m'accablait de démonstrations comme un jumeau qui en retrouve un autre. Ils avaient dû se donner le mot. Paris n'était plus Paris. C'était Guignol. La guigne! Toute la compagnie défila devant nous. Blancs-becs en grognards. Jean-foutre en risque-tout. Songe-creux en Jérémies. A croire qu'elle les sortait de sa poche, qu'elle les postait elle-même au coin des rues, rien que pour me prendre en flagrant délit de comédie, cabot complice et relaps. Je bredouillais un vague : « Sylvia... une ethnologue de passage... parle pas bien français... », et la crécelle se mettait à tourner. Chez ces dévots à l'envers, le moulin à sarcasmes a remplacé le moulin à prières. Harassés d'héroïsme et encore pleins de leurs combats, lourds d'amertumes et de désillusions, — chacun de ces jeunes gens y allait devant nous d'un chapitre de ses Mémoires. Elle écoutait en silence, exultait sous cape, me décochait des regards d'avocat général en train d'écouter un témoin de l'accusation particulièrement bon. En quoi étais-je compromis? « Ce sont tes amis, non? Ils te connaissent ou tu les connais, il doit bien y avoir une raison... »

Il y en eut même un qui nous racola en haut du boulevard Saint-Michel et nous força à nous asseoir devant un whisky à la Closerie des Lilas pour nous raconter ses exploits latino-américains. Il avait très bien connu Carlos, nous raconta-t-il; il était au courant de tout; c'était dur, la Résistance, là-bas, heureusement qu'il y avait des gens comme lui prêts à tout. « Comme qui? » demanda Mimi, timidement. « Comme moi », répondit l'autre, surpris d'avoir à faire cette mise au point et continuant, imperturbable, son Odyssée, déjà déposée chez un éditeur et étalée dans la presse.

Ces petits coups de pinceaux tombaient à pic : ils fignolaient un tableau dont, de toute éternité, elle avait eu le canevas en tête. La France à ses yeux n'était qu'une vaste bouffonnerie, un album de Tintin pas drôle. Du genre : terrasse de café enfumée où trois intellectuels font la révolution mondiale autour d'une table pendant que deux concierges à béret basque, la baguette sous le bras, rentrent à la loge et qu'un travesti sort des toilettes en battant des cils. Elle rendait du même coup au centuple la monnaie de leur pièce aux paresseux qui ont toujours vu dans ses pays à elle, si pesamment austères, une scène d'opérette à cactus où valsent des généraux empanachés enjambant la fenêtre avec leurs valises de dollars, poursuivis par des « révolutionnaires » moustachus brandissant leur bombe à mèche... Mais c'est à moi qu'elle repassait la monnaie, en bon adepte de la responsabilité collective et des prises d'otage. Elle n'avait pas le triomphe modeste.

Mieux valait en rire : je le faisais de bon cœur — mais elle riait jaune, et dans ces gazouillis bénins voyait une imposture.

— Ecoute, à chacun son folklore. A vous les mitraillettes, les colonels et les ponchos. A nous les divans d'avant-garde et les soulèvements de la vie. Faut comprendre. Tout dépend des conditions ambiantes. C'est une question de revenu per capita : plus ou moins de mille cinq cents dollars par tête, tout est là, si, je t'assure...

Elle filait sans mot dire, renfrognée, écœurée.

La goutte d'eau, ce fut celui qui nous harponna au carrefour de Buci et s'apprêtait méchamment à nous suivre — et Dieu sait si les trottoirs de la rue Dauphine sont exigus. Un radical ultra-chic, à la pointe de l'extrême pointe, tirant tous azimuts. Je n'eus que le temps de souffler à Mimi : « Patience, pas un mot et du respect : celui-là, c'est une vedette, une vraie, on se l'arrache. » Le bougre était dans un bon jour, impossible de lui dire au revoir. Ou il avait bu, je ne sais.

« ... Tiens où tu avais disparu qu'est-ce que tu fais tu en es où par rapport au signifiant fameux hein les derniers développements de la GRCP est-ce qu'il faut répondre à l'édito de truc tu as vu la saloperie de machin qui a téléphoné à chose pour lui dire de ne pas m'inviter au débat de la télé on a fait un communiqué tu veux pas le signer vraiment le blocus trois passages seulement ce mois-ci truc est passé cinq fois lui un complot de la nouvelle bourgeoisie rouge évidemment les nouveaux tsars tu as vu le Chili hein kaput ça leur apprendra leurs conneries d'unité une bonne tape sur les doigts ça fait jamais de mal aux cocos hein fini la révolution le socialisme les vieux mythes Marx est mort mon vieux envolées les vieilles lunes pftt exit out maintenant les nouveaux frissons de la transcendance là on a un rôle à jouer tu comprends on devient indispensable parce que la transcendance on en connaît un bout pas vrai comment vous vous appelez déjà mademoiselle... »

Elle l'aurait payé, ce furieux, qu'il n'aurait pas mieux fait. Je sortis la hache pour lui couper les mains et décrocher en courant. Trop tard. Mimi, cette fois, n'était plus aux anges. Abattue, elle changea de trottoir. Toute la rue Dauphine sans desserrer les dents.

Au Pont-Neuf, elle éclata :

— Alors, c'est pour toute cette merde que tu nous as laissés tomber?

Elle montrait la Seine caca d'oie devant elle. L'ambiguïté me permit de faire l'étonné.

— ... C'est donc ça ton pays? Le four à miracles dont tu me parlais à Santiago? Tu plaisantes! Au fond, vous êtes tous pareils ici. Toi comme les autres. Vous ne pouvez vous donner à rien parce que vous ne reconnaissez rien qui soit plus grand que vous, rien qui vous dépasse. Vous vous préférez à tout ce que vous faites et même à tout ce à quoi vous croyez! Du vent, du vent et voilà tout!

Je la poussai dans un de ces arrondis de pierre qui bordent le pont.

— Tu as raison, je n'ai rien à dire. Calme-toi, assieds-toi, là. Maintenant, écoute-moi. Ce que tu viens d'entrevoir en passant, c'est une volière à Narcisses, pleine de miroirs et d'échos, où une centaine de mouches s'enivrent de leur image et s'agacent les unes les autres à force de tourner en rond. On appelle ça « la Rive gauche » : quelle importance? Ce n'est pas la France, ce n'est même pas Paris. Pas plus que la rue de la Paix qui a l'air de t'enchanter un peu plus avec ses crocos et ses diams, ses grooms et ses Bentley. Autre rive, autres oiseaux rares. Les deux sont des miroirs aux alouettes tendus par les marchands aux étrangers pour qu'ils y retrouvent l'idée qu'ils se font déjà de ce pays... Ne te laisse pas prendre toi aussi... Il y a tellement d'autres choses... d'autres gens... Un jour, tu verras à quoi il ressemble, mon pays... Attends un peu...

— La Côte d'Azur, c'est ça?

Le Quartier latin et la Riviera sont les deux mamelles de la France telle qu'on la voit de l'étranger. Avec Pigalle, plus bas, entre les jambes. Ce corps monstrueux fait cligner tous les yeux, de Bolivie jusqu'en Thaïlande...

— Tu nous les casses, Mimi, avec tes cartes postales. Je vais te montrer des endroits dont tu n'as jamais entendu parler. Rudes et civilisés à la fois... Connais-tu les Cévennes, les hêtraies de la Montagne Noire, les Causses des camisards, les déserts de Sauveterre et de Méjean?... As-tu déjà transhumé sur le plateau du Vercors, des Baraques au Rousset? Veux-tu qu'on dévale ensemble le bois de chênes en contrebas : je te préviens, dans la forêt de Lente, tu trouveras des chamois et des sangliers, et des mésanges, et des gobe-mouches noirs? Le Vercors, ça ne te dit rien? Ton papa ne t'a jamais parlé des maquis en France? Connais-tu le Val d'Aran des Espagnols, près des sources de la Garonne? Veux-tu qu'on monte à Ganagobie par le chemin des Moines, sur les traces du Hussard, pour embrasser toute la vallée de la Durance...? Choisis! Un seul mot, et on part demain matin!

— Un peu tard pour le tourisme, mon vieux Boris. Si tu savais...

— Si je savais quoi?

— Demain, au parc Montsouris, je te raconterai tout. En attendant, je t'invite au Louvre aux frais de l'organisation. A une condition : que tu me fasses faire une visite guidée, commentée et pleine d'amour.

Ma retape pour les grands sites gaulois l'avait au moins déridée. Elle arborait un de ces sourires de petite futée qui vient juste de dénicher la confiture de fraises en haut de l'armoire. Moi, le pot de confiture peut me crever les yeux, je passe toujours à côté.

— Pour une visite guidée, Miss Blackburn, c'est cinquante francs de l'heure. Tarif spécial de printemps pour touristes australiens.

— Tu vas nous ruiner...

— Au diable l'avarice! Tu connais le refrain : voir Paris et mourir...

Cette fois, elle éclata de rire, sans arrière-pensée.

★

Ce furent ses premiers mots :

— Anaya est à Hambourg. Au consulat.

Une petite fille blonde, à califourchon sur son cheval de bois, appelait Papamaman.

— Tu veux bien? Il faut absolument être deux. Le plan est prêt.

Un couple de retraités venait à nous à petits pas. Près du Bardo miteux, jonquilles et tulipes s'inclinaient sous la brise. Le soleil jouait encore dans les châtaigniers, sur le lac aux cygnes déplumés. Je reprenais mon souffle, adossé aux rondins en ciment du petit pont. « Justice, donne-nous notre fin quotidienne. Donne-nous la force et le désir de ne pas nous arrêter sur le bord de la route. Donne-nous le cœur et les jambes pour repartir après l'étape. Amen. »

— Qu'est-ce que c'est que cette histoire? Tu as rêvé?

— Ça m'arrive. Mais l'histoire est vraie. Ils l'ont envoyé prendre l'air comme consul général, sous son deuxième nom. Pour se faire oublier, j'imagine. Il paraît qu'ils sont sur le point de le rappeler.

— Depuis quand le savais-tu?

— Depuis Londres.

— Tu ne m'avais rien dit...

— Tu m'aurais engueulée.

— Ce n'est pas toi qui as fait les reconnaissances, j'espère?

— Non. L'amie dont je t'ai parlé à Londres. Mais elle ne sait pas pourquoi. Et un copain, qui revient de là-bas. J'ai eu le rapport il y a deux jours.

— Eh bien, elle a travaillé dur, la chômeuse!

— Que crois-tu que je faisais en partant d'ici?

Des tours de chant? Des réussites dans les sleepings?

— Non : des fugues avec un Jules en Alfa-Romeo. Un jeune banquier fou de toi. Deauville, Monte-Carlo. J'ai le droit de rêver, non?

— Oui, mais pas à des conneries.

— Mais sœurette, à quoi voulais-tu que je pense?

— A moi, par exemple. Si tu crois que c'est pour mon plaisir que je t'abandonnais...

— Le fric, les armes, les véhicules?

— J'attendais ta réponse pour mettre tout cela au point. Ensemble. A tête reposée.

— Et notre couverture?

— Le plus bête est le plus sûr : un couple en lune de miel. Pas compliqué, non?

Je regardais ailleurs. Le couple de petits vieux qui soufflait lui aussi sur le banc d'à côté. Tous les vieillards du parc Montsouris ont l'air taillés dans le même patron. Etaient-ce les mêmes?

— Tu ne crois pas plutôt que ça risque de tout compliquer?

Elle haussa les épaules.

— Regarde, Boris... On dirait que le soleil va remonter. J'aime bien les soirs ici. C'est comme une aube en rab, une sorte de prime de lumière à l'arrivée.

— Tu viens de trouver le secret des crépuscules de mon pays. Il n'y a qu'en France qu'on voit cela.

— Non. Il en va ainsi dans le monde entier. Partout, il y a un moment quand le jour tombe, où c'est comme s'il recommençait.

Elle me prit doucement par le bras.

CHAPITRE V

Depuis le jour où Imilla s'était réveillée dans son lit de fer, avec cette boule dans la gorge et ce creux au ventre qui ne l'avaient plus quittée, près de neuf mois s'étaient écoulés et c'était encore le même jour. Il y eut des heures blanches, rouges, noires : la même heure stagnante qui se teintait en surface d'un reflet de colère, de nostalgie ou de rien. Le temps s'était arrêté dans un fracas de carreau brisé et elle restait à l'intérieur, incolore, paralysée. Depuis neuf mois, une horloge aux aiguilles fixes faisait tictac en vain. Elle écoutait battre ses tempes et c'était le bruit de son sang, là-bas, dans le living de la maison où Carlos et Mario, de dos, faisaient le guet. Son pouls de statue surprise, face au rectangle de bleu éblouissant par où la mort allait gicler une seconde après. Ce bleu de mort, ce bleu de neige — le ciel de ce matin-là — lui était resté dans l'œil comme une taie lumineuse. C'était elle, cette flamme fixe d'aveugle trop lucide que Boris avait prise pour de l'intensité. Au fond, elle ne voyait plus rien, n'entendait plus rien, ne pensait plus à rien. Elle passait les frontières sous cloche, se déplaçait immobile d'une ville à l'autre, et les journées d'une heure, les semaines d'un jour, les mois pour rien passaient sans atténuer ce martèlement du pouls en sourdine sous les rires et les mots. « Demain sera un autre jour », se disait-elle pieusement, chaque soir en fermant les yeux, et chaque matin c'était le même démenti fade.

Elle se serait volontiers laissée couler au fond de son lit si l'orgueil alors ne la forçait à s'habiller. L'orgueil et la voix de Carlos : « Il faut tenir, Mimi. Rien d'autre. » Sa résistance à elle, à présent : tenir debout. Sortir, enfiler des robes, se maquiller chaque jour un peu mieux. Imilla avait refusé d'abdiquer et mis un pied devant l'autre avec cette seule idée en tête : qu'elle ne pouvait, qu'elle ne devait pas mourir avant d'avoir revu le temps où aucune heure ne ressemble à une autre, où elles s'envolent toutes parce qu'elles sont toutes uniques; avant d'avoir remis en marche, fût-ce pour quelques heures, l'imperceptible trotteuse du bonheur, qui nous fait oublier le battement de nos tempes. A l'ambassade d'Italie, à Mexico, à Londres, la tentation de mettre fin à ses jours ne l'avait pas effleurée longtemps : « Je suis une combattante et on ne peut pas se tuer quand on se méprise. Parce qu'alors il faudrait se mépriser encore plus. Je ne mérite pas encore de me suicider. Le moment n'est pas venu. » Le jour où elle reçut à Londres un message codé de Raúl lui signalant avec un point d'interrogation la présence d'Anaya à Hambourg, à la minute même où elle finit de le déchiffrer, un tressaillement lui indiqua que la panne du temps, au fond d'elle-même, était peut-être réparable. C'est ce soir-là qu'elle avait appelé Boris à Paris.

Mais contrairement à ce qu'elle lui avait dit, elle ne dormait pas seule, depuis qu'elle était seule. L'Imilla de jour voulait que les jours recommencent. La femme de tête, aux poignets larges et durs de garcon, avait, malheureusement pour elle, un corps de femme qui lui faisait revivre sa dernière étreinte à la veille du combat. Carlos était une « perte de guerre », mais en temps de paix les cadavres ont la vie dure : il y a moins de concurrence et on garde les photos. Dans son réduit londonien, il l'enlaçait à l'aube, à plat ventre sur elle, et lui donnait un plaisir dont elle se réveillait en sursaut, comme d'un cauchemar, baignée de sueur, la bouche tordue : « Ne t'en va pas! Ne t'en va pas! », et elle se mettait à pleurer de honte, de dépit et de joie. Qui et où était-elle donc pour toucher un corps évanoui? Ces orgasmes impossibles la paniquaient, brouillaient espace et temps, la faisaient douter de sa propre vie. La mort d'un être jeune ne crée pas de vide chez le survivant, il l'engorge. Possédée d'une ombre au sang chaud, Imilla débordait de Carlos, suffoquait de lui. Ce rôdeur incontrôlable tué depuis plusieurs mois la ramenait sans cesse en arrière, l'imbibait de néant à la fin de la nuit. Une pensée atroce la traversait parfois : que le plaisir des veuves est analogue à la douleur des amputés. Une victoire des sens sur le grossier matérialisme, comme on dit, qui donne envie de se tuer.

Le message de Raúl arriva à point nommé, bien qu'il ne comportât aucune directive mais un simple indice à vérifier. Anaya planqué en diplomate, transféré en catimini dans un consulat de troisième ordre, à la portée de la main! Cette nouvelle invraisemblable germa toute seule dans sa tête en projet d'opération, sans doute parce que son corps, au même moment, tâtonnait après une amputation définitive. Se couper une bonne fois du passé en bouclant toute la boucle? En causant avec Boris dans les rues de Londres ou dans sa chambre, elle se surprenait parfois un an en arrière. Elle fermait les yeux et voilà qu'elle parlait à Carlos, dont Boris, sans qu'elle le sût encore, ne constituait qu'un prolongement, une survivance. Elle prenait plaisir à ces quiproquos autant qu'à ses effusions nocturnes. Boris était et n'était pas Carlos. Elle-même était et n'était plus Imilla. Une moitié de femme avec une moitié d'homme, cela ne faisait pas l'affaire, encore moins la paire, pour ne pas dire un couple! Que d'amarres à trancher du côté des morts pour que chacun retrouve un jour, sinon sa plénitude perdue une fois pour toutes, du moins un minimum d'intégrité physique! Et comment se détacher vraiment de celle qu'elle avait été sans s'attacher à quelqu'un d'autre? Ou bien à une action menée en commun qui réglerait un compte ouvert et refermerait ses plaies à elle?

A Londres, Boris l'avait tirée de sa torpeur en lui faisant goûter un compromis doux-amer et au fond bien commode entre l'Amérique et l'Europe, entre la mort d'hier et la vie de demain. Elle balançait de l'une à l'autre, mais il faudrait bien basculer un jour. En tout cas, quand elle vit disparaître le car qui le ramenait à l'aéroport, une évidence jaillit, déjà toute inscrite sur ses lèvres : elle ne pouvait plus rester dans les limbes. Si elle voulait revivre, elle devait tuer Carlos en elle. Le sang de quelqu'un devait couler pour faire renaître une autre Imilla. Anaya n'était pas loin — tant pis pour lui. Il le méritait bien. A cette future militante aux cicatrices bien lisses et au pouls inaudible, elle commença par donner un nom de baptême : Amanda. A cause de la chanson de Victor Jara, sans doute, ce chanteur chilien dont on avait coupé les poignets au stade de Santiago. Un nouveau pseudonyme pour exorciser la chaleur des souvenirs et continuer la guerre dans la peau d'une inconnue avec laquelle elle pourrait au moins coexister sans rougir... Il fallait aussi penser à l'état civil. Le lendemain, elle demanda à une amie australienne — l'une des deux ou trois connaissances qu'elle avait à Londres — de faire un aller et retour à Hambourg, pour lui ramener sinon une photo du consul bolivien, du moins un enregistrement de conversation téléphonique et l'annuaire consulaire de la ville — mais sans se montrer ni décliner d'identité. Quand son amie revint, ces vérifications faites, elle lui subtilisa son passeport dans son sac, gratta deux chiffres, changea la photo et bricola le timbre sec comme elle avait appris. En pensant que les consulats australiens de par le monde s'ennuieraient énormément s'ils ne recevaient pas de temps à autre une déclaration de perte d'un ressortissant. Quand elle partit retrouver Boris à Paris, elle n'avait plus pour objectif de survivre, mais de renaître.

Elle était née une première fois avec Carlos parce qu'avec lui elle avait vécu vraie, tout d'une pièce, sans maquillage. Avec Boris, elle souffrit d'inaugurer sa nouvelle vie en jouant la comédie. Elle essaya de se faire belle mais restait laide à l'intérieur. Se voulant printanière et décrispée, elle avait proscrit le noir et les cernes, mais au-dedans une Imilla glaciale au visage cendreux, comme une petite vieille recroquevillée dans son chagrin, épiait la veuve joyeuse et court-vêtue. Elle ne s'effeuillait que pour se camoufler, n'écumait les boutiques et les revues de mode que pour mieux se fignoler une armure de mousselines. Sans succès : elle se regardait en train de donner le change et ne s'aimait pas. Et la preuve qu'elle ne s'aimait pas, c'est qu'elle n'arrêtait pas de se regarder. Relancer toute seule la guerre dans ces pays en paix, couver son feu parmi des hommes flasques, au regard éteint, exigeait beaucoup de ténacité et de ruse. Elle avait la première et se résignait mal à la seconde. Surtout vis-à-vis de Boris. « Cache ton jeu, mets des lunettes noires, lui avait-il lancé un jour à Paris.

Tu parais trop convaincue et même si les gens ne savent pas de quoi, ils vont te trouver l'air pas catholique. N'oublie pas que personne n'a la foi ici. » Elle les avait mises, ses lunettes noires, mais pour qu'il ne vît pas dans ses yeux l'envie qui la prenait parfois de se blottir dans ses bras et de tout lui raconter. « Je veux bien qu'on me cajole, oui, mais pour ce que je suis. A la longue, je vais devenir une cocotte, et me prendre au jeu. » Les soupçons qu'elle détournait au-dehors se déposaient au fond d'elle-même, tournaient à l'aigre. « J'ai absolument besoin de quelqu'un pour l'opération. Mais personne n'a besoin de moi... c'est affreux, affreux... » et elle passait son bras sous celui de Boris, souriant au soleil avec des larmes aux yeux.

Elle devait lui mentir pour faire ses preuves de combattante, mais elle devait aussi lui faire confiance pour reprendre confiance en elle. Celle qui lui parlait à voix haute se préparait au combat; celle qui se parlait en secret se préparait peut-être à aimer, mais n'en avait pas le courage. Jusqu'à quand cette partie de cache-cache? Jusqu'au retour du copain qu'avait envoyé Raúl à Hambourg et qu'elle devait rejoindre à Amsterdam pour passer au crible son rapport sur l'intérieur et les alentours du consulat, étant entendu qu'elle seule pouvait décider si l'opération était ou non réalisable, et à quel prix : quasiment allemande, qui pouvait mieux qu'elle se faufiler en RFA et se défiler ensuite sans trop se faire remarquer? Mais aurait-elle moins peur d'Anaya que de Boris? Elle flottait dans une irréalité anxieuse, sans savoir où se poser ni ce qu'elle allait devenir. Tel est le sort banal de tous les réfugiés du monde : faire antichambre jour et nuit entre deux portes closes, entre leur pays d'origine qui les a chassés et leur pays d'accueil où ils n'entreront jamais tout à fait, tiraillés entre des souvenirs insupportables et des projets irréalisables — leviers sans point d'appui. Elle n'était pas femme à supporter longtemps cette précarité. Que ce fût dans l'illégalité, la solitude ou la mort, il lui fallait au moins se sentir chez elle. Savoir à quoi et à qui s'en tenir. Dans cette dérive, Boris était son seul repère, son dernier ancrage. Cet homme précaire était bien l'homme de la situation, de ce présent plein de trous et d'absences où elle squatterisait faute de mieux. Avec lui, elle ne trahissait pas le passé, sans rien engager de son avenir.

Elle le fuyait et revenait à lui presque malgré elle, comme elle se fuyait elle-même sans réussir à s'échapper, comme elle fuyait tout le monde, y compris les survivants de l'organisation qui cherchaient à la rencontrer. Impossible, ceux-là, de les revoir sans malaise. Devant les camarades, elle n'était plus elle-même mais la femme du héros. A chaque fois, elle avait lu l'étonnement dans leurs yeux : « C'est donc avec cette fille-là qu'il a vécu? », et préférait détourner le regard avant de lire la suite : « S'il a été capable d'aimer cette fille, après tout, c'est qu'il n'était pas aussi extraordinaire qu'on le dit... » Le frère et la mère de Carlos, qu'elle ne connaissait pas, lui avaient écrit et dépêché des émissaires. Ils étaient prêts à traverser l'Atlantique pour revoir Carlos à travers elle, un seul instant. Elle faisait la sourde et restait invisible. Sa décision était prise : elle ne soutiendrait les regards des proches ou parents de Carlos que du jour où elle pourrait relever le défi et leur répondre en silence : « Voilà. Je suis moi-même et je n'ai pas démérité. Vous voyez bien que Carlos a eu raison de m'aimer. » Au lendemain du voyage à Hambourg. Pas avant.

Alors, pourquoi Boris? Lancinante question, qu'elle aurait voulu et pouvait chaque jour un peu moins laisser sans réponse. Avec le peu de goût qu'elle avait pour le clair-obscur et les situations fausses, elle allait bien finir par fuser un jour, la réponse. Elle se pardonnait de faire de la politique, c'est-à-dire de manipuler les autres : il le fallait bien, elle se prouvait sa force en découvrant l'étendue de ses capacités en la matière. Mais elle ne se pardonnait pas de tricher avec lui : était-ce faiblesse? Elle avait hésité avant de venir à Paris et, finalement, la joie de pénétrer l'univers de Boris l'avait emporté sur la crainte d'en être dégoûtée. Sur place, ce fut l'inverse. Elle lui cracha au visage le mépris où elle tenait ses relations, son confort, cette façon qu'il avait d'enterrer sous les sarcasmes, en se rabaissant lui-même, leur combat d'antan pour lui faire oublier le temps du partage. Mais le reste lui restait dans la gorge. Ou sortait à l'envers. Elle le rudoyait pour se punir, lui en voulait de se vouloir à ses côtés et se vengeait sur lui de trop demander. A Londres, elle s'était mise moralement nue devant lui : cela méritait bien une revanche. « Ce n'est pourtant pas sa faute s'il n'est pas Carlos et si j'ai malgré tout envie d'être aimée, bien que ce soit impossible. » Ses brusqueries étaient peut-être des invites, mais elle avait encore trop la tête à l'envers pour dire tout droit ce qu'elle n'osait pas deviner. « C'est normal, je ne peux pas encore tenir debout toute seule! Et je ne vais tout de même pas tomber jalouse d'une béquille! » Pourtant, l'idée que Boris pût continuer son chemin sans elle commençait à la ronger.

Cet isolement avait raison de la préoccuper : il ne va jamais sans attacher quelque idée de vanité à ce qu'on fait. Pas une seule fois Imilla n'avait agi pour son compte, sans mandat ni mission, sans camarades et sans chef. Maintenant, autour et au-dessus d'elle, Amanda n'avait plus rien ni personne. La solitude conduit aux actes irresponsables et Amanda entendait rester une militante, dont le souci n'est pas d'être une exception mais de bien faire, et pas précisément la course avec son ombre ni la nique à ses reflets dans la glace. Elle méprisait les méprisants et n'était pas en guerre avec elle-même, mais avec des ennemis galonnés dont elle récusait la provisoire supériorité. « Oui, j'ai raison de faire ce que je fais. Mais si la passion ne s'en mêle pas, je vais devenir une aventurière. Je n'appartiens à rien ni à personne, on ne peut pas vivre ainsi. » Après les revers subis, Amanda avait plus que jamais besoin d'un compagnon avec qui faire équipe. A la veille de poser la question de confiance à Boris, les picotements du doute étaient devenus palpitations, et cette trop intime inquiétude l'inquiéta plus encore que la crainte d'un refus.

Vingt-quatre heures plus tard, boulevard Jourdan, à la sortie du parc Montsouris, elle glissait stupéfaite et légère au milieu des passants, pas moins délestée qu'un criminel dans la minute qui suit les aveux. En acquiesçant, Boris lui avait rendu l'oxygène, et un début d'honnêteté. « Si piège il y a eu, à présent, nous sommes deux à y tomber. Deux... Comme dans *Nous deux* et les romans-photos?... Non, je ne peux pas. Je ne sais pas. Je ne dois pas. Quand ce sera fini avec Anaya, j'y verrai plus clair. D'ici là, on a encore le temps. »

★

Tous les gris jouaient ensemble dans un ciel de nacre pâle lorsqu'ils se retrouvèrent sur le port, à Landungsbrücken, l'embarcadère de St.-Pauli. Chacun avait fait le voyage de son côté : elle, par la Hollande, à bord d'une voiture louée, lui directement par avion. Ils arrivèrent le même jour, plongèrent ensemble dans cette lumière violente et crue, reçurent au même moment la grande gifle marine qui leur mit du rose aux joues et dans les poumons un plein bol d'iode et d'espace. Hambourg est une ville mâle et exacte, qui compte presque autant d'horloges que d'arbres. Ils furent ponctuels au rendez-vous. A la minute où elle s'engageait sur le quai, du côté de la coupole rococo qui recouvre l'entrée du vieux tunnel sous l'Elbe, il apparut à l'autre bout, là où se dresse le minaret couleur blockhaus. A mi-chemin, il buta contre elle. Avec sa casquette de marin, son blouson de nylon à col de fourrure, son pantalon collant de velours bleu et ses bottes de cuir rouge à talons hauts, Boris la trouva méconnaissable et parfaitement elle-même : s'accordant d'instinct à l'âpre franchise du paysage, ce camaïeu vert-de-grisé par l'embrun, depuis le clocher de Saint-Michel jusqu'aux vieilles tours d'Altona et aux coques des cargos en radoub. Cela sentait le poisson frit, la saumure et le goudron. Le cri aigre des mouettes, le champ de grues à flèches basculantes disparaissant à perte de vue, et l'immense entonnoir de l'horizon marin donnèrent à Boris une sensation d'ivresse épique. Il chancelait vers l'inconnu, le grand large, les départs sans retour. Une vedette automobile, de celles qui font le tour du port franc, larguait les amarres. Ils franchirent la passerelle juste à temps et s'assirent sur le pont avant, sous les rafales de vent salé. Ils étaient seuls sur les banquettes de bois.

Etourdis, ils restèrent un certain temps sans parler, face à l'hallucinant spectacle du port. Derrière eux, un haut-parleur se mit à hurler le disque des visites guidées. Boris ne savait pas ce qu'il aimait le mieux, de cette langue gutturale ou de n'y rien comprendre.

— La frontière?

— Parfait. Ils ne m'ont même pas demandé le passeport.

— Les calibres?

— Pas de problème. J'ai tout planqué pas loin d'ici. Un coin perdu dans la lande. Près de Luneburg.

— Qu'est-ce que c'est?

— Colt 38 et Walther.

— Quelle origine?

— Tonio, le copain que Raúl a envoyé.

— Combien sont au courant?

— Eux deux.

— Et que j'accompagne le coup?

— Moi.

— Même pas Raúl?

— Non.

— On arrête là l'addition, sœurette?

— D'accord. Mais ne m'appelle pas sœurette.

— Dis donc, ce n'est pas gratis tout cela?

— J'ai eu les cinq mille dollars avant de partir.

— Un mécène?

— Les Argentins. Ça existe encore, la solidarité.

— On peut s'acheter une voiture d'occase pour rentrer.

— C'est déjà fait. Elle nous attend dans un garage.

— Chapeau, Mimi!

— Amanda!

Ils évoluèrent pendant deux heures au gré des soixante kilomètres de quais, de docks et de bassins qui longent l'estuaire. Dans les cales et sur les chantiers, les navires à sec leur donnaient le vertige et du fond de leur barcasse, Lilliputiens au pays de Gulliver, ils contemplaient bouche bée l'à-pic des carènes, les hélices hautes comme des tours, les quilles monstrueuses. Des mouches s'agitaient sur les môles et les appontements, et le long des coques, calfateurs et peintres, sur leurs échafaudages à poulies, ressemblaient aux laveurs de carreaux à New York. Le grincement des grues et des ponts roulants, le fracas des riveteuses, des foreuses, des marteaux contre la tôle, la sirène des remorqueurs trapus, le teuf-teuf des gabares, le sifflet des locomotives couvraient les appels des dockers, des marins sur le pont, et se répercutaient au fond de leur tête, vidée par l'ahurissement. Ils devaient parler fort pour s'entendre, et dans ce chambard leurs voix creusaient un nid confidentiel, un rien irréel.

— Et ta main, ça va?

— Il paraît que les nerfs ont repoussé tout seuls. Le médecin n'en revient pas. Il dit que j'ai une santé de cheval, et un corps qui sait ce qu'il veut... Regarde!

Elle tendit son bras à contre-jour, étira et replia ses doigts à plusieurs reprises, sans grimace, la bouche en o, étonnée. Boris ne l'avait jamais vue sourire ainsi : gracieuse et décidée, doucement volontaire. Du côté de la mer, le soleil couchant irisait l'ouate translucide posée à l'horizon et cuivrait l'eau couleur de bière brune où flottaient des moires verdâtres de mazout.

— Dire qu'il y a neuf mois ils voulaient me couper le bras. Les cons ne me faisaient pas confiance. J'ai pourtant une bonne nature. Ça se voit, non?

— Heureusement qu'elle est là, la nature, pour réparer nos bourdes. Mais vois un peu ce qu'ils en ont fait...

Peu habitué aux visites d'usines, Boris était groggy. Des hommes avaient donc pu fabriquer cette fantastique cloche à suie, à goudron et à rouille, aux dimensions d'un monde. Du monde d'aujourd'hui. Qu'étaient-ils face à cet univers de houille, de pétrole et d'électricité, étanche et vertical? Il lui sembla qu'elle et lui poursuivaient un rêve infime et dérisoire, incapable de rien changer au cours des marées et des marchandises, des techniques et des matières premières. Aucun pétrolier ne se détournerait de sa route, aucune transaction commerciale n'en serait affectée, aucun de ces ouvriers de Hambourg et d'ailleurs n'en serait jamais troublé et les milliers d'Anaya sur la surface du globe continueraient comme par-devant leur travail. Loin de le paniquer, cette pensée le réconforta. Ce qu'ils s'apprêtaient à faire n'appartenait pas à ce monde-là, ni même à l'histoire des hommes, mais aux mouvements à la fois évidents et secrets de la nature. Face à ce tohu-bohu de calculs, de ferraille et de fumée, il témoignerait qu'on peut encore dresser un rêve à mains nues, gagé sur le retour des saisons, la ronde des semences et des fleurs, la profonde santé des choses élémentaires. Cet acte, qui lui faisait peur et auquel il n'avait cessé depuis l'autre jour, à Paris, d'opposer une foule d'objections raisonnables et pertinentes, il l'imaginait simple, rond et beau comme un ventre de femme qui gonfle, le sourire d'un enfant muet, ou comme cette main revenue toute seule à la vie. Pas la vengeance : l'espérance.

Quand ils revinrent à quai, saoulés de gaz, de vacarme et de boue, Boris savait que leur petite histoire n'avait aucune importance, mais que c'était une raison de plus pour la mener sans s'exalter, avec une minutieuse humilité. Son issue ne dépendait plus d'eux et peu lui importait sa médiocrité au regard des valeurs en cours et du monde tel qu'il va. Dans cette brume fantomatique, une certitude s'était fait jour. Si tout se passait bien, une minuscule pièce d'horlogerie reviendrait à sa place, avec un déclic imperceptible, et une dizaine d'inconnus se réveilleraient au moins une fois avec le sourire, en ouvrant leur journal du matin, dans un monde un tout petit peu moins en désordre que la veille. La plus belle des récompenses : une minute de silence dans le tapage universel, et qu'une poignée de camarades, éparpillés sur une planète où ne résonne plus que le métal, entendent, grâce à eux, l'herbe pousser.

★

Amanda était rentrée chez elle comme on rentre en grâce. Le IIIe Reich avait disparu depuis longtemps et l'Allemagne n'était pas son pays. Mais déjà, en traversant la Basse-Saxe et en faisant un petit crochet vers l'est par les landes de Lunebourg, une fraîcheur de mue l'avait fait frémir. Des membranes craquaient, une peau nouvelle, ou très ancienne, reprenait le dessus. Etait-ce l'obscure mémoire de la race, d'avant le berceau et d'outre-tombe, qui filtrait en elle avec ces odeurs de résine et de miel qu'exhalent les champs de bruyère? Le douillet d'une langue natale tout à coup retrouvée? Ou bien était-elle simplement essoufflée, lasse d'errer à la dérive, soulagée de toucher au but? Aux abords de la grande cité hanséatique aux effluves d'escale, d'où appareillèrent jadis tant d'émigrés vers les deux Amériques, d'où elle s'était elle-même embarquée avec son père pour l'Argentine, elle flaira son propre port d'arrivée, et cet apaisement intime la mit au plus haut de sa puissance.

La véhémence de l'air au débouché de l'Elbe, ce je ne sais quoi de sauvage et de rêche qui imprègnent la terre et le ciel de l'Allemagne nordique, firent plus que la ravigoter, aux termes de l'accord atavique et secret qui liait son corps à une telle atmosphère. Dans les faubourgs paisibles de la ville — pavillons coquets aux jardinets bien entretenus —, elle revêtit d'instinct son uniforme intérieur de combattant, qui ressemblait étrangement à celui d'une écolière. Mais peu importaient ces paysages engrisaillés, cette ville au centre délabré et froid où elle découvrit avec surprise des buildings de verre et d'acier là où dix ans plus tôt alternaient les trous et les terrains vagues. Ce qui la transfigurait de l'intérieur, en lui rendant sa vraie figure de soldat et d'enfant — la seule dont elle fût fière —, c'était l'approche d'un moment capital, auquel elle accédait bien réveillée, après une longue cure de sommeil, les nerfs lisses et tendus comme des cordes de violon. L'air marin n'est pas moins tonique que l'odeur du danger.

Son arrivée à La Paz avec Carlos, près de deux ans auparavant, lui revint à l'esprit. Elle retrouvait la même concentration sereine du chasseur aux aguets. Comme pendant leur installation clandestine, là-bas : insouciante et grave à la fois, elle avait confiance et se désintéressait d'elle-même, sûre de l'essentiel et de pouvoir le couver en cachette. L'indifférence à soi et l'attention au monde extérieur vont de pair. Chez elle, cette forme parfaite de « self-control » tenait du magnétisme, imprimant à ses gestes une sûreté somnambulique et à ses cinq sens une acuité presque douloureuse. Elle reconnut Boris de loin, de l'autre côté de la digue, trois bonnes minutes avant que ce dernier ne l'eût aperçue, elle, dans la foule, et c'était comme si, à cet instant précis, Carlos venait à sa rencontre et son ventre n'était plus inhabité. « C'est tout de même drôle, pensa-t-elle en le voyant qui accourait enfin, je suis venue ici pour tuer et je sens quelque chose croître au fond de moi, mûrir tout seul et m'irradier de sa chaleur. » Amanda se préparait au meurtre avec la silencieuse dignité des femmes enceintes.

Réserviste mobilisée, sa montre s'était remise à tourner et ses facultés étaient intactes. Elle égrenait les heures et les minutes avec une précision gourmande et recueillie. On ne compte bien qu'à rebours : en toute rigueur, le sens de l'exactitude n'est donné qu'aux condamnés dans les prisons et aux athlètes sur la cendrée. Elle était l'un et l'autre : condamnée mais avec un record à battre, une limite à ne pas franchir, qu'elle s'était fixée dans son for intérieur : une semaine. Toujours fidèle aux cycles du calendrier, la semaine anglaise propre à l'inactivité diplomatique lui indiquait qu'arrivés un lundi après-midi, ils devaient être repartis au plus tard le lundi suivant — le consulat étant fermé le samedi et ouvert seulement le matin de 9 à 12 heures. Soit quatre jours ouvrables, suffisants pour une ou deux visites de reconnaissance, et pour pouvoir enfin, ayant de quoi les soustraire, additionner les jours et les instants.

C'est peu, une semaine, et elle voulait que ce fût tout : une vie en sept jours. Chaque heure dégustée pour elle-même comptant double, aucune ne faisant doublet avec la précédente. Chaque minute sous la langue, comme une hostie brûlante, interminable. Face à ce lundi rouge qui fondait sur elle comme un butoir, elle serrait les freins à toutes forces et c'est dans le ralenti qu'elle chercha d'abord l'intensité, dosant son élan au plus près. Les grains du sablier ne s'étaient pas plus tôt décollés qu'elle rêvait d'en bloquer l'écoulement.

Loin de la faire flageoler, l'échéance la gonfla d'un afflux de sang, d'un trop-plein d'appétits. Elle éclatait de vie, sans fièvre mais furieuse. Cette haute pression lui donnait des vertiges, la poussant par bourrasques hors d'elle-même, à la recherche d'une chaleur animale que seul un homme pouvait lui procurer. Elle se cramponnait à l'image de Carlos, à sa pudeur, à sa hantise de déplaire, mais en vain. Si elle voulait jouir, c'était comme on cherche dans le noir la sortie de secours : pas le sexe, un sauvetage. Un pistolet dans les reins, elle redoutait de baisser les bras, à la fin, et elle n'était pas fière d'elle. Non parce que c'était Boris, mais parce qu'il était là et que le temps était compté. Cette évidence lui vint sur le bateau, lors de la visite du port. Elle ne le trouvait même pas beau et en d'autres circonstances... Mais quand il lui parlait elle regardait ses lèvres et ses yeux en écoutant à peine ce qu'il disait. L'imbécile lui demandait des détails pratiques, comme si l'urgence était là! Comme si elle n'avait pas envie de parler pour de vrai! Envie? Non : quand on est pris par le feu dans une pièce fermée, on n'a pas *envie* d'échapper à l'asphyxie : on casse un carreau et on saute.

Dès leur première soirée à Hambourg, elle devina qu'elle s'était piégée elle-même, depuis le début, en s'aveuglant sur son rôle à lui. A Londres, elle avait fait appel à un vieux frère pour se lover ensemble dans la chaleur de Carlos, pour mieux s'enfoncer dans les sables du passé, à trois pour ainsi dire. A Paris, elle avait choisi un coéquipier pour faire un commando. Sur place, au bord du gouffre, elle découvrait que son corps avait besoin d'un corps d'homme pour arriver au comble de la vie et arrêter le temps. Cette révélation l'épouvanta. Tendresse, fraternité, affection : rien de cela ne tenait face à la mort. Trop tiède. Il lui était donné un minimum de temps dont son instinct exigeait le maximum. Or, le maximum vital, c'est l'amour. Et quand ce n'est pas un sentiment mais un réflexe, il n'y a plus de place pour les jupes relevées par mégarde au-dessus du genou, les battements de cils et les agaceries. On sort les crocs et on se rue. Au plus fort de sa tendresse, Amanda sentit monter en elle une cruauté de vampire. Prête à sucer le sang pour se donner le courage, ensuite, de le verser. A prendre des gages sur la mort, tout de suite, cash. « Carlos, pardonne-moi, se murmura-t-elle tout au long du dîner, ce n'est pas ma faute. Je dois te venger, et pour te venger je dois t'oublier. Pas te trahir : Boris était ton ami, ton frère. S'il y a un homme que tu peux me pardonner, c'est lui. Mais j'ai peur bientôt de ne plus t'appartenir. Cela me dégoûte et je n'y peux rien. »

Ce soir-là, dans ce *Fischerhaus* enfumé et

bruyant où ils s'étaient retrouvés autour d'une soupe aux anguilles, le cœur lui manqua. Elle laissa parler la combattante à sa place, se barricada derrière ses certitudes politiques : sa forme préférée de silence. Boris, physiquement acquis à l'opération, mit ses doutes en avant. Chacun se défend comme il peut. Dédoublées l'une et l'autre, deux ombres se tâtaient de part et d'autre de la table, avides de se rassurer. Et au lieu d'affronter ce qui obstruait leurs artères, bouchait leurs pores, elles se tinrent aux limites de ce qui n'occupait déjà plus que leur esprit.

— Vous n'êtes pas sans savoir, chère amie, que les voies de fait me répugnent?

— Et moi encore plus. Mais comme on n'est pas sûrs d'être encore là pour le grand Nuremberg final... il faut bien prendre un raccourci, non?

— En général, je suis contre la peine de mort.

— Moi aussi. Mais lui, pas. Et après, il en rajoute. Un coup de pied dans les dents de Carlos. Une balle dans la tête d'Inti, qui aurait pu être sauvé. Quant à ce qu'il fait à nos prisonniers, *avant,* pas besoin de te faire un dessin, je crois?

Ils parlaient en français à voix basse, tête contre tête.

— Oui, mais nous sommes en Allemagne. Rappelle-toi qu'en Europe, tout ce qui se promène avec un revolver en poche et une pancarte « Révolution » dans le dos pue la flicaille à cent mètres. Les Irlandais et les Basques, c'est autre chose : ce sont des peuples.

— On n'est pas des enfants, figure-toi : aucun membre de l'organisation n'a eu ni n'aura de contacts avec les ultras de par ici. Et encore moins allemands! Nous sommes des résistants, Boris! Pas des provocateurs! Nous, on ne pose pas de plastic dans les endroits publics et on ne prend pas de familles en otages. Moi, j'étais autrichienne et je suis devenue australienne. Deux pays où on n'est pas très calé sur la résistance antifasciste, son code de l'honneur et ses façons de faire. Par contre, un Français, on aurait pu supposer...

— Que veux-tu! On ne nous apprend plus rien à l'école... Tout ce que je sais, c'est qu'aujourd'hui, dans nos vieux pays, la CIA ne finance pas que des hauts fonctionnaires. Mais aussi ceux qui leur tirent dessus. Ce qui donne encore plus de dividendes, politiquement. Imagine dans huit jours qu'on reçoive un télégramme de félicitations de la station de la CIA à Francfort : on aura l'air fin, tu ne crois pas?

— Aucun risque. Anaya et nous, c'est une affaire entre latinos. Une vieille affaire de famille. On ne fait pas de politique, Boris. On va faire le ménage...

Ils répétaient. Boris connaissait par avance les réponses et Imilla ses questions. Pas une dont ils n'eussent déjà débattu dix fois. Mais maintenant elle répondait en chef : d'une voix sèche, militaire. Elle avait pris du galon sans le savoir. Ou est-ce lui qui en avait perdu entre-temps? Il découvrait avec stupeur une sorte de hiérarchie spontanée, et qu'Amanda était devenue son supérieur. Derrière l'inexorable au buste raide et aux cheveux tordus en chignon, une femme incertaine appelait au secours en chancelant pour ne pas lui prendre la main et dénouer sa chevelure, là, tout de suite, devant lui — et il ne la voyait pas. Fermait-il les yeux? « La dureté germanique, pensa-t-il : toutes des Gretchen de fer. Comme le Chancelier dont je viens de voir la statue de trente mètres de haut au cœur de la ville... »

— Tu es trop optimiste, reprit-il en chaussant ses besicles, bien décidé à poursuivre l'examen. Si tu ne fais pas de politique, c'est elle qui te refait après coup. Tu as pensé aux représailles? Vous avez des prisonniers là-bas...

Le chef a tiqué. Ses lèvres s'entrouvrent, hésitent, se referment. Une grimace, et puis :

— Nos camarades ne sont pas en prison par hasard... Ils ont pris leurs responsabilités, je suppose... Nous aussi... On les assumera ensemble, le jour venu.

Un silence.

— Ce n'est pas drôle, la guerre... Pour personne.

— Et l'exploitation psychologique par l'ennemi, tu y as pensé? Les effets de manchette, les feuilletons orchestrés, les titres vengeurs...

— Que veux-tu y faire? Les journalistes inventent, c'est leur métier. Ici, ils n'auront rien à raconter : juste un entrefilet. Et là-bas, en Bolivie, ils n'auront pas intérêt à faire la une là-dessus : trop mauvais exemple...

— Tu sais une chose? Ménagères ou pas, les ordures ont toutes une particularité : ce sont de braves gens, dans le privé. La famille, il faut en tenir compte. Qu'est-ce que tu crois?

— Sa femme est ici. Ils vivent ensemble au consulat. Il a deux enfants, mais par chance ils sont restés là-bas, au collège américain. Parce qu'il a fait son éducation à Washington, ce monsieur. International Police Academy. Mais dis donc, quand arrêteras-tu de te poser des questions? On ne peut pas vivre éternellement en fonction de ses questions... à moins de rester dans son fauteuil. On doit aussi endosser les réponses...

— Rien à dire là-dessus, sœurette. Je m'incline.

Le matin, dans l'avion Paris-Hambourg, bien calé dans son fauteuil devant un verre de bordeaux, il avait joué à Saint-Just devant un Louis XVI rose et dodu : « Nul ne règne innocemment. Si le ci-devant Anaya est innocent, c'est nous qui sommes coupables. Citoyens, je vote la mort! Et les juges pour une fois exécuteront eux-mêmes la sentence... » Débat désuet. Peu importait la culpabilité et comment elle se distribuait. Deux camps face à face. Le plus fort a commis une faute en envoyant un gradé en terrain découvert. Une faute technique, qui n'appelait de la part des faibles qu'une riposte technique. Amanda a raison. Soyons efficaces, donc sobres. Nul ne se bat innocemment. Il y a des guerres justes, mais on ne verra jamais d'armée innocente. Le sel de la terre ne peut se donner bonne conscience. Aussi longtemps que cette histoire-là continuera de tourner, pas un seul militant ou franc-tireur, adhérent d'un parti ou soldat d'une armée, ne cessera d'avoir individuellement tort, tout en ayant raison de se battre. Impossible de s'engager sans se retrouver *compromis*. Je serai donc un salaud pour un certain nombre de gens, tant pis pour moi. On n'est pas à la fois vertueux et juste. Tant pis pour la vertu.

— Dis-moi... Je voudrais tout de même en avoir le cœur net. Pourquoi m'as-tu demandé de venir?

— Tu crains pour ta peau?

— Evidemment, puisque je suis là! Mais pourquoi pas quelqu'un d'autre? Il en reste des copains, dans l'organisation, pour ce genre de boulots... Et je ne suis plus tout à fait un copain.

— Parce que... parce que Carlos aurait pensé à toi, j'en suis sûre. Oh et puis zut! C'est moi qui ai voulu, si tu veux tout savoir. Carlos n'y est pour rien, toi non plus, et il n'y a pas de parce que. Tu as déjà retenu un hôtel?

— Au petit hasard. L'*Impérial,* au tout début de Reeperbahn. Pas fameux.

— Avec les noctambules et les putes de St.-Pauli. Ça ne m'étonne pas. J'ai une très belle chambre à l'*Atlantic,* sur le lac. Pourquoi ne viens-tu pas? Tu auras de l'air pur et une volée de voiles blanches sous les yeux.

Boris eut soudain envie de fuir : loin d'elle et de lui-même. Partir. Rentrer seul à son hôtel. Sans rien profaner ni dégrader.

— Ecoute... mieux vaut pas. Si on opère ensemble, inutile de s'afficher dès maintenant. On se coupe la retraite.

— On n'opérera pas ensemble. Tu resteras en bas.

— A quoi je sers, alors? A voiturer Rosa Luxemburg? Ça ne va pas se passer comme ça. Mais pas du tout!

Amanda sourit, condescendante :

— Protection et repli. C'est ça l'important.

— Ça mérite discussion.

— Quand tu veux. Mais commençons par le commencement. Demain matin, c'est moi qui vais explorer le terrain... J'irai toute seule. Avec ta tête, impossible.

— Et avec la tienne, tu veux rire?

— Tu ne m'as pas encore vue en tenue! Tu pourrais me croiser dans la rue sans me reconnaître. Tu veux venir me voir à l'hôtel?

— Pas tout de suite. On verra après...

— Après, toujours après! Tu me rappelles Carlos!

Des voisins se retournaient vers eux, goguenards. Amanda s'était mise à crier.

— ... Je veux tout maintenant. Maintenant et pour toujours. Ce verre de traminer, maintenant. Ce cigarillo de chez Davidoff, maintenant. Il n'y a rien d'autre que maintenant. Quelle heure est-il? Dix heures du soir passées. Merde. On a raté l'Opéra. Ils jouent *Wozzeck,* ce soir, et je veux entendre *Wozzeck* avec toi. Maintenant. Viens.

— On ira demain, si tu y tiens. Sois raisonnable.

— Demain, ce sera peut-être trop tard.

Amanda en avait assez de revoir le visage de Carlos en attendant la Révolution. Elle en avait assez d'avoir mal, toujours au même endroit. Pour l'instant, elle ne demandait même plus à renaître, mais à cesser de revivre, pour vivre au moins un instant. Dans cette étrange zone de survie où elle venait d'entrer, surchauffée et reconduite aux rudiments, c'est sa peau qui exigeait de l'élémentaire. Même pas voir et entendre. Toucher. Griffer. Mordre. Tous les opéras pour une caresse.

Ils se dirent au revoir sans s'embrasser, sans s'effleurer la main.

« Au fond, se dit-elle en partant, les intelligents ne comprennent rien. Cet imbécile ne fait pas le poids. Je suis trop bien pour lui. »

Un nouvel amour change tout, sauf de place.

★

Une idylle, la Heilwigstrasse. Amanda s'enfonce sous ses frondaisons avec l'impression de sécher l'école et des ébahissements de fugueuse en maraude, mais l'anxiété des mystères se dissipe à mesure qu'elle avance et un profond sentiment de sécurité envahit peu à peu la petite fille déguisée en dame d'œuvres. Il n'y a pas une heure, elle laissait sa voiture devant la gare centrale, prenait le métro — la ligne UI —, descendait à la station Klostersten et gagnait, par le Bolivar Park, l'extrémité du lac Aussenalster. Au nord de l'Elbe, dans le quartier de Harverstehude, la Heilwigstrasse s'incurve doucement en longeant l'Alster, la rivière qui se jette dans le lac. Elle a voulu remonter la rue depuis le tout début, bien qu'elle aille au 125, à l'autre bout, pour bien se fourrer dans les yeux le plan du quartier, tous les croisements, culs-de-sac et feux rouges des environs. C'est une rue cossue, discrète, sans magasins ni encombrements, aux trottoirs à peu près déserts, bordés de villas luxueuses mais sans faste. A mi-chemin, elle passe au-dessous d'un pont et laisse sur sa droite un dédale de canaux et de passerelles. Voilà un endroit où Hambourg se met à ressembler à Amsterdam ou à Delft : le même calme vernissé, résidentiel, la même patine sur les façades de briques anciennes qui se reflètent dans l'eau dormante des canaux, entre les ormes et les peupliers. On flaire l'encaustique derrière les portes à heurtoir, le vieux cuivre, les meubles lourds et bien cirés. Les bras de la rivière, que troublent par intervalles de petits bateaux plats qui font la navette, stagnent comme des plans d'eau et une paix épaisse amortit tous les bruits. Quand il est vénérable, le confort urbain redevient rustique, et dans les villes nordiques encore plus qu'ailleurs. Peu de circulation. Quelques pêcheurs à la ligne çà et là. Des retraités et des gamins qui baguenaudent sur l'herbe des talus, dans un petit square qui fait l'angle de l'Alster et de l'Isebekkanal. Sur sa gauche, un club de canotage avance un appontement de planches où s'alignent, renversés, skiffs et outriggers.

Elle poursuit sa marche et la voilà enfin en vue du 125 : un immeuble de briques à trois étages, dans l'alignement des édifices voisins, sans signes particuliers et, par chance, sans vis-à-vis. Les fenêtres du consulat général de Bolivie donnent sur un jardin public en forme de triangle dont le sommet plonge droit dans la rivière. Le buste d'un barbu sur un socle, un parc à jeu et un carré de sable pour enfants, des bancs vides un peu partout et, au milieu, un bouquet d'arbres grêles. Elle traverse le jardin, s'attarde sur la berge. En face, sous un saule, un ponton tout blanc, sur pilotis. Personne, pas un client pour le bateau-promenade. Une yole glisse devant elle, effleurant à peine la surface d'eau polie, et c'est tout juste si l'on entend, quand plonge la pale, un froissement de soie qui fronce, puis se lisse sitôt l'aviron relevé. Tout sommeille. Pas une stridence, pas un klaxon. Le bruit et la fureur se sont arrêtés aux grilles de ce parc béni. Une rame de métro la fait sursauter : elle fend le silence à toute allure sur un pont métallique à poutrelles bleues qui enjambe la rivière, cent mètres plus haut.

Elle revient à pas lents sur la Heilwigstrasse, les yeux fixés sur le premier étage du 125, où, sur le rebord d'une fenêtre, au-dessus d'une hampe sans drapeau, un écu flambant neuf exhibe les armoiries de la Bolivie : vigogne, condor et faisceau d'étendards. Deux fenêtres plus à droite, comme elle le sait déjà, l'écu plus délavé de la République dominicaine. Les deux consulats donnent sur le même palier. Le regroupement diplomatique des dictatures dans ce recoin feutré ferait volontiers sourire s'il ne présentait certains inconvénients pratiques auxquels elle réfléchit déjà. Un tableau de sonnettes relie la porte d'entrée aux différents locataires. Elle vérifie l'horaire sur la plaque de cuivre, appuie sur le bouton, la porte s'ouvre aussitôt. Elle met en marche le chronomètre au fond de sa poche. Le vestibule est sombre, désuet, avec une grande glace murale où elle fuit ses propres yeux qui la suivront dans l'escalier. Pas de loge de concierge. Pas d'ascenseur. Quarante-cinq secondes, d'un pas normal, jusqu'à la porte du palier.

Douze minutes plus tard, en repassant dans le vestibule, elle risque un regard de côté : « Regarde-toi bien, ma vieille! C'est la bobine que tu auras bientôt, si d'ici là... » La porte est ouverte. Elle emprunte la rue à gauche, sans changer de trottoir, vers le grand carrefour d'où rayonnent les avenues qui mènent à Lübeck, Kiel et à l'aéroport. Une minute vingt-trois secondes sans se presser — et elle a dû attendre au feu rouge — jusqu'à la petite église qui fait le coin de la Heilwigstrasse et d'un grand pont pour voitures et piétons qui franchit l'Alster. Un temple luthérien du XVIIIe siècle, à la nef trapue, au clocher pointu et au portail surmonté d'une horloge. Un peu plus loin en arrière, à l'angle du pont, le long d'un jardinet clos qui a bien l'air d'un jardin de presbytère, Boris fait le pied de grue.

Une diaconesse de cinquante piges croise son regard et se plante devant lui :

— Impeccable. C'est gagné.

Elle parle français, ma parole.

— C'est moi! Ne fais pas cette tête!

Elle porte des lunettes à monture d'écaille, une perruque grise, un fond de teint gris, avec des pattes d'oie cireuses et des petites rides aux commissures des lèvres. Un tailleur bleu marine, un sac à main et des gants de chevreau. Cette dame patronnesse lui a fait un coup au cœur.

— Pour une ethnologue!... Je t'avais prise pour la femme du pasteur.

— Tu as raison : la prochaine fois, j'irai en pantalon. Viocque mais délurée. Tu n'aimes pas les ecclésiastiques?

— Tu l'as vu?

— Attends que je t'explique. Filons d'abord.

Ils reprirent le métro aérien, à moins de trois cents mètres de là, à la Kellinghusenstrasse, et vingt minutes plus tard ils se retrouvaient au parking de la gare centrale.

★

— Si tout se termine mal, il ne faudra rien regretter. Tu me promets, Boris?

Ils roulent à présent dans l'Opel, sur l'autoroute E 4, et ils ont déjà passé l'Elbe. Ils filent vers le sud, en direction de Hanovre. C'est lui qui conduit. Elle a ôté ses lunettes, sa perruque, et se nettoie le visage avec un coton, face au rétroviseur. Sur ses genoux, le fourre-tout de cuir où elle entrepose son matériel de maquillage et sa tenue de rechange.

— D'après ce que tu dis, la chose se présente plutôt bien.

— C'est vrai et on va y arriver. N'empêche qu'il faut s'attendre au pire. Pour ne pas se faire feinter à la dernière minute et flancher bêtement.

— Tout ce qui n'est pas la Révolution est encore pire qu'elle, tu es bien d'accord?

Elle l'embrasse sur la joue et ses longues mèches blondes lui chatouillent le cou.

— Reprends ta bise. Je ne fais que citer mes auteurs.

— Je retiendrai la formule. Même si elle n'est pas de toi. Tiens, pour la Révolution!

La deuxième bise lui laisse sur la joue une marque orangée, et Amanda lui pose la main sur le bras :

— Ne te l'enlève pas! C'est mon fer rouge.

Maintenant, si tu t'échappes, on te ramènera à ta propriétaire.

— Ça m'apprendra à parler de Révolution...

— Je n'étais pas demandeur. C'est toi qui as prononcé le mot.

Entre eux, les majuscules s'étaient envolées depuis longtemps, et c'est ce qui rassurait Boris. Le pari de jadis à La Havane était donc gagné : foin des grandes illusions, le grain n'était pas entamé. La paille brillait encore au fond de l'étable. Se méfier du sonore préserve du creux. Devenus sérieux ensemble — et elle encore plus que lui, car plus grièvement, plus physiquement blessée —, ils pouvaient désormais plaisanter à leur guise. Amanda avait acquis la gaieté des gens sages, qui trouvent leur bien dans le moindre mal et sont d'autant plus décidés qu'ils se savent vulnérables. Ce n'est pas de la résignation, c'est la fin de l'adolescence. Car c'est une utopie de croire qu'on choisit le meilleur pour lui-même : il suffit de savoir refuser le pire, au moment crucial. Et le pire pour eux deux, c'était qu'un sadique pût se remplir au même moment la panse de bière, simplement parce qu'il avait su troquer à temps l'uniforme de colonel contre le complet-veston d'un consul anodin.

— En somme, nous n'irons plus au Paradis, toi et moi. Plus d'espoir de ce côté-là...

— Mais nous irons encore au bois, et c'est cela l'important.

« Si seulement je pouvais refermer les portes

de l'enfer derrière moi, je serais déjà bien contente », pense-t-elle en silence.

Egestorf. La bifurcation vers Underloh, qui mène au petit bois de pins où elle s'est arrêtée, à l'aller, dans la réserve du Wilseder, en pleine lande.

— Ce qu'il faut en faire, de kilomètres, pour trouer proprement la paillasse d'une sale brute. Ce n'est pourtant pas le diable, ce bonhomme, bougonne-t-elle à mi-voix...

— Tu le voyais encore entouré de tous ses sbires, au milieu de sa Garde de fer... Avoue que tu avais un peu peur...

— Bien sûr. Très peur, même.

— Au fond, on pourrait y aller demain.

— Non. Encore deux ou trois choses à vérifier. La porte sur la rue, peuvent-ils ou non la bloquer d'en haut? L'horaire des Dominicains à côté... Où niche le garde du corps...?

Le véritable sens de l'organisation : tenir compte de tout sans jamais oublier qu'on est à la merci d'un rien. Faire le lit de l'imprévu, pour lui réserver bon accueil. Amanda dominait son jeu parce qu'elle avait renoncé à s'en vouloir le maître, sans négliger aucun atout. Elle s'était mise à la hauteur du hasard, et ce n'était pas du fatalisme. Une fois de plus, Boris, qui avait aussi l'obsession du détail, devait s'incliner.

Le ciel s'assombrissait, le vent poussait des nuages noirs au-dessus de leur tête et des floches de brume blanche s'élevaient çà et là dans les champs. L'hiver revenait en eux dans une tristesse humide. Les voici face à un nouveau pays aux vallons blancs et mauves baignant dans une lumière cendrée : des collines de bruyère mauve sur des coulées de sable blanc. Ils voient des tourbières, des troupeaux de moutons au milieu de pacages, des hameaux aux maisons basses à colombages, avec leurs églises au clocher de bois posé à côté de la nef, des fermes à toiture de chaume et aux murs chaulés. A un carrefour, près d'un tertre pelé, Amanda lui dit d'arrêter la voiture — « La femme du pasteur ne va pas plus loin. Retourne-toi, je me change » —, ils abandonnent la route goudronnée et s'engagent dans un petit chemin creux qui serpente parmi la bruyère où pointent les touffes sombres des genévriers et les boqueteaux de bouleaux argentés au tronc grêle. Ils marchent en silence sur le sable jusqu'à une grange abandonnée, une bergerie plutôt, où Amanda fait halte.

— Maintenant on est à l'abri. Regarde!

En haut du pignon, deux soliveaux croisés grossièrement taillés en têtes de cheval.

— C'est contre le mauvais œil. J'ai planqué les flingues à côté.

Ils suivent la ligne noire d'un bois de pin et entre un stère de rondins et une bourrée, elle se met à fouiller des deux mains dans le sol. Les armes, avec deux boîtes de munitions, sont dans un sac en plastique, enveloppé à son tour dans un morceau de toile cirée.

— Les numéros sont limés?

— Pour quoi faire? Ils les retrouvent toujours.

— On fait un carton?

Il bruine déjà un peu lorsqu'ils coincent un dépliant touristique rouge et bleu, cadeau du syndicat d'initiative de Hambourg, entre deux crevasses d'un tronc de pin. Ils vident deux chargeurs chacun en s'échangeant les armes : un Colt 38 américain, six coups, canon court, petit calibre; un Walther allemand, parabellum classique, 9 mm, vieux comme la Seconde Guerre mondiale.

— Je te laisse le pistolet, je prends le revolver. Il pèse moins et il entrera mieux dans mon sac.

— Le Walther a huit balles.

— Les barillets s'enrayent moins souvent, et en tir rapproché, trois balles, ça suffit.

— J'allais dire la même chose.

— Oui, mais c'est moi que ça concerne.

— Jouons à pile ou face. Tu m'as fait le plan. N'importe qui peut monter.

— C'est déjà décidé, Boris. Et depuis longtemps.

— Réfléchis bien. Personne ne t'oblige à rien. Et je t'en prie, ne me dis pas : « Carlos aurait voulu que » — il est mort. « L'organisation m'a chargé de » — elle a disparu ou c'est tout comme...

— Dans deux jours, ma petite fille aurait eu neuf mois juste. Tu comprends? C'est une question entre elle et moi. Une vie contre une vie.

Elle aurait aussi pu dire : je choisis le petit revolver à crosse de bois parce que, depuis ce jour où ma montre s'est arrêtée, le contact du métal me donne la chair de poule. J'ai choisi d'être une meurtrière parce que je veux redevenir innocente, anonyme et sans passé, et cela ne te regarde pas. Parce qu'il faut que je m'aime moi-même si je veux pouvoir aimer quelqu'un d'autre un jour. Parce que Carlos n'est pas encore mort. Parce qu'un commando doit être commandé et que tu n'es pas de cette race-là. Beaucoup de réponses lui viennent sur les lèvres, mais il tombe des cordes à présent et elle est à jeun : elle a soif d'alcool.

Elle prend les armes dans son giron, sous son blouson de nylon imperméable, et ils repartent en courant vers la voiture. Entre deux giclées de pluie, le vent par rafales secoue les petites cuillères des bouleaux, les grelots violets des rameaux de bruyères, les billes bleutées des genévriers, et leurs semelles s'arrachent au sable détrempé avec un rythme flasque de succion.

— Un temps à ne pas mettre un Français dehors! dit-elle en s'ébrouant dans la voiture, toute gaieté retrouvée. Ramène-moi vite à ma chambre et allons prendre un grog. Ou un whisky. On sera mieux au chaud.

★

C'est la nuit, et des grêlons tombent maintenant sur la véranda du café-restaurant. La chaleur est revenue dans les pieds, sur les lèvres, sous les abat-jour des fausses lampes à quinquet qui ornent les guéridons. Ils trinquent au retour du printemps, mais Boris, enfoui dans une pénombre propice et un fauteuil club en cuir piqué, pense en silence aux lendemains. Amanda pense à tout plutôt qu'à l'avenir et sombre dans l'instant, rêvassant à mi-voix son présent. Du whisky et du gin ils sont passés au riesling, et ils achèvent leur deuxième bouteille de Bopparder millésimé. Chez elle, l'alcool débride les plaies et les vieux abcès, déclenche les offensives. Lui, goûte aux délices calculées de l'engourdissement. Le vin amoindrit sa surface mais il y gagne en profondeur, ce qui lui donne un profil bas et de bonnes possibilités de repli. Il est loin sur ses arrières, et l'image d'Amanda lui arrive brouillée, sa voix aussi. En fait, il a devant les yeux un visage gras à petite moustache et à rouflaquettes, un visage vulgaire et suffisant qui n'est autre que celui du consul.

— Ma robe te plaît?... Tu me trouves moins moche que ce matin?... Je ne sais plus si je suis belle ou non... J'aimerais bien savoir... Tu pourrais peut-être me renseigner... Au fond je n'ai jamais vraiment su si je te plaisais ou non... Je crois que non... Mais parfois je suis curieuse... Ce soir par exemple...

Cette avalanche agace Boris. Il n'a aucune envie de répondre. Ce ne serait pas juste. Il lui a laissé le choix des armes, qu'elle lui laisse au moins celui des mots. Elle redoute les silences qui laissent la vie en blanc, et lui ces petites phrases qui, l'air de rien, scellent pactes et ruptures, cachettent les enveloppes du destin qu'il préfère laisser ouvertes, pour ne pas avoir à les lire. Oui, elle est belle ce soir dans sa tunique décolletée de soie blanche et son pantalon étroit de jersey tendre, les cheveux fous et les paupières luisantes. Mais de la câlinerie aux caresses, il n'y a qu'un faux pas. Après, c'est tout droit. Caresse-catastrophe, le trajet se fait en un clin d'œil. Un mot en trop... Une main qui glisse... Il y a des gestes et des murmures qui filent tout seuls, et du bout des lèvres aussi on doit se méfier. Boris depuis le début s'était juré de se pincer les lèvres, de se mordre la langue, et il tiendrait serment jusqu'au bout.

— Ce n'est pas le moment de faire la bonne femme, écoute... Pourquoi me poses-tu des questions idiotes?

Il voit ses mains se crisper sur les appuis du fauteuil, sa pupille se noircir et une lueur de lame traverser son regard. A bout portant, l'éclair :

— Parce que je t'aime, petit con.

Le cri de haine lui glace le sang. Il recule, épouvanté. Il pense aux pistolets restés dans la voiture.

— Réponds-moi... Dis quelque chose...

Surtout, pas de fausse manœuvre. Un seul geste, et c'est le saccage. Figé, paniqué, mais trop cotonneux encore, il cherche une issue, désespérément. Boris, quand l'irrémédiable lui court après, il prendrait plutôt les jambes à son cou.

— Tu as peur de te souiller, peut-être, avec moi...?

— Non, de me mouiller, balbutie-t-il.

Il voudrait s'expliquer mais il ne peut pas. La pluie n'est pas en cause. Mais ces humeurs et liqueurs que suscitent immanquablement ces corps-à-corps là, avant pendant et après, dans les glandes, pores et canaux des lutteurs. Il eût voulu avec elle un amour sec — le seul digne d'elle. Sans sueurs ni larmes, sans baisers baveux ni viscosités.

— Non... non... comprends-moi. Il faudrait que tu sois quelqu'un d'autre... La même mais avec un autre nom, un autre passé... Je t'aime trop, si tu veux, et je ne suis pas assez...

Dans cette femme trop attirante, il ne voyait pas Amanda mais Mimi. Et au bas de son cou, ce collier de cicatrices qu'il n'osait profaner. Comment l'en dépouiller, comment l'arracher à Carlos, à sa fille mort-née, à ses terribles décorations qui lui collaient à la peau? En fait, c'est lui qui tournait en rond dans sa mémoire comme un détenu dans son cachot. Elle, elle était en train de s'évader et il n'en savait rien.

— Moi aussi je me sens trop petite pour faire ce que j'ai à faire... Ça n'empêche pas.

— Souviens-toi : Christina, Abel... Jamais dans la paroisse, disait Carlos.

— Tu n'es pas Carlos et ce n'est plus ta paroisse. Aide-moi plutôt à m'en sortir...

— Mais c'est lui que tu cherches. Pourquoi veux-tu te décevoir?

Elle vide son verre en fermant les yeux, le repose sur la table d'un geste sec, et c'est une autre qui le fixe maintenant, sans douceur.

— Excuse-moi, oublions tout cela. J'étais soûle. Ça m'est passé.

La voix est dure, tranchante.

— Revenons à l'ordre du jour. Il faut liquider cette affaire une fois pour toutes. Et le plus tôt sera le mieux.

— On avait dit lundi.

— Pourquoi attendre? L'oiseau peut s'envoler.

— Tout n'est pas au point, tu le disais toi-même.

— Je retourne là-bas dès demain matin.

— Comme tu veux... Je serai là.

★

Ce soir-là, seul et bien dessoûlé, Boris se retourna cinquante fois dans son lit. Il se répétait la scène, les mots, les attitudes, se reprochant son peu d'à-propos, son désarroi, sa nullité. Leur histoire manquée, depuis leurs retrouvailles à Londres, leur rencontre à La Havane. Pas du tout à la hauteur. Avec des excuses qui ne valaient rien. C'est vrai qu'elle était de la race des « il faut que je te dise », tandis que lui appartenait aux « s'il te plaît ne me dis rien on en parlera demain. » Il avait toujours cherché des accommodements avec l'irréversible et les sentiments chez lui louvoyaient sous un faux jour, à cheval sur hier et demain, dans les remous d'un présent vague. Etait-ce sa faute si en plein envoûtement, elle vous braquait sa lanterne dans les yeux, vous secouait comme un prunier en vous intimant de lui indiquer la route à suivre? Comme si la puissance n'était pas dans la suggestion, et l'impuissance dans le délibéré! La preuve : quand elle restait muette, immobile, il avait envie de l'embrasser. Mais dès qu'elle ouvrait la bouche, il n'avait plus qu'un réflexe : lui obéir. Ou bien se révolter. Tout, sauf la prendre dans ses bras.

Qui ne dit mot consent, et il s'était cru lié à elle depuis Londres par un accord tacite, automatiquement reconduit de ville en ville, de silence en silence. Elle : ne pas se laisser embrasser de peur d'être étreinte par un revenant qui s'évanouirait au premier contact, lui mettant de nouveau l'absence à la bouche. Lui : ne pas essayer d'étreindre de peur d'embrasser une fugitive qui, pas plus tôt dans ses bras, reviendrait à son maître — à Carlos. S'était-il donc trompé en s'abstenant de troubler en intrus ce tête-à-tête posthume? Avait-il trop de respect pour la silencieuse aristocratie des morts, ces personnes discrètes et bien élevées, à l'opposé de cette cohue qui vous tire par la manche à toute heure pour vous arracher de la bouche des gages, des jetons de considération, d'intérêt, d'affection, comme les t'as-pas-cent-balles qui vous harcèlent sur les trottoirs? Ou lui manquait-il le courage, l'inconscience qu'il faut pour affronter de plain-pied les vivants, avec leur carnation aux contours troubles, leur chair excessive et crémeuse? Il s'était fait l'image d'un être exemplaire et sans réplique, emblème de fidélité, allégorie volontaire et tendue. Il voulait une Imilla claire et distincte comme une idée, un corps qui eût ressemblé uniquement à ses vertus, et à la plus belle de toutes : cette intime vocation du malheur où il pressentait une sorte de destinée religieuse. En somme, il lui déniait le droit de vivre et d'être heureuse comme tout le monde. Il ne voulait pas que sa sœur si belle et singulière, belle parce que si singulière, rentrât dans le rang de ses semblables de chair et de sang, à l'instar de celles qu'il osait aimer, à la chaîne, toutes pareilles, fondues dans le moule des mal-aimées, dans le flou du mal-baiser, du maldit et du mal-venu qui effaçait leurs traits et brouillait leurs visages. Il aurait tant voulu pouvoir superposer l'Imilla au noyau pur et dur à l'Amanda qu'il devinait si pulpeuse sous l'écorce, mais une tenace sensation d'obscénité l'en empêchait. Seuls les disparus ont le corps qu'ils méritent, circonscrit par leurs actes les plus beaux, leurs tics les plus significatifs, ou l'accent sans égal de leur voix. Il n'y a que les morts pour coïncider avec leur vie. Que voulait-il alors? Un beau cadavre? Non. Boris aimait une héroïne, se refusant à voir qu'il n'est de bons héros que morts, et il pria Dieu et les anges qui ne sont pas au ciel de venir à leur secours pour que demain se passât bien, en sorte qu'il pût enfin serrer sur son ventre une Amanda absoute et tiède.

A un kilomètre dans la même ville, d'autres remords torturaient Amanda. « Pourquoi avoir pris les devants? J'aurais au moins pu faire les sommations d'usage. Je suis excessive. Trop brusque — dans la cajolerie comme dans le commandement. Quand on aime, on veut se faire aimer mais pour se faire aimer, il ne faut pas dire qu'on aime. Carlos, c'était différent. C'était un homme hors du commun, sans lâcheté ni orgueil, qui savait s'assumer, lui-même et les autres. Boris est comme tout le monde : il se fuit au point de devoir fuir les autres. Que fais-je ici avec lui, mon Dieu! Vivement demain... vivement les balles... Que tout cela devienne de l'histoire ancienne... Je veux renaître dans une peau intacte... intégralement nouvelle... Rien n'est unique et tout est neuf... Demain, je serai une femme comme n'importe laquelle et ce sera la première fois. »

Son insomnie fut plus courte car elle allait au-devant de l'avenir, sans attendre. On dit que la marche est une chute différée. Elle voulait courir à présent pour ne pas tomber, et tuer vite pour recommencer au plus tôt sa vie.

« Prudence : on ne fait pas toujours ce qu'on veut », se dit-elle en fermant les yeux.

★

Onze heures cinquante-six minutes. Excédée, la secrétaire range sa machine à écrire sous sa housse, repousse sa chaise et s'en va frapper à la porte, qu'elle franchit sur la pointe des pieds.

— Excusez-moi, monsieur le consul. Encore cette excentrique... Vous savez... L'ethnologue australienne. Elle est là depuis une demi-heure, je lui ai donné tous nos prospectus, nos formulaires, mais elle insiste...

— Dites-lui de voir mon attaché.

— Il vient de partir, monsieur le consul.

— Déjà? Qu'est-ce qu'elle veut, cette emmerdeuse?

— Vous exposer personnellement ses projets. Elle dit que c'est très important et qu'il lui faut une recommandation signée de vous pour l'Institut indigène de La Paz.

— Dites-lui d'attendre cinq minutes.

— Bien, monsieur le consul. Vous avez trouvé le télex que j'ai laissé ce matin sur votre bureau?

— Précisément, je dois y réfléchir. Vous pouvez disposer.

La secrétaire allemande se retire sans dissimuler un haut-le-corps. Cela fait douze ans qu'elle travaille ici et aucun consul ne l'a encore traitée comme une ordonnance. Une employée n'est pas un planton.

— Cinq minutes, mademoiselle. Le consul va vous recevoir.

Son anglais est approximatif, mais la vieille Australienne comprend mal l'allemand. C'est dans un espagnol baragouiné que cette ethnologue un peu cinglée lui a demandé cartes, brochures, documentations diverses — le temps de parcourir les bureaux en tous sens et de pousser les portes — sauf une, capitonnée, tout au fond du couloir.

Amanda se lève, pose un regard bienveillant sur cette tête d'oie honorable et vexée, et va à la fenêtre. Un rayon fait miroiter la vitre. Une petite fille joue au cerceau dans une allée du parc. Le cerceau roule, roule vers la rivière et disparaît.

— Vous ne voulez vraiment pas vous débarrasser? Il fait beau aujourd'hui!

— Non, merci. Avec cette saison vous savez... Ces courants d'air et ces averses...

Amanda étouffe mais elle a les pieds glacés. Une vraie poupée russe. Par-dessus, un trench d'homme en ciré noir, croisé et ceinturé; un pull marron à col roulé et un pantalon de velours beige. En dessous, un blue-jean moulant et un chemisier de lin sable. Tenues d'hiver et de printemps encastrées l'une dans l'autre.

— Je suis désolée de vous retenir après les heures de service, croyez-le bien. Ne vous gênez pas pour moi...

— De toute façon, monsieur le consul habite

ici, son appartement est là derrière. Quant à moi, dès qu'il aura sonné, je vous introduis et je m'en vais. Si vous le permettez.

— Je vous en prie.

La petite fille pleure et trépigne près des rhododendrons à fleurs blanches et sa nurse vient la gronder.

Miss Blackburn se retourne et fait les cent pas dans la pièce. L'Australienne doit s'impatienter. Amanda, elle, n'est pas à cinq minutes près. Elle a déjà attendu une semaine, neuf mois, une vie entière. Elle serre son sac contre elle et fredonne sous cape une comptine de son enfance, comme on marmonne une prière, pour ne pas entendre son cœur cogner. C'est la première fois qu'elle va tirer sur un être vivant, et chaque seconde tinte dans sa poitrine comme une note blanche, ronde ou noire, car elle n'arrive pas à contrôler les battements de la peur. Elle s'efforce de respirer en mesure. Trois pas, aspirer, trois pas, expirer : en vain. Une rame de métro couvre le silence et ébranle légèrement les vitres. Combien de minutes avant la prochaine? Elle aurait dû calculer avant.

Coup de sonnette.

La secrétaire ouvre la porte, s'efface et la referme doucement dans son dos.

Assis derrière un bureau de secrétaire de mairie, le consul lève un sourcil et se replonge en sifflotant dans la énième lecture d'une longue bande de papier jaune couverte de chiffres en colonnes, étalée devant lui sur un sous-main à buvard. Il exulte : ils se sont donc décidés à le rappeler là-bas. Sous l'uniforme. Enfin du vrai travail. Finis la pénitence, les tampons sur les visas, les secrétaires idiotes et ces visites ineptes. Ces bonnes femmes, décidément. Par-dessus la tête.

— En que puedo servirla, señorita?

Il lui désigne un fauteuil, sans même relever les yeux.

Brusquement soulagée de son angoisse, Amanda reste debout. A le dévisager patiemment, minutieusement, presque tendrement. Les lunettes teintées qui cachent les sourcils. Le nez épaté et busqué à l'indienne. La fine moustache en accent circonflexe. Les favoris noirs. « Il s'est empâté. » Elle voudrait que cet instant s'éternise, que les oiseaux dehors arrêtent de voler, le vent de souffler, la petite fille, là-bas, de pleurer. La haine est partie, avec la peur. Le passé ne lui saute pas au visage. Au contraire : il s'éloigne lentement. C'est comme si cet homme était déjà mort, comme s'il ne lui restait plus qu'à l'achever, qu'à parachever un épisode révolu, refermé sur lui-même. La silhouette massive rapetisse à vue d'œil, va se perdre au loin dans un arrière-fond d'indifférence, une préhistoire qui ne la concerne plus. Elle cligne des yeux, toujours muette, immobile.

Déconcerté, le consul lève la tête vers elle, interrogatif. Elle plante son regard dans le sien. Enfin! Elle se l'était juré : en plein jour, de face, à visage découvert. Lui laisser le temps de la voir, de l'entendre, de comprendre.

Elle sourit :

— Bonjour, colonel!

Il s'est dressé d'un bond, pâle.

— Que voulez-vous dire? Qui êtes-vous?

Elle a déjà levé le chien avec son pouce et sa main gantée sort le revolver de son sac. Elle ne le quitte pas des yeux. Comme au polygone, devant la cible. La jambe gauche en arrière, le poids sur la jambe droite, les pieds bien à plat.

L'autre recule en trébuchant, se plaque contre le mur comme s'il voulait s'y enfoncer, bégaie : « Qui êtes-vous? Mais qui êtes-vous? » Elle, elle se meut sous l'eau, au ralenti, avec une sûreté fantasmagorique qui lui donne la sensation de répéter une scène qui a déjà eu lieu, dont le dénouement est connu et en quelque sorte indifférent, où il s'agit seulement pour elle, figurante sans importance, de couler ses gestes, en les rendant mieux ajustés, plus précis.

— Je m'appelle Imilla et je suis la femme de...

La détonation emporte le dernier mot. Elle laisse passer deux ou trois secondes, presse sur la détente une deuxième fois.

— Je m'appelais Imilla, répète-t-elle, et j'étais la femme de Carlos.

En face, deux prunelles vitreuses la fixent un instant et chavirent dans le blanc.

Quelques secondes encore : une troisième balle. C'est comme si elle pouvait suivre le projectile des yeux, à chaque coup, entre le canon et cette poitrine. Le colonel Anaya s'est effondré en plusieurs temps : penché, à genoux, les mains agrippées au bureau, à croupetons, recroquevillé enfin sur le parquet — fœtus gras et gris tassé contre un mur blanc. Elle glisse le revolver dans sa main gauche et, de la droite, extrait de son sac une feuille blanche avec, en capitales violettes :

VICTORIA O MUERTE
SIEG ODER TOD

Elle le dépose à ses pieds. Une ultime offrande.

Il y a dans l'extrême brutalité quelque chose d'onirique. Un double exécute ces gestes, avec la dense exactitude du rêve qu'elle a déjà connue neuf mois plus tôt, à peu près à la même heure — mais du côté gibier, panique et stupeur. Aujourd'hui, elle sait parfaitement ce que fait son sosie. Elle est une autre, tous les autres : Carlos, Mario, Christina, Thomas, Raúl — les morts et les vivants. Les camarades et les inconnus. Ceux d'Argentine et du Chili, du Brésil et de l'Uruguay, ceux d'ailleurs et de partout. Elle est les asphyxiés par l'eau, les hémiplégiques, les émasculés, les tympans brisés, les violées; les encagoulés pendant des mois, les hystériques, les inertes; les disparus, les sans-certificat de décès, les sans-corps; elle est les « désolés monsieur nous n'avons pas ce nom-là dans nos dossiers »; les « il est sans doute parti à l'étranger sans prévenir », les « il a tenté de s'évader au cours d'un transfert », ou bien « nous n'y pouvons rien, madame, ses propres camarades lui ont fait la peau. » Elle est des dizaines et des milliers. Une jeune femme anonyme et innombrable, dont l'aventure individuelle vient juste de prendre fin sur ce « non » solitaire, irrévocable et collectif, contemple son épitaphe, redresse la tête, consulte sa montre : « Douze heures treize. Pour eux la victoire et pour nous la mort. Aujourd'hui, il y aura eu une exception à la règle. Au moins une. Cela valait la peine. »

Un hurlement de bête lui coupe le souffle. La porte claque dans son dos, une silhouette de femme bondit sur elle dans un long cri strident. Pas la secrétaire. Une autre. Une sueur froide lui coule dans le dos. Elle jette aussitôt son pistolet. Ne pas la tuer. Personne d'autre que lui. La furie lui enfonce ses ongles dans le cou, cherche à mordre, la renverse par terre avec une frénésie de chienne blessée. Abasourdie, Amanda se laisse entraîner dans l'immonde corps-à-corps, sans offrir de résistance. Sa perruque glisse, dénouant subitement ses cheveux blonds. Interdite une seconde, l'autre lui tire les mèches de plus belle. Ses fausses lunettes tombent. La femme d'Anaya! Evidemment! Amanda se ressaisit, inspire à fond et lui décoche un coup de genou dans le ventre et, avec le tranchant de la main, deux atémis de karaté sur les jugulaires. Les coups s'enchaînent, réflexes d'entraînement. La femme s'affale, lâche prise et s'évanouit. Amanda se relève et fonce vers la porte.

Elle s'attend à heurter la secrétaire, un autre employé, des voisins. Personne sur le palier. Elle dévale l'escalier, traverse le vestibule, la porte s'ouvre normalement. Elle s'arrête en haut du perron pour reprendre souffle et se rajuster. La rue est calme. En face, la nurse et la petite fille sortent du parc et viennent à sa rencontre comme si de rien n'était. Plus loin sur sa gauche, au coin de la grande avenue, devant l'église, l'Opel toutes vitres baissées. Boris, au volant, l'a aperçue tout de suite : défaite, sans perruque, sans sac. Il met le moteur en marche, glisse la main sous un exemplaire déployé sur ses genoux du *Bild am Sonntag,* arme le pistolet et l'empoigne, prêt au pire. « Merde, le deux. » Pas le meilleur des trois scénarios : elle est poursuivie mais il leur reste des chances, il avance la voiture, en tirant pour la couvrir. N° 1 : personne ne la suit, elle ne court pas, il l'attend sans rien faire. N° 3 : elle est blessée, immobilisée, ou bien hors d'état d'arriver jusqu'à la voiture, il démarre doucement et part tout seul. Mais il la voit qui referme la porte derrière elle, descend les marches sans se presser et vient vers lui d'un pas régulier, presque nonchalant, les mains dans les poches de son imper. Boris se retourne, hésite, se détend : « Evidemment. Le bon, c'était le numéro quatre, le seul auquel on n'avait pas pensé. » Il retire l'index du pontet, glisse le pistolet entre ses cuisses, toujours sous le journal, et enclenche la première.

★

D'emblée, Amanda a retrouvé la bonne cadence. Elle ne marche pas. Elle ne plane pas non plus. Elle enjambe le monde à longues foulées alpines, et, pour la première fois depuis neuf mois, l'air des matins irrigue ses poumons. Un taxi s'arrête devant le 129. Elle ne se presse plus. Désarmée, dans cette rue à peu près déserte dont la transparence la dissimule mieux qu'aucune foule, une grâce irradiante et féline la préserve de toute logique, de toute vraisemblance. Elle traverse devant le taxi, sans boule dans la gorge ni creux au ventre, mais sans pouvoir non plus s'expliquer ce qui se passe ou plutôt ne se passe pas. « Que fait la secrétaire? Les Dominicains en face? Les voisins du dessus? Je rêve, ce n'est pas possible : dans une seconde, la porte du 125 va claquer dans mon dos, quelqu'un va crier par la fenêtre, une patrouille de police va surgir au carrefour... Non? Alors, une seconde encore... » Chaque coup de talon lui apprend un miracle. La tête droite, sans se retourner, elle balaie les trottoirs du regard, le ciel, les maisons aux fenêtres closes, le parc. Une buée scintillante et bleue, au-dessus de la rivière, joue avec le soleil. C'est vrai qu'il fait beau ce matin, et qu'elle a soudain envie de dire bonjour à la beauté des choses. Bonjour, le bouleau rouge là-bas! Et toi, l'ampélopsis au chevet de l'église! Bonjour, monsieur le chauffeur de taxi, bonjour ma petite Intensidad, sèche tes larmes, voyons : un cerceau s'en va, un autre revient...

Quand elle ouvrit la portière de la voiture, elle eut l'impression d'entendre des cloches, cristallines et joyeuses. Le temple à côté, sans doute. Bientôt Pâques.

— C'est fini. Partons.

— Et tes affaires?

— Sa bonne femme m'a sauté dessus. Mais cela ne change rien. Vas-y.

— Comment te sens-tu?

Elle hausse les épaules :

— Très vieille. Ou très jeune. Je ne sais pas.

Boris file vers le nord, tout entier aux avenues, au rétroviseur, aux feux. Elle garde le silence. « Surtout ne me pose pas de questions. Je ne suis plus dans le coup, cela ne me concerne plus. » Il a compris et n'insiste pas. Les voici à l'intérieur du parc d'Ohlsdorf, parce que leur route passe par là : un hasard. C'est le plus grand cimetière d'Europe où les morts reposent dans la verdure, sans croix ni grilles. L'herbe pousse sur les pierres tombales, entourées non de cyprès ou de chrysanthèmes en plastique mais de rhododendrons, de sapins et de bouleaux à perte de vue. Là, les enfants viennent jouer, les familles se promener, tandis que passent au milieu autobus et voitures. « Quelle humilité, pense Boris. Au moins les gens ici peuvent mourir sans emphase, avec naturel... »

« Tiens, prends ce petit chemin, lui dit-elle, j'étouffe, il faut que je me change. » Sa peau ne supporte plus cet harnachement lugubre qu'elle a revêtu à l'aube. On n'emprisonne pas éternellement le printemps sous des pelures d'hiver... En un clin d'œil, sans descendre de voiture, elle s'est extirpée de son imper, du chandail et du pantalon, les roule en boule dans un sac en papier qu'elle va déposer, quelques dizaines de mètres plus loin, au fond d'une corbeille publique. « Voilà! Le ménage est fait. Je me sens propre. Une vraie petite touriste en vacances, qui s'apprête à rentrer chez elle. » Elle se sent comme démaillotée, enfin libre de ses mouvements, accordée à la fraîcheur ensoleillée, fondue dans la gamme des verts qui les entourent. Etrangère et pareille à toutes les autres. Boris la contemple à travers le pare-brise, il croit voir une inconnue sortir de sa gangue. Sa démarche et tous ses gestes baignent dans une étrange aura, une sorte de modestie souveraine qui l'intrigue et l'inquiète.

Ils repartent, contournent l'aéroport, font une grande boucle pour revenir vers le sud en évitant le centre, par l'autoroute de Kiel et le nouveau tunnel sous l'Elbe, jusqu'à se retrouver, en sens contraire, sur l'*autobahn* qui va à Hanovre. A grand renfort de laits démaquillants, de poudres mates et de crèmes douces, Amanda se nettoie le visage, efface les dernières ombres de l'Australienne, laque ses cheveux, recouvre de fond de teint deux ou trois égratignures qui déparent son cou, avec l'assurance expéditive et neutre d'une véritable esthéticienne. Elle vient de ranger dans sa trousse spatule, brosse à cils, pinceaux, bâtonnets et pinces, se contrôle une dernière fois dans le rétroviseur, se tourne vers lui en souriant, va ouvrir la bouche, mais la phrase instinctive ne sort pas. « Je suis belle, et je le sais. Pourquoi le lui demander? D'ailleurs, ai-je vraiment quelque chose à demander à Boris...? »

Deux heures plus tard, ils arrivaient à Hanovre où, dans un faubourg, ils abandonnèrent la voiture soigneusement astiquée et vidée, et se rendirent par deux voies différentes à un garage-parking, où les attendait une autre voiture, d'une autre marque, plus luxueuse, avec les papiers dans la boîte à gants et un double jeu de clefs. Hormis le Walther que Boris conserva sur lui, par acquit de conscience, ils n'emportaient aucune trace de l'étape précédente pour que tout devant eux leur fût découverte, don gratuit, surcroît de faveur. Mauvaise affaire pour M. Hertz et M. Avis, qui tenaient néanmoins, chaque fois, à leur dire par écrit *Gute Fahrt!* sur un beau dépliant glacé. A seize heures, ils entendirent un premier flash à la radio signalant l'attentat, mais comme ils préféraient de beaucoup les concerts aux coups de feu, ils changèrent de station pour n'être pas dérangés, et *la Passion selon saint Matthieu,* sur modulation de fréquence, les accompagna en sourdine pendant une bonne partie du trajet. Amanda ouvrait de moins en moins la bouche. Cette douceur insolite reposa Boris :

aucune avance, nulle provocation dans un sens ou dans l'autre. Il y a sept cent quatre-vingt-quatre kilomètres entre Hanovre et Salzbourg, sans compter les haltes pour l'essence et la restauration, et il y eut bientôt autant d'espace entre eux qu'ils en mettaient entre le soir et le matin de ce jour-là. Mais rien n'est plus impudique que le silence, et celui d'Amanda, à ses côtés, comblait toutes les distances. Il lui rendait une bouche, des yeux, une blondeur de femme, et Boris avait l'impression, parfois, de frôler son corps nu. Sa peau vibrait pour la première fois. Dessillé, impatient, il lui cherchait du coin de l'œil des défauts physiques, lui en trouvait — cette ride aux commissures, la mâchoire un peu forte, ces poignets trop masculins — et ne l'en désirait que plus.

Celle que son corps reconnaissait enfin était en train d'agoniser, radieuse et dolente comme une jeune accouchée. Au fil des heures, Amanda s'était de plus en plus absentée. Renversée sur son siège, pâle, tout à elle-même et à sa mue, elle avait insensiblement commencé son travail. Traversée de bribes, de râles indéchiffrables, de contractions, elle tournait encore vers lui des yeux fixes et lointains qui le regardaient sans le voir. Brutalement, elle entra en transes. Voilà qu'elle se mettait à revivre, pour de vrai cette fois, le meurtre fantomatique du matin. Elle regardait couler le sang d'Anaya, là, devant elle, et c'était celui d'il y avait neuf mois, qu'elle découvrait enfin avec les yeux du corps. Le sien, celui de son enfant et celui de son homme : tous les sangs confondus encore noirs et chauds. Elle comprend que Carlos vient à peine de mourir, ce matin, et qu'Imilla aussi est morte avec lui; et qu'il fallait qu'Amanda s'en allât à son tour avec le sang du colonel pour en prendre conscience et reprendre vie. Peut-on naître deux fois? Oui! Trois, quatre et plus encore. Mais comme cela fait mal! Combien cela coûte, mon Dieu, quel prix à payer! Des larmes coulent sur son visage et elle ne les essuie pas. Ce ne sont peut-être plus ses larmes à elle, mais celles d'Imilla qui ne veut pas succomber, d'Amanda l'Australienne qui s'acharne à survivre. Et la nouvelle, comment va-t-elle s'appeler? « Voilà, pense-t-elle, maintenant je suis quitte. »

Enceinte de Carlos, au comble du bonheur, la mort avait une fois ou deux tressailli dans le ventre d'Imilla. Ou si ce n'était elle, son haleine, son approche. En arrivant à Hambourg, Amanda avait pressenti la même imminence, le même frémissement de source au fond d'elle-même, mais cette fois c'était du vivant qui avait poussé, mûri à son insu, pour éclater à présent au grand jour. Délivrance! Le temps enfin brisait sa glace, la vie coulait à nouveau en elle, les aiguilles s'étaient remises à tourner. Sur elles-mêmes. Elles n'avaient aucun avenir fulgurant à lui annoncer, aucune autre Apocalypse que celle-ci précisément, amère et dérisoire, où ce qui lui était révélé à la fin des fins, c'est qu'il y a autant de beauté dans ce qui finit que dans ce qui commence, parce que fin et commencement sont une seule et même chose. En elle aussi, la boucle était donc bouclée? L'étrange tête-à-queue d'une grossesse et d'un meurtre, d'une vie enlevée et reprise à neuf mois d'intervalle, l'avait fait pénétrer dans le grand circuit souterrain de la sève et du sang qui rythme la végétation des sentiments humains, la croissance animale de nos actes. Voilà que la chasseuse était devenue charnellement complice de cette jubilante, impitoyable et nourricière transmutation qui fait choir dans la neige les bois des cerfs venus à terme pour que repousse l'année suivante un autre buisson, encore plus haut et fourni... Désormais, il ne pouvait plus rien arriver à cette femme qu'elle ne connût déjà. Enracinée au plus terrestre de la vie, elle continuera son combat d'un pays à l'autre, d'homme en homme, et si elle ne va pas au ciel, elle aura au moins trouvé les chemins de la terre où nulle vie ne peut se perdre, où toute mort vaut renaissance. Amanda n'a plus rien à craindre de fatal, elle est elle-même devenue cette fatalité.

Ils ont déjà passé Munich et ils foncent sur Salzbourg. La nuit s'éclaircit. Boris arrête la voiture sur une voie de dégagement et la regarde, atterré. Elle a mal, elle tressaille de la tête aux pieds, et il ne sait pas qu'elle est en train de se libérer de lui, comme du reste. Qu'il doit couler lui aussi, loin d'elle, pour débrider cette plaie et guérir cette femme. Partir avec le sang corrompu de Carlos qu'elle a trop longtemps voulu retenir en elle, l'empêchant de circuler, d'irriguer d'autres

Amanda, d'autres femmes à venir. Comment savoir si les sanglots qui lui secouent les épaules veulent dire la joie ou la douleur puisque c'est l'une et l'autre, et que cette houle vient de l'enfance, du fond de son corps, loin en deçà de sa conscience et, qui sait, de sa propre naissance...? Comment aurait-il pu discerner, tout en dessous, la clandestine rumeur de l'élytre et du bourgeon, des glaces qui fondent, des ailes défroissées pour la première fois? Il la prend dans ses bras, la console, la dorlote et elle n'ose pas le repousser :

— Repose-toi. Dors. On n'est plus loin de la frontière.

— Oui, pars! Partons! Mais je voudrais conduire dans mon pays...

— Tu ne t'es pas regardée! Tu n'es pas en état. Vraiment, la prochaine fois, on jouera à pile ou face. Ou plutôt non. Ce sera mon tour.

— Ça va mieux, je t'assure. Tu vas voir...

Ses yeux ont séché et elle lui sourit gentiment. « Ce n'est rien, c'est passé, excuse-moi. » Oui, l'épreuve est finie. Il y en aura d'autres, et elle ne crâne pas. Elle s'essuie les joues du revers de la main et se redresse. C'est qu'elle vient de retrouver son centre de gravité, elle n'attend plus de personne encouragement ni remontrances. Elle marchera toute seule, désormais. Sans s'appuyer sur des spectres — morts-vivants ou survivants. Finie la longue veillée funèbre qu'elle avait appelée fidélité et qui n'était que de l'ankylose. Elle a des fourmis dans les jambes, des envies de galopades, d'escalades, de randonnées à ski. Tous ses pores aspirent au soleil piquant des glaciers, et son visage bleu pailleté, insoutenable, qui papillote dans les yeux et fait le vide à l'intérieur. En compagnie d'hommes neufs qui ne superposeront pas l'ancienne à la nouvelle, qui ne sauront jamais rien d'Amanda ni de Carlos, ni d'Anaya. Des hommes innocents, contemporains d'une innocente qui s'éveille à la vie. Le malheur est une mémoire hantée par des absents, et le goût du bonheur lui revient : non pas l'effacement du passé, mais un oubli habité par le temps. Comme un sourire qui garde le secret des larmes sans même le savoir. Carlos est mort et elle n'a plus d'amour pour Boris. Ni ces bouffées de haine, quand elle lui faisait payer sa faute de n'être pas Carlos. Simplement un ami qui s'en retourne chez lui et ne le sait pas encore, et le regard qu'elle lui jette est sans demande ni fureur : simplement affectueux.

Rassuré, Boris lui laisse le volant. Au passage de la frontière, elle sort de sa poche une vieille carte d'identité autrichienne qui fait l'affaire et c'est fini. Le jour va bientôt se lever, on aperçoit déjà, derrière la Salzach, les hauteurs bleutées du Monschsberg et des montagnes voisines. Elle sent monter une immense fatigue, ralentit, s'arrête dans un virage où toute la cité s'est dévoilée, et sans rien dire tourne les yeux vers Boris, longuement. Elle devrait lui dire. Ce n'est plus un grand frère qui se penche sur sa petite sœur blessée. Elle devrait lui dire que les plans ont changé, qu'elle n'est plus celle que Boris a formé le projet de ramener en Autriche, dans sa maison, pour convoler enfin en justes noces, méritées mais tardives. Que l'ancienne lui a dit oui, en surmontant sa crainte de s'enliser dans un chez-soi, mais que la nouvelle ira seule, à la neige, et plus haut encore, parce que le sang inconnu qui bouillonne dans ses veines a décuplé ses certitudes. Parce qu'elle assume maintenant son corps à plénitude, avec ses cicatrices et ses balafres, sans plus y penser, et que les corps habitent naturellement l'immortalité — la mort n'étant qu'une prétention de l'esprit, une forfanterie de solitaire. Elle devrait lui dire qu'elle ira de nouveau à sa rencontre, sans bravades, sans précipitation, et qu'elle a cessé de redouter l'odeur du kirsch et de la térébenthine qui imprégnaient les murs de son chalet, ses vieux skis de frêne, ses gilets à soutaches et ses bas de fil blanc qui doivent dormir dans le bahut, ses sentiers de forêt et le vieux garde-chasse ami de son père. Elle sait déjà, à ce moment, qu'elle pourra s'arracher à ce passé, sur la pointe des pieds, sans déranger personne, sans plus de bruit qu'un ventre de biche frôlant la neige fraîche, qu'une branche de sapin qui s'égoutte au réveil. Pour repartir encore plus haut, régénérée, de l'autre côté du monde, là où se trouvent ses vraies racines. Elle devrait lui dire que leur premier rendez-vous, après des années de « contacts », n'aura pas lieu.

Elle va peut-être le faire. Car il ne reste plus

beaucoup de temps avant qu'elle ne parque la voiture devant la gare ocre clair de Salzbourg : « Je n'en aurai pas pour plus d'une heure, juste une visite à une amie cinéaste, il vaut mieux qu'elle ne nous voie pas ensemble, mais chacun a sa clef, fermons les portières. » Plus beaucoup de temps avant que Boris n'achète des avocats et un ananas dans l'épicerie baroque qui jouxte la maison natale de Mozart, dans cette ruelle d'opérette, au centre de Salzbourg, et ne découvre en rentrant, son cadeau sous le bras, ce petit mot sur le siège de la voiture, écrit au feutre violet :

« Merci pour tout. Ne m'attends pas. Il n'y aura pas de prochaine fois.

Victoria o muerte.

Ruth (mon vrai prénom, je le garderai). »

Plus beaucoup de temps avant qu'il n'ouvre le coffre et ne voie dedans sa valise avec ses robes, son nécessaire à maquillage et son fourre-tout. Tellement peu de temps avant que Boris, en se cachant le visage dans les mains pour que personne ne voie, ne s'affaisse le front contre le volant de cette voiture trop spacieuse, dans ce pays où il n'a rien à faire, avec un pistolet dont il ne s'est pas servi et qu'il ira jeter le soir au fond de la Salzach. Non. Elle va encore une fois le tromper, pour se sauver. C'est son affaire. A moins qu'elle ne veuille le sauver lui, en ne disant rien, pour se perdre seule dans son ultime neige. Qui sait? Elle n'a plus de comptes à rendre et aucun homme ne lui tracera sa route, celle qui va des plaines de Saxe aux hauts plateaux andins en faisant un crochet par certain hameau de Carinthie où elle est née. Cela ne regarde personne si, au moment même où elle écarte le visage de Boris d'un geste délicat et ferme de la main, détournant in extremis sa bouche de la sienne, sur les bas-côtés d'une autoroute d'où l'on aperçoit déjà contre le ciel blanc les échauguettes et les sombres tours d'angle de la forteresse de Hohensalzburg, lui revient sur les lèvres une phrase du Che que Boris lui a psalmodiée un soir sur la terrasse de sa chambre, à La Havane. Et peu lui importe quand ni où, puisqu'une autre Imilla, imprévisible et fidèle, germera un jour à l'endroit même de sa chute, comme elle-même a germé sous ce grand arbre calciné aux racines vivaces qu'elle appelle encore, silencieusement, la Révolution. Cela ne regarde personne si, cinq semaines avant de regagner la Bolivie et cent treize jours avant d'y être abattue par la police sur le seuil d'une maison d'où deux hommes, au même instant, s'enfuient par la porte de derrière, elle a choisi d'appeler amour ce qui la relie déjà à la souche infinie des camarades tombés.

CET OUVRAGE A ÉTÉ ACHEVÉ
D'IMPRIMER LE 3 JANVIER 1978
PAR FIRMIN-DIDOT S.A.
PARIS - MESNIL

Dépôt légal : 1er trimestre 1978
N° d'édition : 4786
N° d'impression : 2025

ISBN 2-246-00518-3 broché
2-246-00519-1 luxe
2-246-00553-1 relié